葉靈鳳日記

別錄

VOL III

THE DIARY OF YE LINGFENG

葉靈鳳——著
盧瑋鑾——策劃／箋
張詠梅——注釋

JPC HK

◉ 策劃　　盧瑋鑾
◉ 統籌　　張艷玲
◉ 特約編輯／參訂　　許迪鏘
◉ 編輯　　許正旺
◉ 書籍設計　　曦成製本（陳曦成、焦泳琪）
◉ 排版　　陳先英

◉ 書名　　葉靈鳳日記．別錄
◉ 作者　　葉靈鳳
◉ 箋／注者　　盧瑋鑾　張詠梅
◉ 出版　　三聯書店（香港）有限公司
香港北角英皇道 499 號北角工業大廈 20 樓
Joint Publishing (H.K.) Co., Ltd.
20/F., North Point Industrial Building,
499 King's Road, North Point, Hong Kong
◉ 香港發行　　香港聯合書刊物流有限公司
香港新界大埔汀麗路 36 號 3 字樓
◉ 印刷　　美雅印刷製本有限公司
香港九龍觀塘榮業街 6 號 4 樓 A 室
◉ 版次　　2020 年 5 月香港第一版第一次印刷
2020 年 10 月香港第一版第二次印刷
◉ 規格　　16 開（170 × 230 mm）264 面
◉ 國際書號　　ISBN 978-962-04-3311-5（套裝）

目錄

重要文獻

附錄

凡例

◉《別錄》中葉靈鳳的個人、家人和友人照片和資料，主要由葉氏家人提供，其他另作說明。

◉《日記》多涉及當時的生活和社會環境、時事，箋注者「盡量查找當時的報章、雜誌、專書等，用注釋提供相關資料給讀者參考……為日記增添當時香港社會文化環境的現場感」，《別錄》配合此原則，盡量刊出相關的剪報、書影等。

◉ 葉靈鳳曾編輯的副刊和撰寫的報刊專欄眾多，部分已難找出原報原版，《別錄》刊用的剪報未必與《日記》日期相對應，唯可供讀者感受當時的報刊面貌。

◉《別錄》中的書影若出於香港中文大學圖書館葉靈鳳贈書室藏書，均於贈書室現場拍攝。

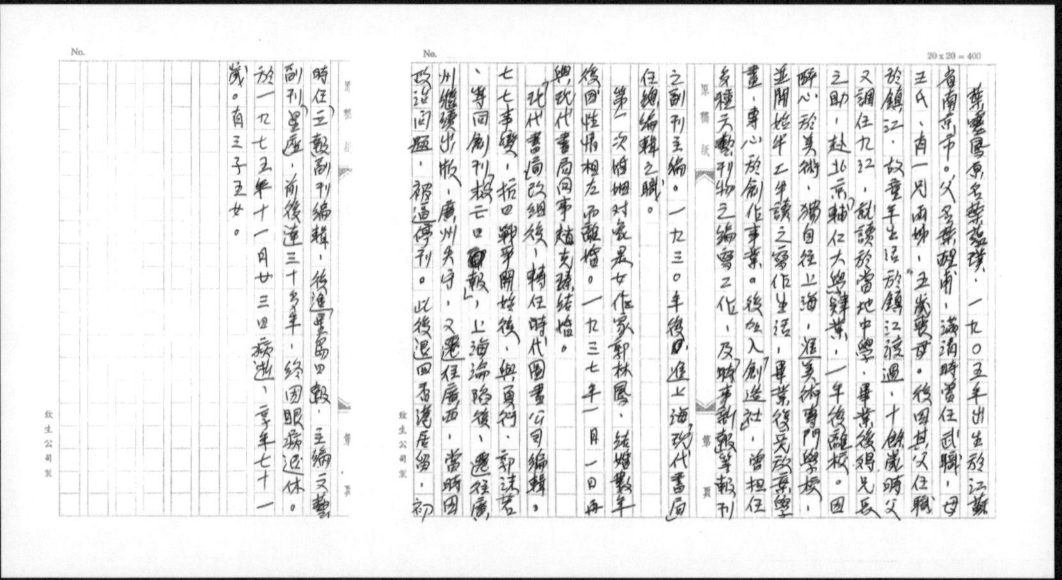

葉靈鳳原名葉蘊璞，一九〇五年出生於江蘇省南京市。父名葉醒甫，滿清時當任武職，母王氏，有一兄兩姊，五歲喪母。後因其父任職於鎮江，故童年生活於鎮江渡過。十餘歲時父又調任九江，就讀於當地中學。畢業後得兄長之助，赴北京輔仁大學肄業，一年後離校。因醉心於美術，獨自往上海，進美術專門學校，並開始半工半讀之寫作生活。畢業後只放棄學畫，專心於創作事業。後加入創造社，曾担任多種文藝刊物之編寫工作，及時事新報等報刊之副刊主編。一九三〇年後進上海現代書局任總編輯之職。

第一次婚姻對象是女作家郭林鳳，結婚數年後因性情相左而離婚。一九三七年一月一日再與現代書局同事趙克臻結婚。

現代書局改組後，轉任時代圖書公司編輯，七七事變，抗日戰爭開始後，與夏衍、郭沫若等同創刊「救亡日報」，上海淪陷後，遷往廣州繼續出版，廣州失守，又遷往廣西，當時因政治問題，被逼停刊。此後退回香港居留，初時任立報副刊編輯，後進星島日報，主編文藝副刊星座，前後達三十多年，終因眼疾退休。於一九七五年十一月廿三日病逝，享年七十一歲。有三子五女。

葉靈鳳簡介

—

趙克臻

葉靈鳳原名葉蘊璞，一九〇五年出生於江蘇省南京市。父名葉醒甫，滿清時曾任武職，母王氏，有一兄兩姊，五歲喪母。後因其父任職於鎮江，故童年生活於鎮江渡過，十餘歲時父又調任九江，就讀於當地中學，畢業後得兄長之助，赴北京輔仁大學肄業，一年後離校。因醉心於美術，獨自往上海，進美術專門學校，並開始半工半讀之寫作生活，畢業後竟放棄學畫，專心於創作事業。後加入「創造社」，曾擔任多種文藝刊物之編寫工作，及《時事新報》等報刊之副刊主編。一九三〇年後，進上海現代書局任總編輯之職。

第一次婚姻對象是女作家郭林鳳，結婚數年後因性情相左而離婚。一九三七年一月一日再與現代書局同事趙克臻結婚。

現代書局改組後，轉任時代圖書公司編輯。抗日戰爭開始後，與夏衍、郭沫若等同創刊《救亡日報》，上海淪陷後，遷往廣州繼續出版，廣州失守，又遷往廣西，當時因政治問題，被逼停刊。此後退回香港居留，初時任《立報》副刊編輯，後進《星島日報》，主編文藝副刊〈星座〉，前後達三十多年，終因眼疾退休。於一九七五年十一月二十三日病逝，享年七十一歲。有三子五女。

圖輯

I／個人

← 1950 年代葉靈鳳寄給夏衍的照片

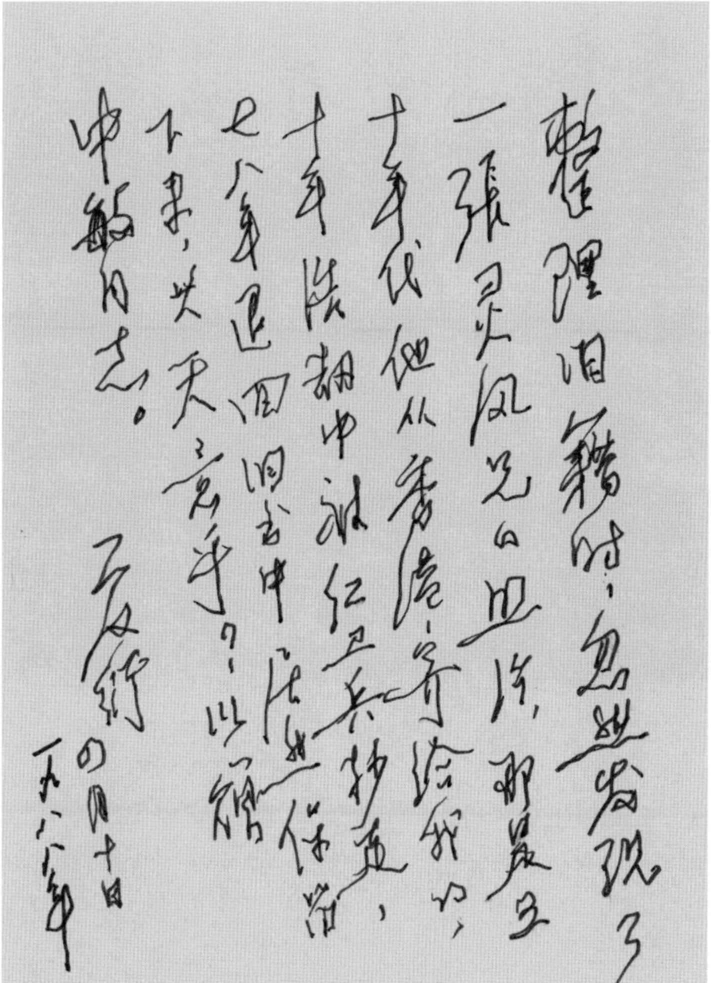
整理旧籍时，忽然发现了
一張灵凤兄的照片，那是五
十年代他从香港寄给我的，
十年浩劫中被红卫兵抄走，
七八年退回旧书中居然保留
下来，其天意乎？以赠
中敏同志。
夏衍
四月十日
一九八八年

↑ **1988 年夏衍把照片回贈故友女兒，並在背後題字。**

（文：整理舊籍時，忽然發現了一張靈鳳兄的照片，那是五十年代他從香港寄給我的，十年浩刼中被紅衛兵抄走，七八年退回舊書中居然保留下來，其天意乎？以贈中敏同志。 夏衍　四月十日　一九八八年）

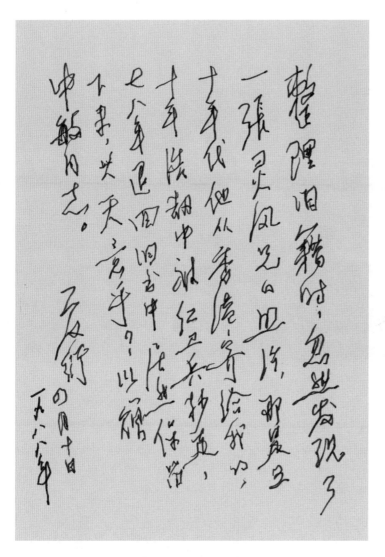

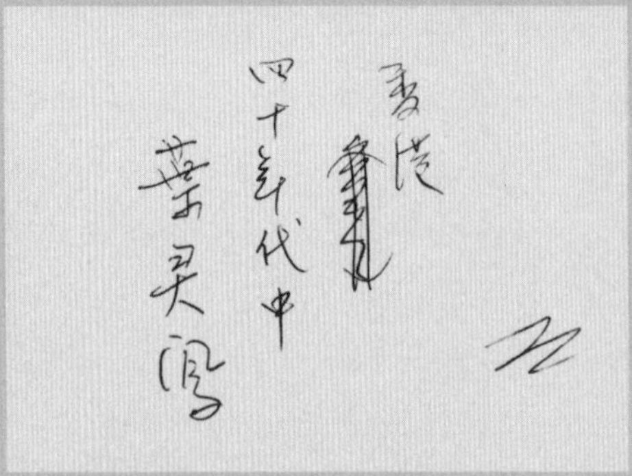

←↑ 1940 年代在香港家中書桌前及照片背面文字

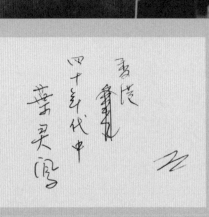

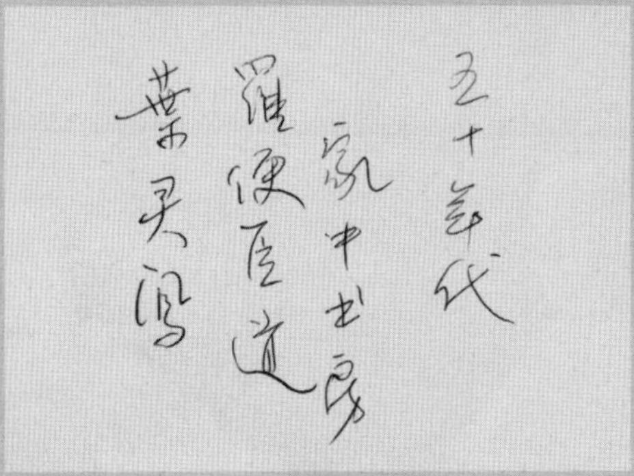

←↑ 1950 年代在羅便臣道寓所書房及照片背面文字

← 葉靈鳳在書房・之一

→ 葉靈鳳在書房・之二

↑ 葉靈鳳在書房·之三

↑ 葉靈鳳在郊外

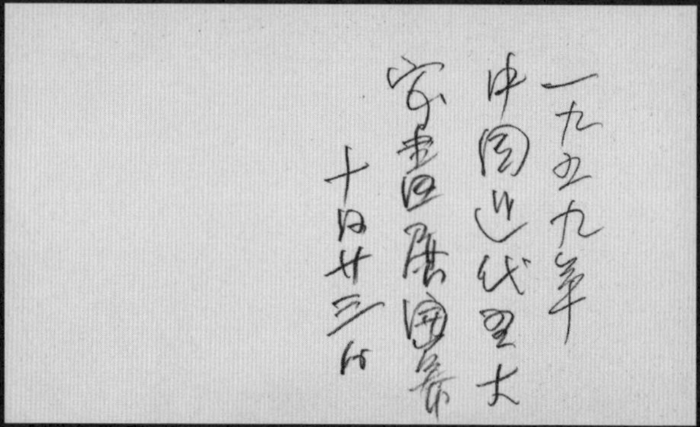
一九五九年
中國近代五大
家畫展開幕
十月廿三日

↑ 1959 年出席中國近代五大家畫展開幕。

左起：二、葉靈鳳；八、高貞白；十、高學逵；十二、費彝民；十七、伍步雲；十八、鄭家鎮；十九、黃蒙田。
（按：據 1959 年 10 月 20 日報章報道，五大家包括任伯年、吳昌碩、齊白石、黃賓虹、徐悲鴻。）

← 1961 年訪問上海越劇團：左一、葉靈鳳；左三、陳君葆；左四、上海越劇團副團長袁雪芬。

（按：上海越劇團於 1960 年 12 月 20 日抵港訪問，隨後並演出〈金山戰鼓〉、〈打金枝〉、〈紅樓夢〉、〈西廂記〉等劇目，至 1961 年 1 月底。）

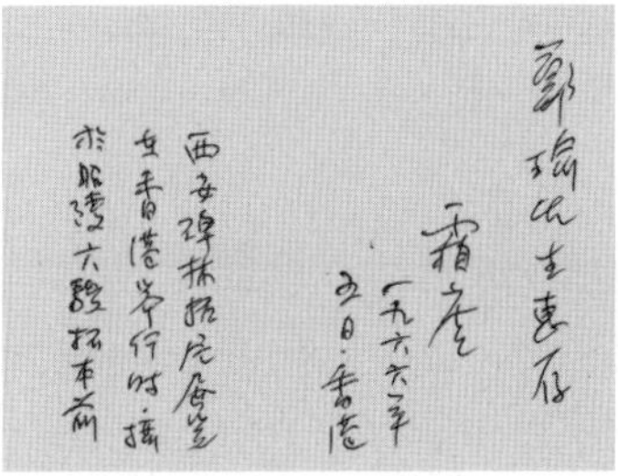
鄭瑜先生惠存
霜崖 一九六六年五日 香港
西安碑林拓片展覽在香港舉行時攝於昭陵六駿拓本前

↑ 1965 年參觀西安碑林拓片展覽留影並贈鄭瑜

照片背面文字：「鄭瑜先生惠存
霜崖　　一九六六年五日　香港
西安碑林拓片展覽在香港舉行時，攝於昭陵六駿拓本前」
（按：西安碑林拓片展覽 1966 年 7 月 2 至 7 日在香港大會堂高座八樓展出。）

← 葉靈鳳生前最後一張出席活動的照片

↑ 葉靈鳳的書桌，後歸某已故收藏家收藏。

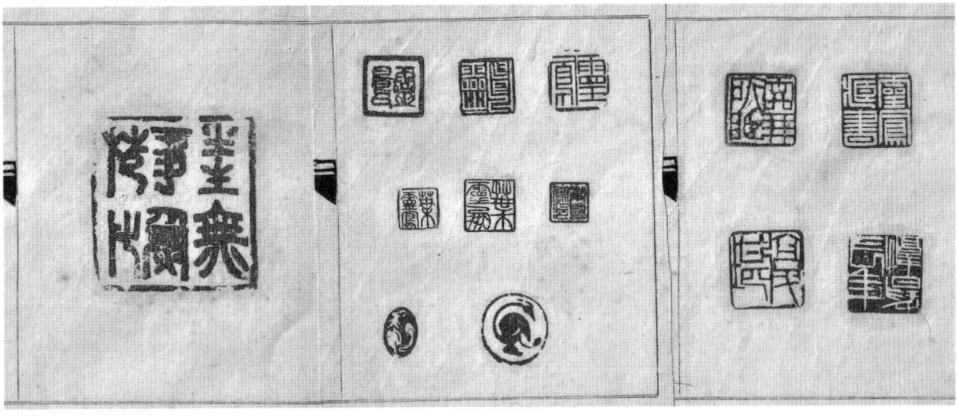

↑ 葉靈鳳用過的印章

↑ 葉靈鳳最喜歡的藏書票

→ 葉靈鳳自己設計的鳳凰藏書票

↑ 葉靈鳳的藏書，由夫人捐贈香港中文大學圖書館，現有專室保存。

II／家人

← 葉靈鳳和夫人趙克臻

← 葉靈鳳和趙克臻

← 趙克臻個人照

結婚證書

葉靈鳳　江蘇省江寧縣人現年三十二歲
中華民國紀元前七年四月九日寅時生
趙克臻　浙江省吳興縣人現年二十三歲
中華民國三年五月一日巳時生
今以雙方同意訂為夫婦於中華民國
二十六年一月一日下午吉時在上海
行結婚禮永敦和好偕老百年此證
證婚人吳鐵城
介紹人顧蒼生　周壬林
主婚人葉性甫　趙伯璜
訂婚人葉靈鳳　趙克臻
中華民國二十六年一月一日訂

← 葉靈鳳、趙克臻結婚證書。1937 年 1 月 1 日。

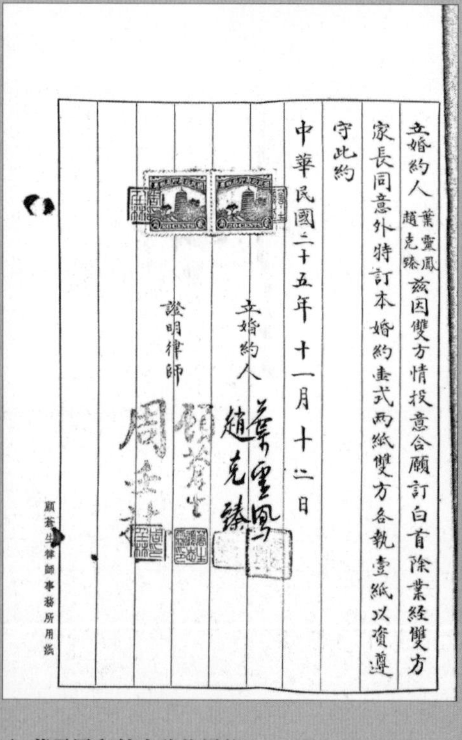
立婚約人葉靈鳳 趙克臻茲因雙方情投意合願訂白首除業經雙方
家長同意外特訂本婚約壹式兩紙雙方各執壹紙以資遵
守此約
中華民國二十五年十一月十二日
立婚約人　葉靈鳳　趙克臻
證明律師　顧蒼生　周壬林
顧蒼生律師事務所用箋

↑ 葉靈鳳和趙克臻的婚約

葉靈鳳 趙克臻 結婚啟事
我們現已徵得雙方家長同意定於中華民國二十六年元旦日在上海結婚並請顧蒼生周壬林兩大律師證婚並以國難方殷一切從簡謹此奉告敬希諸位親友公鑒

← 葉靈鳳、趙克臻結婚啟事，刊 1937 年 1 月 1 日《新聞報》。

↑ 趙克臻手抱葉中輝，旁中絢，前左中慧、中敏。

↑ 趙克臻與女兒葉中美

↑ 葉靈鳳和葉中嫻

↑ 葉靈鳳手抱葉中嫻

↑ 左起：葉中健、狗狗 Lucky、中絢、趙克臻手抱中嫻、葉靈鳳，中凱；前方中美、中輝、中敏。攝於 1960 年。

↑ 葉靈鳳與女兒攝於港島太平山頂，左起中敏、中絢、中美、中嫻。

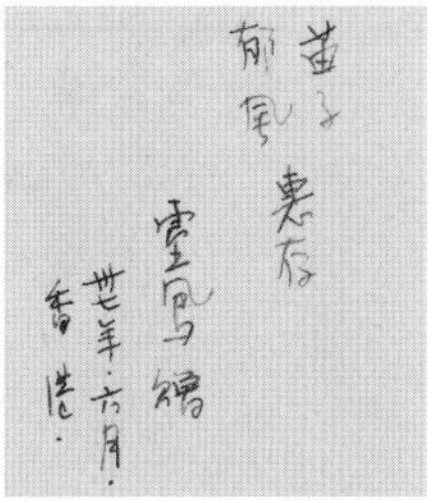

← 1948 年攝於家中，左起：葉中凱、趙克臻手抱中慧、葉靈鳳、中健、中絢。

照片背面題字：
苗子、郁風惠存

靈鳳贈
卅七年六月香港

→ 葉靈鳳手抱中嫻與中美攝於家中齊白石畫作前

← 與家人合照

前左起：葉中美、中嫻、趙克臻、葉靈鳳、中輝、中敏；後左起：中慧、中絢、中凱、中健。

← 1960 年代初攝於家中客廳

葉中美（左）、中輝與小狗 BB。

← 葉中敏（左）和中慧

← 左起：葉中敏、中美、中輝、中嫺。

↑ 葉靈鳳夫婦和（左起）中慧、中絢、中嫻、中輝。

↑ 攝於女兒葉中絢婚宴（1965 年 12 月 22 日九龍尖沙咀金冠大酒樓）

前左起：葉中嫻、中凱、葉靈鳳夫婦、中健；後左起：中美、中輝、中絢、女婿招顯智、中敏、中慧。

↑ 招葉婚宴的來賓

右一：葉中絢與今聖歎（程靖宇）握手；右二：招顯智；左一：梁羽生（陳文統）；左二：葉靈鳳；左三：《大公報》英文版總編輯李宗瀛。

↑ 招葉婚宴的來賓

葉靈鳳（前左）與查良鏞（金庸）夫人握手，查良鏞在後；後左為招顯智。

III／身後

↑ 靈堂

名作家葉靈鳳
昨晨病逝廿五舉殯

（港訊）著名作家葉靈鳳先生，昨（二十三）日中午病逝養和醫院，終年七十一歲。葉靈鳳江蘇南京人，早歲來港。從事新聞工作三十多年，著作頗多，筆名有葉林豐，霜崖等。近年體弱，已經常臥病，本月二十一日上午因患肺炎送院，醫治無效，延至昨日中午十二時病逝。遺體已移香港殯儀館，定於本月二十五日下午二時半大殮，三時出殯，擇日在哥連臣角火葬場火化。

← 逝世新聞稿（見《華僑日報》1975 年 11 月 24 日第二張第二頁）

先夫葉公靈鳳於一九七五年十一月二十三日中午十二時病逝養和醫院終年七十一歲遺體奉移香港殯儀館治喪謹定於本月二十五日下午二時三十分在該館大禮堂大殮三時出殯並擇日在哥連臣角火葬場火化哀此訃

聞

葉趙克臻

孝男 大偉 媳 黃佳華
中健 鍾仰順
中輝
女 中絢 婿 招顯智
中明
中慧
中敏 陳耀洪
中美 巢國鈞
中嫻
孫男 超駿
外男孫 招嘉智 招嘉業

治喪處：香港殯儀館 北角英皇道六七九號 H-六一五二二六一七

↑ 訃文（見《新晚報》1975 年 11 月 24 日第四頁）

作家葉靈鳳舉殯
友好往弔唁達數百人

（港訊）著名作家葉靈鳳先生喪禮昨日下午在香港殯儀館舉行，前往弔唁的葉靈鳳先生生前友好，以及新聞、文化、出版、電影、工商界人士共數百人。

葉靈鳳先生江蘇南京人，早歲來港，從事新聞工作三十多年，著作頗多，筆名有葉林豐、霜崖等。

葉靈鳳先生生前致力於新聞、文化工作。遺體移往香港殯儀館，於昨日下午二時三十分大殮，三時出殯，隨即在哥連臣角火葬場火化。

昨日前往弔唁或致送花圈者有：郭烽、李冲、賀光宇、費彝民、蘇務滋、李俠文、馬廷棟、羅孚、唐碧川、周鼎、賈訥夫、何建章、王紀元、李子誦、馬鋭鑾、余鴻翔、陳君葆、陳霞子、何文法、嚴慶澍、趙澤隆、高學達、張學孔、袁倫仁、朱旭華、趙一山、黃祖芬、廖一原、黃永剛、張向天、藍眞、施祖賢、徐訏、胡漢輝、周明、潘範菴、張向強、任眞漢、黃茅、源克平、陸無涯、王季友、高雄、潘朝彥、齋銅、馬文輝、吳其敏、黃承燊、衞國綸、蔡駿暉、鄭家鎰、高貞白、尹任先、柳子元、潘友成、胡爵坤、鄭棟材、馬濠、馬臨、李輝英、王德昭、屈志仁、溫漢瑋、吳瑞歧、李林風、翁靈文、李少雄、李怡、貿易發展局、嘉利製衣廠、香港城多利獅子會等。

↑ 舉殯新聞報道（見《華僑日報》1975 年 11 月 26 日第二張第二頁）

↑ 家人在靈龕前

悼葉靈鳳先生

三蘇

葉靈鳳先生不幸逝世，雖然我只是爲他而悲痛的衆多親友中的一個，但是我有自己的感受。每個人的感受是不同的。因此在去參加他的喪禮之前，寫下這篇小文，悼念一個亦師亦友的老先生，不僅表示我對葉老的一份尊敬的至意，亦聊以紀念我與葉老之間過去的情誼。

認識葉老恰在三十年前，我們曾經有過一段短期間的艱苦日子，其中也有苦中作樂的日子。他的健談，他的學問，他的幽默，以及他的誨人不倦，都使我永遠不忘，迄今猶在目前。

我不想，也無意，而且沒有資格批評葉老，不過對於他的治學精神，至今敬佩不已。葉老是一個標準的讀書人，也可以說是純粹的讀書人，也許在某一種角度來看，他是一個尚嫌舊式的讀書人，也即是說，是個消極的讀書人。他爲讀書而讀書，讀書本身就是他讀書的目的。我認識讀書與愛書的人不少，但很少像葉老那樣，把全部生活投入讀書之中，把讀書當作他生活的全部的。他不抽烟、不打牌、不跳舞、不泡茶館、不聽收音機、不看電視，甚至很少聽音樂，偶然看看電影戲劇，也是極少極少。他愛美術，曾經學過畫，但不成功，因之只是一個對美術方面很有研究而不是畫家的人，唯一的嗜好，還是書，他愛書，以及與書有關的東西。

香港有不少人喜歡買書藏書，擁有一個四壁書櫥的大書房。葉老的書房並不會比他們大，更不會比他們整潔，他的書房就是客廳。講得更確實一點，他住的整座房子都是他的書房，他的睡房地上也堆滿了書，甚至他子女的房間，也是他的「藏書殖民地」。我不知道他究竟有多少藏書，不過每當我看到他的大書桌上堆滿了新書舊書，圍成一個城堡一樣，而這城堡的書又不時變換，我才想到這樣才算是一個讀書人。許多人買書藏書而不讀書，讀一部份的已經不錯，可是葉老却眞的做到手不釋卷的地步。因此，這幾年來他的眼睛患了白內障而致連用放大鏡也不能看書的期間，我想是他一生中最痛苦的時候了。

他有一件心事至今未了。他要寫一本大小說：「黃河」。資料已經搜集了過十年，至今大抵未成一字，這是他一輩子的心願，現在他是無法實現了。「未到黃河心不死」，葉老在泉下有知，惟一抱憾的恐怕就只有這一樁事吧？

送葉老之喪

彭老二老太去世的第二天，就接到葉靈鳳先生家人的來電，告知葉先生仙逝的噩耗，不禁悵然久之。今日（廿五）是葉先生舉殯之日，我當然要去行個禮矣。

葉靈鳳先生是我的前輩，記得我讀中學時候，已經拜讀他的文章，他的小說當時風靡一時。是三十年代的老作家，享譽極早，現在好多後生仔，反而不知道他的名字了，不過近十年來，另有一個筆名是好多人都知道的，那是「霜崖」，寫的多是讀書談筆。至於小說，葉先生已經割筆二十幾年矣。

我認識葉先生甚久，我在新生晚報副刊開始寫經紀拉日記時，佢則在新生晚報寫一篇極其吸引人的讀書什記，欄名叫「書淫艷異錄」，是他老先生在讀正經書之時，把其中略不正經的資料擷錄出來寫成的，不過「書淫」二字，並非「淫書」之謂，這兩個字非常典雅，是「書迷」的意思，所記的中外古今書籍中事，皆以「艷異」為主，樂而不淫，非常得讀者擁護。好多人都不知道出於葉先生的手筆，現在我把這一件事公開出來，葉先生在泉下有知，料亦不會見怪，因為這些小品文字，後來俾好多人抄襲翻刊，亦再冇第二個人可以寫得出來。因為這是葉先生讀書的「副產品」，埋首書卷之中，偶有發現，則摘錄下來，以誌其趣，後來作為寫小品的材料，自非始料所及。葉先生博覽羣書，才會有這種剩餘物資收穫，好多埋頭苦幹做學問的，即使唸文學也好，如果是走單邊路，亦不會有佢咁多見識。

葉先生一生淡薄，待人和氣，從不與人忤。講話風趣幽默。他喜歡美術，最喜歡馬蒂斯的畫，家中掛了許多他的複印品。雖然他喜歡色彩濃烈絢爛的繪畫，但是他的生活却是非常平淡，一卷在手，一杯清茶，就過一天，只記得他發過一次脾氣，有一回與他同車由他寓所下山，經過花園道，看見有人把港督府對過的那一棵紅棉樹鋸下來，他就大罵，認為把香港的好花好草消滅晒，水泥建築物代替了大自然景物，他老先生認為是時代的悲劇，也是文化的悲哀。當時他認眞的情形，至今仍然留有深刻的印象。

今日我在靈堂中想起過去的事，看看陳君葆老先生的輓聯，聯曰：「心眼果能通增邀野鶴呼靈雨，火花疑未斷應與寒丹住鳳凰」。我看了這一副輓聯，更不禁感慨系之。

↑ 二、經紀拉（即三蘇，出處未詳）

悼葉靈鳳先生

葉靈鳳先生作古了，享壽七十一歲。他是我一九四八年多十二月三十日到港後，認識的第一位「香港文人」——雖然他是老海派作家，而且是創造社時代的青年了。

一九四九年大約春末，張君秋——平劇名青衣，梅博士的傳人弟子，在華人行樓頂的大華酒家設下午茶敍，到的人不少。君秋同馬連良都因在港出演，大陸的北方忽起平津之戰，被困在此，不能北返，而紛紛由平津滬京逃來香港的各界人士不少，君秋打算單獨再唱，以維持在港同業的生活，乃有此招待會之設。在此之前，我因君秋認識了葉先生——記得是葉氏夫婦約君秋夫婦去吃華太做的北方菜，拉我同去吃，這樣介紹認識的。

牛鬼蛇神集

我向靈鳳談起他的老朋友，「現代」文學月刊的施蟄存，我和「施公」是昆明的朋友，他和李長之兄同在雲南大學教書。靈鳳問起施的兩個有名的妹妹——兩個都是上海大學的「校花」、「皇后」。我告訴他：「二小姐做了我的姻表嫂，嫁了左宗棠的曾孫，學物理的，現在航空界做事，大小姐嫁了個姓蔡的貴州人，也是航空界的，抗戰時蔡某在昆明而重慶而西安，祗發了國難財。」

這一來我和靈鳳夫婦熟習了。君秋在大華請下午茶，我本來赴敍有課，不能去。但靈鳳因爲我多次要他介紹新生晚報的「經紀拉日記」的作者「經紀拉」認識，他說：「我代君秋約了他，華人行飲茶他會到，我給你介紹。他姓高，名雄，年青得很，寫得又快又好。」

於是我在張君秋的茶會上，由靈鳳給我介紹，認識了高雄兄。這是一九四九年春寬闌珊時的往事。靈鳳仍是翩翩佳公子，而「經紀拉」則更是少年。

以後到一九五一年九月，教會創辦崇基學院，我去崇基作了開辦時五個教書先生之一，搬到中山西摩台大住宅一間尾房作三房客。高雄兄客氣，來拜年，不遠就是靈鳳住的羅便臣道，我和高雄同去葉家拜年，高氏夫婦是葉家最小的小姐的「契爺媽」，我們吃了葉太做的一條極大的活魚。

君秋在娛樂、普慶、太平單獨唱時，葉氏夫婦每次都是顧曲者，我們全是戲迷。承經紀拉兄（他當時編新生晚報）的好意，拉我入了香港「文壇」（或曰「稿壇」？）十年前與葉家作了街坊，分說兩頭，彼此忙，並無來往，只在星島與他碰面，他約我入星日寫稿。

現在他魂歸天國，息勞去了。此公對人無忤，十分方正，學有專長，著作不苟。

他死了，我是衷心悲悼的。

今聖歎

↑ 三、今聖歎（原名程靖宇，出處未詳）

← 葉靈鳳生前友好在 1988 年 4 月 11 日為葉氏《讀書隨筆》在北京出版發起紀念聚會，丁聰繪畫葉靈鳳像，眾友好題名致意。題名者有：夏衍、丁聰、黃苗子、樓適夷、吳祖光、馮亦代、沈昌文、羅孚、柯靈、蕭乾、郁風、姜德明、范用。

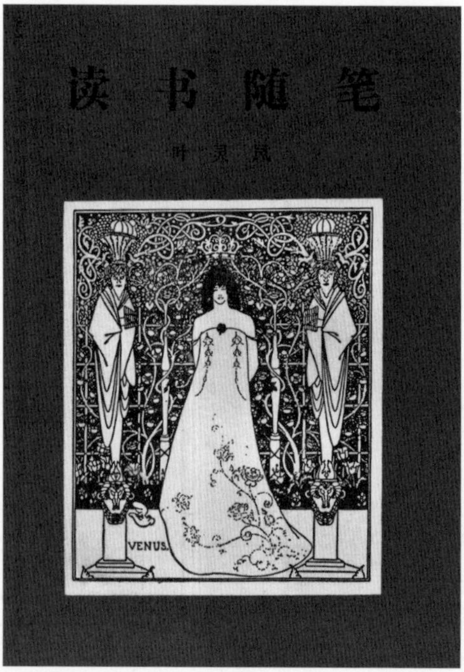

→ 葉靈鳳《讀書隨筆》一集，1988 年 1 月，北京：生活・讀書・新知三聯書店出版。《讀書隨筆》共出版三集。

↑ 出席紀念活動的好友聚餐

← 夏衍在畫像下題名，攝於 1988 年 4 月 14 日。

Ⅳ／日記按年参照

第一卷 大衆周報 第四期

編輯者：大衆週報社　發行者：南方出版社

社址：香港必打街畢打行六樓（電話二四五〇六）

每逢星期六出版・每册零售軍票拾錢

定價 全年五十二期軍票五円 郵費在內

特載

從世界史立場而觀　谷川徹三

日本派華文化使節谷川徹三氏，前於南京出席中日文化協會第二次全國代表大會後，于歸途中經北京時，曾發表「從世界史立場而觀」一文，特譯錄如后：

吾人欲真正理解大東亞戰爭，如從研求近數年中之原因，實不能瞭解。而必須上溯數十年，乃至數百年之歷史，始克明其原委。

溯自日本之躍登世界歷史舞台，係在十九世紀末葉，其時世界之大部份已早悉爲歐美所支配，非洲全面積百分之九十，南洋或百分之九十九，澳洲以及亞洲百分之五十七之土地等，俱已爲彼輩所佔，以爲殖民地。而亞洲方面所餘之土地，其中大部份即爲中國，但中國自鴉片戰爭以來，即屢遭彼等之威脅。

日本自明治以來，所以屢有對外戰爭，若探本窮源，則其背景實皆由于歐美之侵略東亞所引起。此在日俄戰爭中，其事實尤爲顯著。日本之作戰，乃爲保衛本國，然此種自衛，亦即保衛東亞。蓋日本若在過去不能排除歐美勢力，或于日俄戰爭中敗北，則時至今日，整個東亞必完全淪爲歐美之殖民地。此種觀念，並非僅爲吾人所獨具，法國著名文學家佛朗士當日俄戰爭結束之初，于其所著之「白石之上」一書中，亦曾謂「日俄戰爭爲東方民族首次排斥白人勢力東向之戰爭，此于世界史上，實爲具有重大意義之戰爭」云云。

日本于明治以來，因曾數度對外戰爭，遂被歐美指爲「好戰民族」。此與歷史之事實，實大相逕庭。良以日本建國二千六百餘年來，歷史上之對外戰爭，僅有數次。國制方面，于平安朝時代二百年中，[illegible]爲永平時期。此在歐洲歷史中，果未[illegible]則其戰爭不絕之事實，至[illegible]。建國迄今，雖僅有數[illegible]，則遠較日本爲多。若[illegible]至如此長久者，亦僅於上[illegible]之有也。余在中國時，對[illegible]日本，幾無此偉建築。當日[illegible]掘壕等，以資固守之市鎮，但至今殘已無遺跡可尋。於此亦足證明日本國內以往之如何昇平也。

日本民族雖實感和平，但自明治以來，所以仍不得不屢次從事戰爭者，此實因世界歷史動盪所致。於東西兩岸交涉史中，迄近代爲止，西方侵入東方之事實，雖僅有亞歷山大之遠征，及十字軍之東征。但亞歷山大帝國未幾即告崩潰，十字軍亦終歸失敗。及至近代，西方科學發達後，而遂成所謂科學文明之新文明，此在工業方面，亦引起一時期之變化；在戰爭方面，亦因漸次應用新武器，使戰爭之方式及規模爲之一變。西方民族即以此種科學文明之力量，向侵略東亞，東亞雖自古即有崇高之文化，但未足以之與具有科學文明之現實力量相對抗。因此東亞之命運，遂處於今日之情況。

（以下轉入第二頁）

[illegible]其他如身體之裝飾，家財道具，什[illegible]的製造，都限制及禁止，受了資料不足[illegible]英國人民不得不渡着非常痛苦的生活了。

食糧方面，英國最近爲了戰時需要之增大，對英之援助，及其他之關係，亦惹起了食糧不足之狀態[illegible]埠魚之收穫，因爲魚船之被徵用，故[illegible]

本期要目

↑《大眾周報》第 1 卷第 4 期封面

［日記］10 月 7 日：擬用「國破山河在」為題，作今年雙十節紀念文。（按：〈國破山河在〉，刊 1943 年 10 月 23 日《大眾周報》第 2 卷第 4 號第 30 期。）

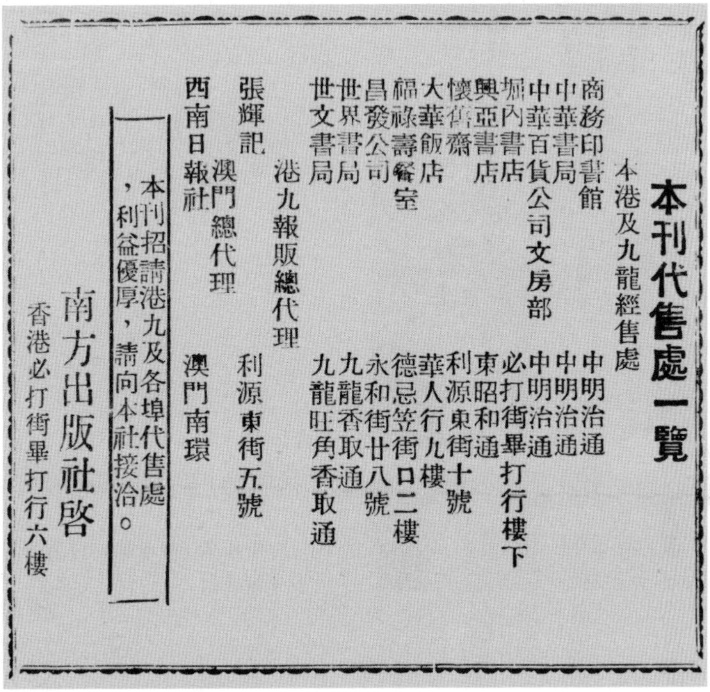

本刊代售處一覽

本港及九龍經售處

商務印書館	中明治通
中華書局	中明治通
中華百貨公司文房部	中明治通
堀內書店	必打街畢打行樓下
興亞書店	東昭和通
懷舊齋	利源東街十號
大華飯店	華人行九樓
福祿壽餐室	德忌笠街口二樓
昌發公司	永和街廿八號
世界書局	九龍香取通
世文書局	九龍旺角香取通

港九報販總代理 張輝記 利源東街五號

澳門總代理 西南日報社 澳門南環

本刊招請港九及各埠代售處，利益優厚，請向本社接洽。

南方出版社啓

香港必打街畢打行六樓

↑《大眾周報》內南方出版社的廣告所刊堀內書店地址，可見其樓上即為《大眾周報》及南方出版社社址。

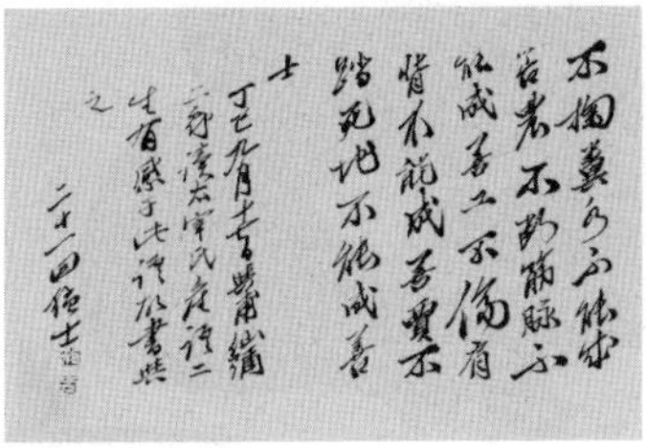

← 吉田松陰手跡：不掏糞水不能成善農，不斷筋脉不能成善工，不傷肩背不能成善賈，不踏死地不能成善士。（參是日日記盧瑋鑾箋語）

［日記］10月7日：今日見堀內書店有《吉田松陰集》，他的名句是：雖然我的軀殼被丟掉了去腐爛，在那武藏的平原上，我那日本人的精神卻將永遠長存。

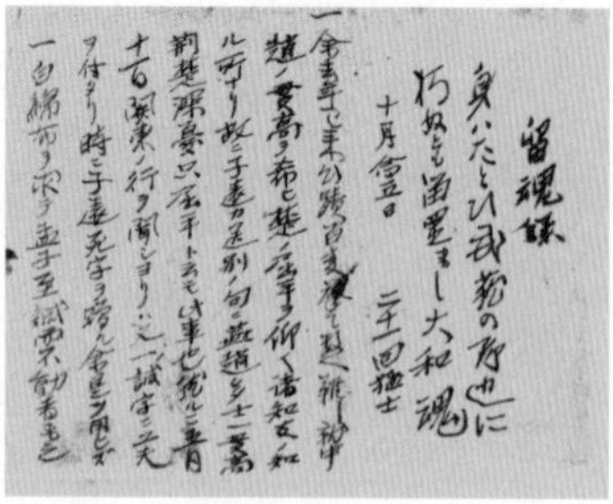
留魂録
身はたとひ武蔵の野辺に朽ぬとも留置まし大和魂
十月念五日　二十一回猛士

←↑ 吉田松陰《留魂錄》封面和內頁手稿書影

↑ 吉田松陰像

◉ | 一九四四年

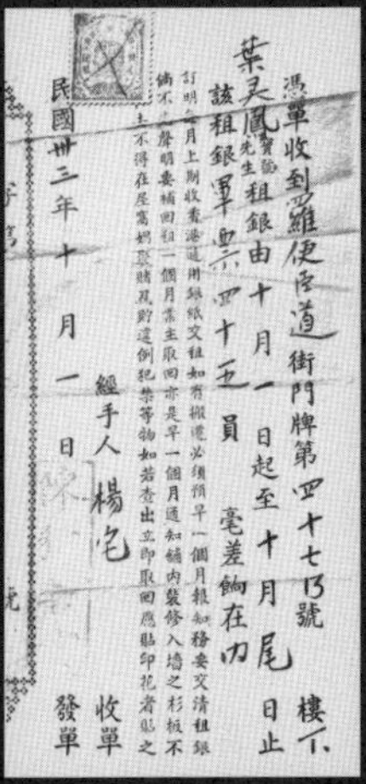
憑單收到羅便臣道街門牌第四十七B號樓下
葉靈鳳先生租銀由十月一日起至十月尾日止
該租銀軍票四十五員 毫差餉在內
訂明每月上期收香港通用鈔紙交租如有搬遷必須預早一個月報知務要交清租銀
倘不先聲明要補回租一個月業主取回亦是早一個月通知舖內裝修入墻之杉板不
主不得在屋窩娼聚賭及對違例犯禁等物如若查出立即取回應貼印花者貼之
經手人 楊[illegible] 收單
民國卅三年十月一日 發單

↑ 1944年10月的租單

［日記］7月：遷居於羅便臣道四十七號B地下。

◉ | 一九四五年

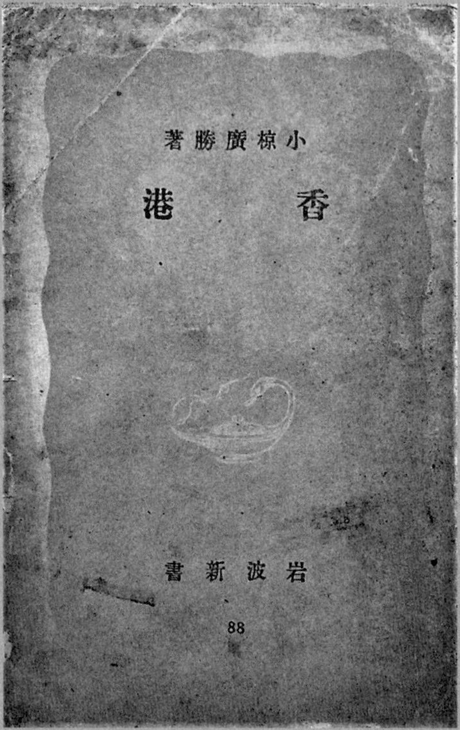

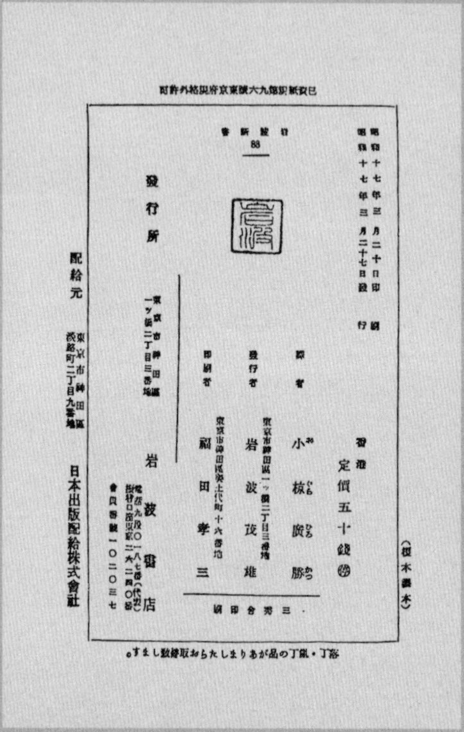

已貨用紙第九六號東京府配給外許可

昭和十七年三月二十日印刷
昭和十七年三月二十七日發行

岩波新書
88

香港 定價五十錢

著者 小椋廣勝

發行者 東京市神田區一ツ橋二丁目三番地 岩波茂雄

印刷者 東京市神田區美土代町十六番地 稻田孝三

三秀舍印刷

發行所 東京市神田區一ツ橋二丁目三番地 岩波書店
電話九段〇一八七番(代表)
振替口座東京二六二四〇番
會員番號一〇二〇三七

配給元 東京市神田區淡路町二丁目九番地 日本出版配給株式會社

(櫻木製本)

落丁・亂丁の品がありましたらお取替致します。

↑ **小椋廣勝《香港》封面和版權頁**

[日記] 3月22日：以領帶一條（價八十元），向同盟社將返國之某君換得德人希奈特所著《世界文化史》英譯本一部，二冊。（盧瑋鑾箋：此某君即小椋廣勝。）

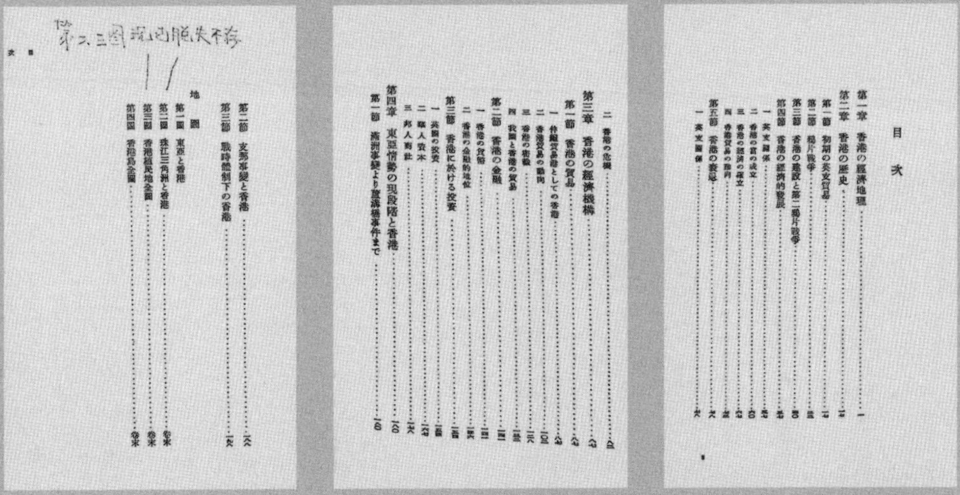

目次

第一章　香港の經濟地理
第二章　香港の歷史
第一節　初期の英支貿易
第二節　鴉片戰爭
第三節　香港の建設と第二鴉片戰爭
第四節　香港の經濟的發展
一　英支關係
二　香港の富の成立
三　香港の經濟の確立
四　香港貿易の動向
第五節　香港の衰退
一　英支關係
二　香港の危機
第三章　香港の經濟機構
第一節　香港の貿易
一　仲繼貿易港としての香港
二　香港貿易の動向
三　香港の物價
四　我國と香港の貿易
第二節　香港の金融
一　香港の貨幣
二　香港の金融的地位
第三節　香港に於ける投資
一　英國の投資
二　華人資本
三　邦人商社
第四章　東亞情勢の現段階と香港
第一節　滿洲事變より盧溝橋事件まで
第二節　支那事變と香港
第三節　戰時體制下の香港
地圖
第一圖　東亞と香港
第二圖　珠江三角洲と香港
第三圖　香港植民地全圖
第四圖　香港島全圖

第二、三圖均已脫失不存

↑《香港》目錄

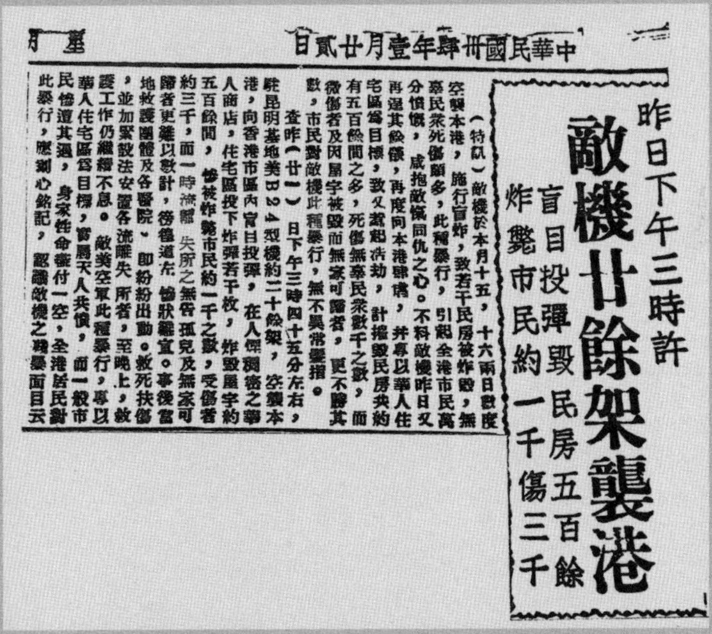

中華民國卅肆年壹月廿貳日　星期一

昨日下午三時許
敵機廿餘架襲港
盲目投彈毀民房五百餘
炸斃市民約一千傷三千

（特訊）敵機於本月十五，十六兩日數度空襲本港，施行盲炸，致若干民房被炸毀，無辜民衆死傷頗多，此種暴行，引起全港市民萬分憤慨，咸抱敵愾同仇之心。不料敵機昨日又再逞其餘孽，再度向本港肆虐，并專以華人住宅區爲目標，致又釀起浩劫，計擲毀民房共約有五百餘間之多，死傷無辜民衆數千之數，而微傷者及因屋宇被毀而無家可歸者，更不勝其數，市民對敵機此種暴行，無不異常憤指。

查昨（廿一）日下午三時四十五分左右，駐昆明基地美B24型機約二十餘架，空襲本港，向香港市區內盲目投彈，在人煙稠密之華人商店，住宅區投下炸彈若干枚，炸毀屋宇約五百餘間，慘被炸斃市民約一千之數，受傷者約三千，而一時流離失所之無告孤兒及無家可歸者更難以數計，徬徨道左，慘狀難宣。事後當地救護團體及各醫院，即紛紛出動。救死扶傷，並加緊設法安置各流離失所者，至晚上，救護工作仍繼續不息。敵美空軍此種暴行，專以華人住宅區爲目標，實屬天人共憤，而一般市民慘遭其禍，身家性命盡付一空，全港居民對此暴行，應刻心銘記，認識敵機之殘暴面目云。

↑ 1945 年 1 月 22 日《華僑日報》「敵機」襲港報道

〔日記〕4 月 5 日：連日空襲極為劇烈。

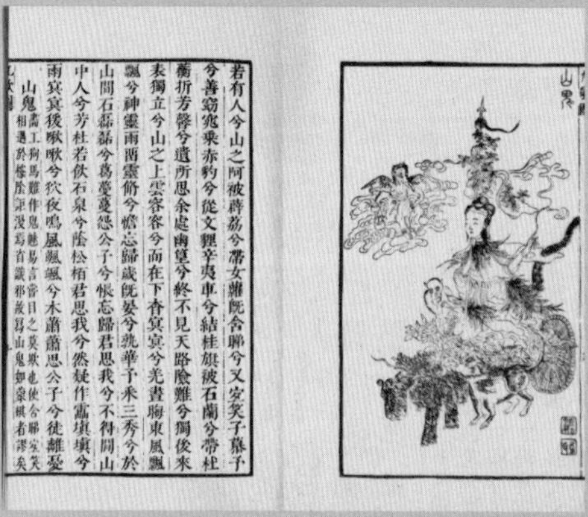
若有人兮山之阿被薜荔兮帶女蘿既含睇兮又宜笑子慕予
兮善窈窕乘赤豹兮從文貍辛夷車兮結桂旗被石蘭兮帶杜
衡折芳馨兮遺所思余處幽篁兮終不見天路險難兮獨後來
表獨立兮山之上雲容容兮而在下杳冥冥兮羌晝晦東風飄
飄兮神靈雨留靈脩兮憺忘歸歲既晏兮孰華予采三秀兮於
山間石磊磊兮葛蔓蔓怨公子兮悵忘歸君思我兮不得閒山
中人兮芳杜若飲石泉兮蔭松柏君思我兮然疑作雷填填兮
雨冥冥猨啾啾兮狖夜鳴風颯颯兮木蕭蕭思公子兮徒離憂
山鬼 畫工狗馬難作鬼魅易言當日之莫欺也使含睇宜笑相遇於幽陰罕漫焉首識邪故寫山鬼如象棋者謬矣

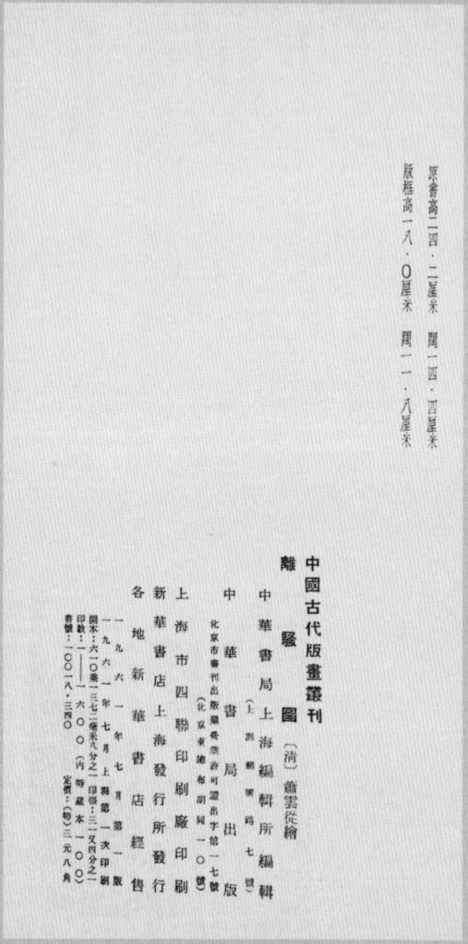
原書高二四・二厘米　闊一四・四厘米
版框高一八・〇厘米　闊一一・八厘米

中國古代版畫叢刊
離騷圖〔清〕蕭雲從繪
中華書局上海編輯所編輯
（上海瑞金二路七號）
中華書局出版
北京市書刊出版業營業許可證出字第一七號
（北京東總布胡同一〇號）
上海市四聯印刷廠印刷
新華書店上海發行所發行
各地新華書店經售
一九六一年七月第一版
一九六一年七月上海第一次印刷
開本：六一〇×一三七二毫米八分之一　印張：三又四分之一
印數：1—1600（內特藏本100）
書號：一〇〇一八・三四〇　定價：（特）三元八角

↑ **現存香港中文大學圖書館的葉靈鳳贈書未見此本，此《離騷圖》三冊，為 1961 年上海中華書局「中國古代版畫叢刊」之一種，另參 1968 年 10 月 10 日日記。**

［日記］12 月：購武進陶氏複刻本《營造法式》，又影印《四庫全書》經史子集樣本各一部。集部為蕭雲從所繪《離騷經圖》。

◉ | 一九四六年

↑ **中年和晚年的黃華表**

[日記] 4月7日：過九龍訪黃華表，觀其藏書。

← **現存香港中文大學圖書館葉靈鳳贈書室的《獨漉堂集》（題《獨漉子詩文全集》）為道光五年（1825）刊本，《獨漉堂全集》為宣統己未（1919）廣州超華齋刊本。**

[日記] 4月18日：購得《獨漉堂集》初印本，宣統印本各一部。

←↓《獨漉堂集》書影及書前陳恭尹像

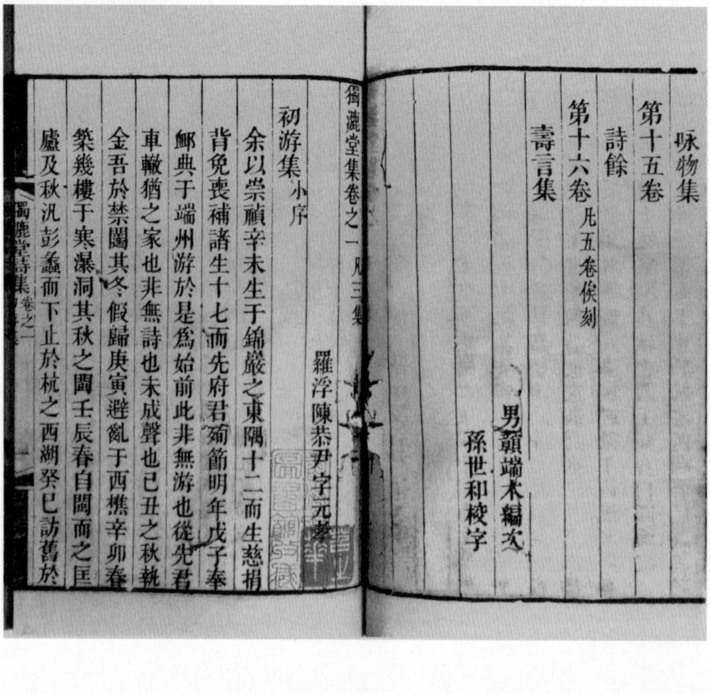

咏物集
第十五卷
詩餘
第十六卷　凡五卷俟刻
壽言集
男顥端木編次
孫世和校字

獨漉堂集卷之一　凡三集
初游集　小序　羅浮陳恭尹字元孝
余以崇禎辛未生于錦巖之東隅十二而生慈捐
背免喪補諸生十七而先府君殉節明年戊子奉
郵典于端州游於是爲始前此非無游也從先君
車轍猶之家也非無詩也未成聲也己丑之秋執
金吾於禁闥其冬假歸庚寅避亂于西樵辛卯春
築幾樓于寒瀑洞其秋之閩壬辰春自閩而之匡
廬及秋汎彭蠡而下止於杭之西湖癸巳訪舊於
獨漉堂詩集卷之一

↑ **葉靈鳳《讀書隨筆》，上海雜誌公司刊行。**

［日記］5月3日：昨日侶倫見告，書店有我的《讀書隨筆》出售。

↑ **侶倫**

↑ **葉靈鳳 1928 年所繪諷刺魯迅的漫畫，導致二人「結怨」。**

［日記］5 月 3 日：如果上海的存書果然一冊不失，則《比亞斯萊及其作品》，也應該早遲使其實現，這一來完成多年的希望，一來聊伸對魯迅的一口氣。

↑ **左起：葉靈鳳、戴望舒、徐遲。**

［日記］5 月 16 日：望舒於今日赴滬，作一信致陳寶驊代為介紹。

← 晚年陳君葆

［日記］7月9日：陳君葆來，斡旋將所得嶺南大學圖書館的書，歸還給他們。

中國日報

停戰命令明日期滿

共黨要求延長

同時拒絕馬帥仲裁建議

共軍仍取攻勢

府新經濟計劃

政府警告提防共黨詭計

利用新裝備擴大內戰

我們的話

林源豐表行

岐豐玉酒

達人飲過 達人讚好

各大酒家餐室均有代售

龍泉茶室

星期美點 每期更換 越出越靚

中國日報

第三黨派領袖同床異夢

表現分裂象徵

羅隆基表示成功希望微

蔣主席離京赴無錫避壽

激青舉行會議

美西岸工潮 又翻波瀾

社論 亞洲的未來

國軍登陸魯北

向內地推進中

印國大黨主席

暢論中印關係

西南興業銀行 開業啟事

中國實業銀行香港分行

FLEETWOOD IMPERIAL CIGARETTES

快活牌香烟

↑ 1946年6月21日《中國日報》創刊號（左）；終刊號（右），1946年11月1日出版。

［日記］8月5日：《中國日報》囑寫社論。

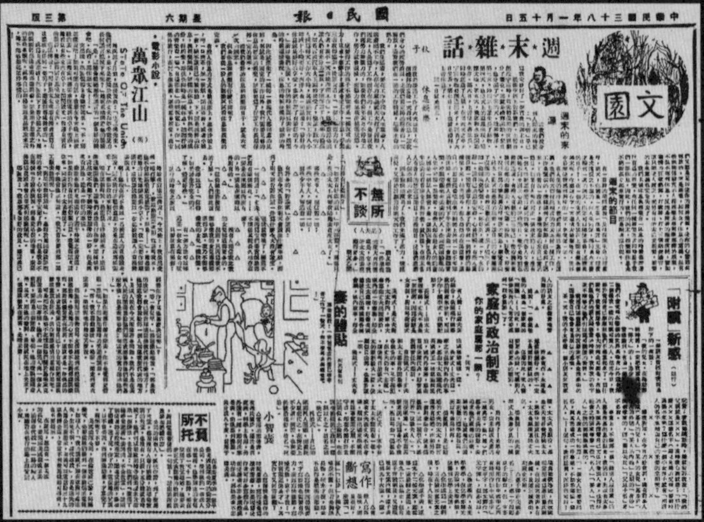

←《國民日報》副刊一貌，1949 年 1 月 15 日。

[日記] 8 至 12 月：入《國民日報》編副刊一月餘。十月至十一月。

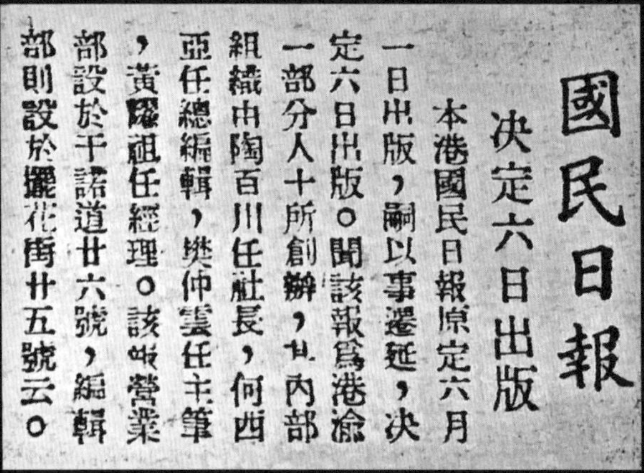

國民日報
決定六日出版

本港國民日報原定六月一日出版，嗣以事遲延，決定六日出版。聞該報爲港渝一部分人士所創辦，其內部組織由陶百川任社長，何西亞任總編輯，樊仲雲任主筆，黃隱祖任經理。該報營業部設於干諾道廿六號，編輯部則設於擺花街廿五號云。

←《國民日報》1939 年出版時的報道，刊 1939 年 6 月 2 日《大公報》。

→《國民日報》1945 年 12 月 1 日頭版

民國三十五年十月十日出版

萬人週報 第壹期

發行者 聯合出版社 香港必打街畢打行六樓 電話二二八一四號

督印人 范甲

目次

本報啓事

一、本報歡迎直接定閱，並招請國內外各地代理，利益優厚，請賜函接洽。

一、本報創刊伊始，以篇幅關係，廣告擁擠一時未能全部刊出，敬希諒鑒。

一、本報歡迎來稿，報酬從優。

←↑《萬人週報》第1期封面及目錄

[日記] 8至12月：出版《萬人週報》，銷路不好，出至第九期停刊。

歡喜佛盦叢談【八】 秋生

男色

明朝宮吏溺於男色的笑話，「耳談」又有一則：有御史按部某州，見皂轎小童愛之，至州署故令易門子，吏目無以應，御史曰，途中皂轎小童亦可。吏曰，小童乃選運所夫，驛丞驗其意，進言曰，小童曾供役上官，竟以易之。時人為之戲作「皂轎行」云：「皂轎皂轎，彼狡童兮大人要」，又云：「可惜吏目卻不曉，好個譯丞倒知道。」

士大夫愛好男色，流寇市井無賴之徒更不用說。「御南隨筆」載，張獻忠有孌童名李二娃，美而勇，每戰必先出，鋒銳不可當，後為黃得功所擒，愛其色，欲與狎，二娃不從而死。

又有市兒慕兵子而無地與狎，兵子夜守備通州倉，市兒因冒未到者名，入倉與兵子狎，其夜月明，復有一美人少年玩月，市兒詔兵子曰，吾姑往調之，往而美少年大怒，蓋軍中百夫長之子也。詬鬥不休，市兒遂毆少年死，瘞尸井中。兵子曰，君為我來此，致惹此禍，義不可負，我當代坐。於是代市兒入獄，囚二年，衣食皆市兒所饋。後忽不繼，私邀之又不至，兵子恚恨，訴於有司。有司遂釋兵子而囚市兒，罪論死。行刑時，兵子復曰，渠雖負義，非我初心，我不忍其獨死也。竟觸柱死於屍旁。

為了同性愛，市井無賴可以這樣捨身相報，男色的魔力可真大了。

→ 刊1947年11月22日《新生晚報》的〈歡喜佛盦叢談〉專欄

[日記] 8至12月：以「秋生」筆名逐日為《新生晚報》寫獵奇趣味短文，名〈歡喜佛盦叢談〉。

◉ | 一九四七年

→ 左起：黃苗子、葉中敏、葉淺予、郁風 1980 年攝於北京。

［日記］1 月 19 日：寄苗子、郁風信，並寄贈 *Contact No.2* 一冊。

← 高雄

［日記］1 月 26 日：陰雨，出外至高雄家拜年。

第一期 藝苑
·介紹記雕刻家鄭可及其作品·

↑〈藝苑〉第 1 期，刊 1947 年 9 月 17 日《星島日報》。

[日記] 5 月 28 日：頌芳約談星島事，議定編輯周刊一種，係關於香港者，定名〈香港史地〉。擬六月三號創刊。我又提議出〈藝苑〉，介紹新的藝術作品。

广东省中山图书馆接受捐赠图书感谢状

趙克臻女士

承蒙惠赠 新安縣誌（嘉慶刻本）等图书 壹 种 捌 册，对充实我馆藏书，更好地为读者服务，将起很大作用。对您这种关心图书馆事业的高风厚谊，深为敬佩，谨致谢忱。

广东省中山图书馆
一九八〇年五月五

↑ 葉靈鳳身故後家人將《新安縣誌》（日記中稱《新安志》）送贈廣東省中山圖書館，獲頒感謝狀。

[日記] 5 月 30 日：又以《新安志》中之「鰲洋甘瀑」製版作插圖。

華商報
HWA SHIANG PAO
中華民國三十六年五月三十一日

滬當局加強白色恐怖
夤夜圍捕大批學生
被封兩報四記者遭綁
復旦教授罷教堅請釋放學生

中華全國木刻協會
中外文藝聯絡社
人間畫會
主辦
第一屆全國木刻展覽會
日期：五月廿九日至六月四日
時間：每日下午二時至六時
地點：干諾道中三十八號（COSMOS CLUB）三樓

東北共軍佔梅河口
一八四師全軍覆沒
開原外圍要鎮多被攻下

日漁船侵我領海
台灣漁業受威脅

青島美軍又一暴行
小學生被射殺

社論
蔣主席的主意打錯了

人心極度浮動
滬謠言蠭起

廣西大學
反飢餓罷課

被捕學生及記者
均蒙「共黨」罪名

海盜還有惻隱心

最．後．消．息

↑ 第一屆全國木刻展覽會廣告，刊 1947 年 5 月 31 日《華商報》。

［日記］5 月 29 日：全國木刻協會在港舉行展覽會。

一個木刻展和三部木刻選

WHILE TARZAN AND THE DRUG-CRAZED APES SWAYED IN A DEATH BATTLE ABOVE BRONSON'S SENSELESS FORM—

泰山別傳

↑〈一個木刻展和三部木刻選〉，刊 1947 年 6 月 4 日《新生晚報》。

[日記] 6 月 1 日：在家寫成〈一個木刻展與三部木刻選〉，二千字，即送往《新生晚報》。

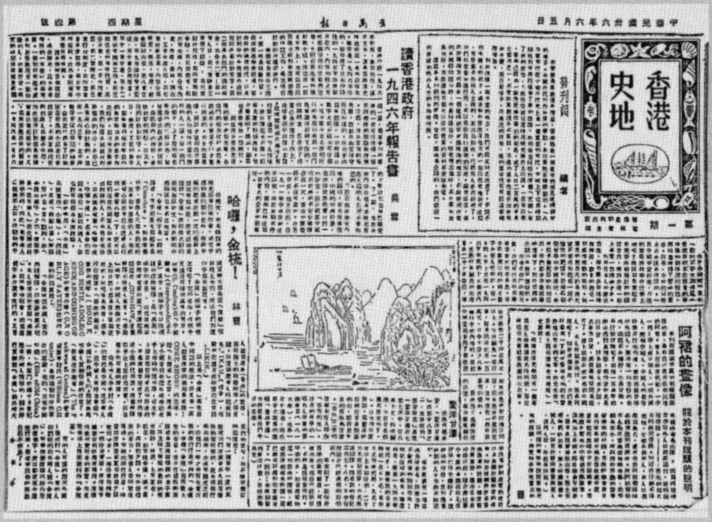
香港史地

讀香港政府一九四六年報告書

哈囉，金梳！

阿君的畫像

↑〈香港史地〉第 1 期，刊 1947 年 6 月 5 日《星島日報》。

[日記] 6 月 5 日：第 1 期〈香港史地〉周刊今日刊出，自己看一下還像樣。

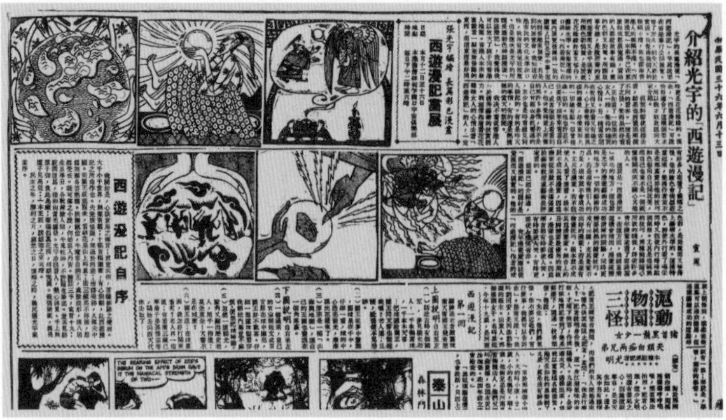

←〈介紹光宇的「西遊漫記」〉，刊 1947 年 6 月 11 日《新生晚報》。

［日記］6 月 11 日：夜間為光宇畫展寫一簡短介紹。

←↑ 生活書店開業廣告，刊 1947 年 6 月 20 日《華僑日報》。

［日記］6 月 21 日：在新開幕之生活書店購《蘇聯木刻》一冊。

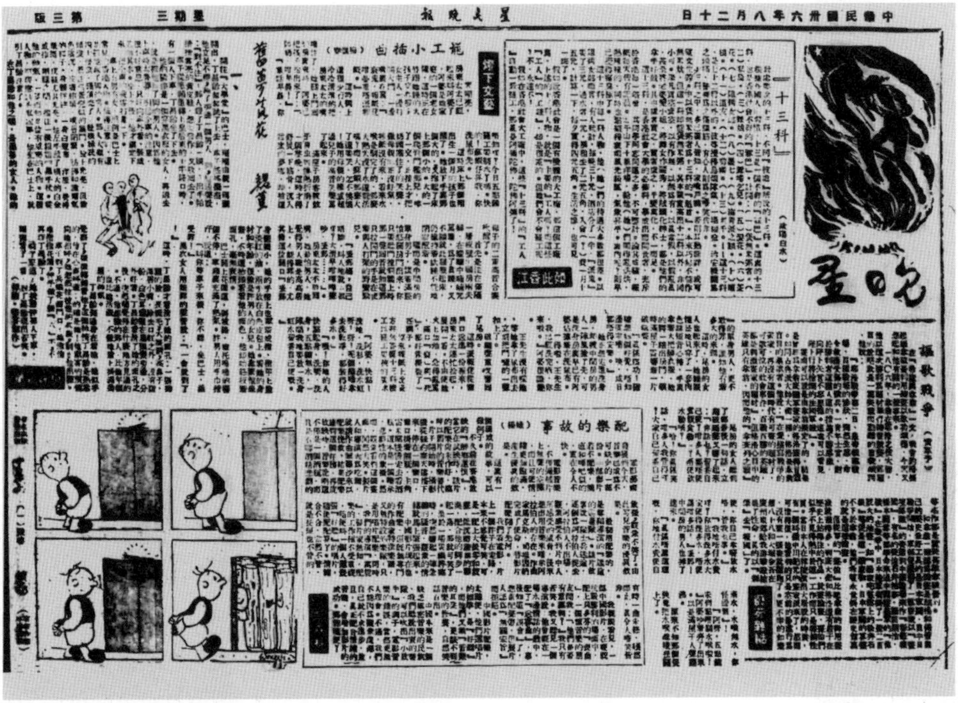

中華民國卅六年八月二十日　星島晚報　星期三　第三版

十三科

燈下文藝

施工小插曲

配樂的故事

←↑　黃堯漫畫〈牛鼻子〉1947年8月20日起在《星島晚報》刊出

［日記］6月25日：黃堯來訪未遇。擬借畫集製版頭，謂將入《星島晚報》編副刊。

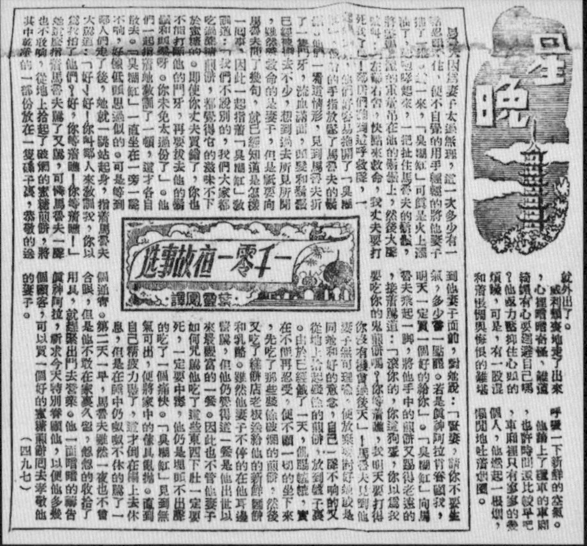

就外出了。威利懶洋洋地走了出來，心裡暗暗奇怪，難道綺娟有心要迴避自己嗎？他極力壓抑住心頭的煩躁，可是，有一股混和着憤慨與悔恨的難堪

呼吸一下新鮮的空氣。他跳上了電車的車廂，也許時間還比較早吧，車廂裡只有寥寥的幾個人，他燃起一根煙，悒悶地吐着煙圈。

一千零一夜故事選

葉靈鳳譯

馬雲夫因爲妻子太過無理，這一次多少有一點忍耐不住，便不自覺的用手輕輕的將他妻子推了一推，這一來，「臭爛缸」可眞是火上添油了，她咆哮起來，一把扯住馬雲夫的鬍鬚，將整個身體的重量吊在他的鬍鬚上，然後大聲喊叫：「左鄰右舍，快點來救命，我丈夫要打死我了！」鄰居們聽到這呼救聲，一[illegible]，他們好容易拗開了「臭爛缸」[illegible]的手指放鬆了馬雲夫的鬍鬚，他們一看這情形，見到馬雲夫折了一隻門牙，流血滿面，頭髮和鬍鬚已經被扯去不少，想到過去所見所聞，雖然喊救命的是妻子，但是祇要向馬雲夫問了幾句，就已經知道是怎樣一回事。因此一起指着「臭爛缸」數說道：「我們不說別的，我們大家都吃過蕊蒲煎餅，都覺得它的滋味不下於蜜糖的。即使你丈夫買錯了，你也不能打斷他的門牙，再要拔去他的鬍鬚和頭髮呀。你未免太過份了」。他們一起指着她數說了一頓，這才各自散去。「臭爛缸」一直坐在一旁一聲不響，好像低頭思過似的。可是等到鄰人們走了後，她就一跳站起身，指着馬雲夫大聲道：「好！好！你叫鄰人來教訓我，你以爲我怕了他們？好，你等着瞧！你等着瞧！」她這樣指着馬雲夫駡了又駡，可憐馬雲夫一聲也不敢響，從地上拾起了破爛的蜜糖煎餅，將其中蕊蒲的一部份放在一隻碟子裏，恭敬的送到他妻子面前，對她說：「賢妻，請你不要生氣，多少嘗一點罷。若是眞神阿拉肯眷顧我，明天一定買一個好的給你」。「臭爛缸」向馬雲夫飛起一脚，將他手中的煎餅又踢得老遠的，接着駡道：「滾你的，你這狗蛋，你以爲我要吃你的鬼煎餅嗎？你等着瞧，我明天要打得你沒有機會過後天」！馬雲夫見到他妻子無可理喩，便放棄了[illegible]或是同她和好的意念，自己一聲不響的又從地上拾起破爛的煎餅，放到碟子裏。由於已經餓了一天，他飢腸轆轆，實在不能再忍受，便不顧一切的坐下來，先吃了那些破爛的煎餅，然後又吃了糕餅店老板送給他的新鮮麵餅和乳酪。雖然他妻子不停的在他耳邊囉嗦，但他仍覺得這一餐是他出世以來最豐富的一餐。因此也不管他妻子如何咒駡他吃了這些東西下肚一定要死，一定要中毒，他仍是埋頭不出聲的吃了一個痛快。「臭爛缸」見到無氣可出，便將家中的傢具亂拋。直到自己精疲力盡了，這才倒在牀上去休息，但是在睡中仍嗷嗷不休的駡了一個通宵。第二天一早，馬雲夫雖然一夜也不曾合眼，但是他不敢在家裏久留，悤悤的收拾了用具，就趕緊出門去營業。他一面暗暗的禱告眞神阿拉，祈求今天特別眷顧他，以便他多幾個顧客，可以買一個好的蜜糖煎餅回去孝敬他的妻子。

（四九七）

↑ 葉靈鳳於 1950 年代在《星島晚報》副刊連載〈一千零一夜故事選〉，此頁見 1959 年 3 月 16 日。

［日記］6 月 25 日盧瑋鑾箋：黃堯於 1947 年 6 月 20 日由廣東抵港後住九龍黃大仙。……〈牛鼻子〉於 1947 年 8 月 20 日開始在《星島晚報》「晚星」版連載。葉靈鳳亦於 1950 年在《星島晚報》副刊連載〈一千零一夜故事選〉。

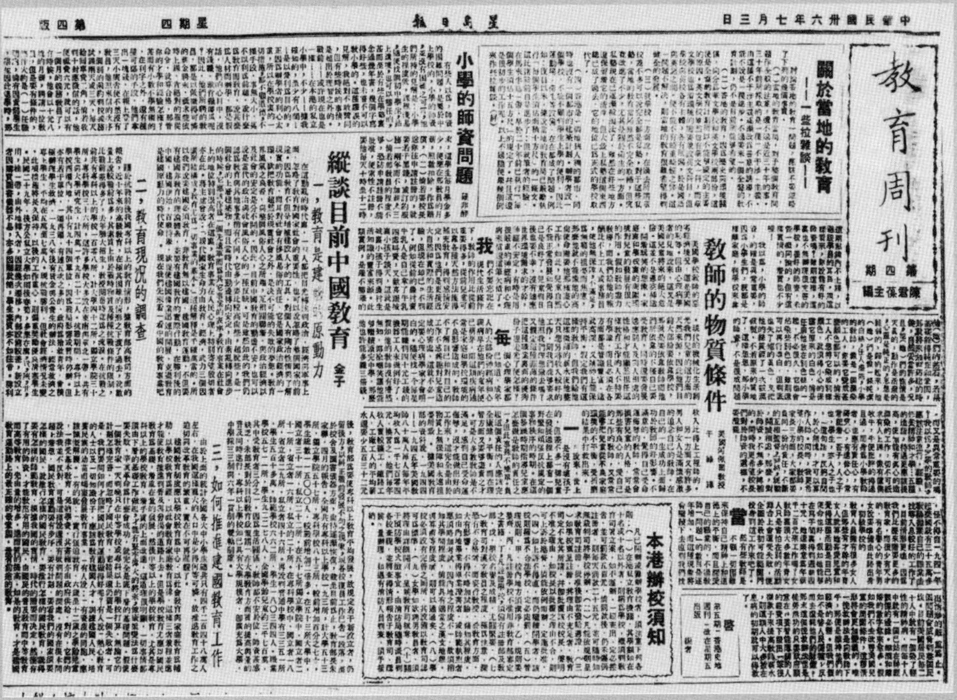
中華民國卅六年七月三日　星島日報　星期四　第四版

教育周刊　第四期　陳君葆主編

關於當地的教育
——一些拉雜談——

小學的師資問題

縱談目前中國教育
一，教育是建國的原動力
二，教育現況的調查
三，如何推進建國教育工作

教師的物質條件

本港辦校須知

↑ 1947年7月3日出版的《星島日報・教育周刊》，陳君葆主編。

［日記］7月1日：與君葆商量請他將〈教育周刊〉移早一天。

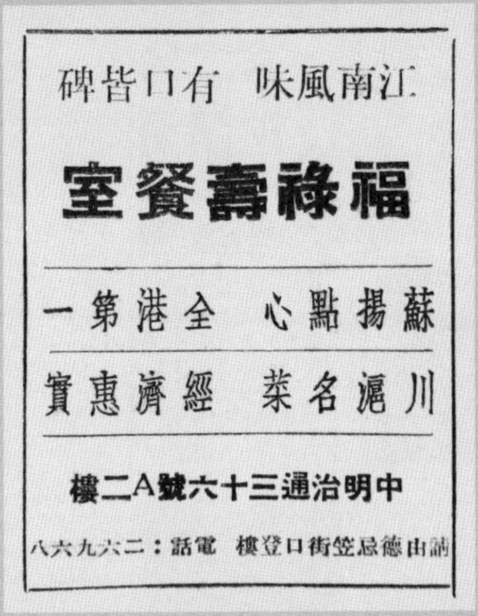

← 福祿壽餐室廣告，見1943年4月10日《大眾周報》第1卷第2期。

［日記］7月5日：於福祿壽茶室遇見特偉。

◉ | 一九四九年

↑〈趙少昂畫展特刊〉，刊 1949 年 11 月 9 日《星島日報》。

[日記] 11 月 8 至 13 日：觀趙少昂畫展。

↑ 巴雷編選：《葉靈鳳傑作選》，上海：新象書店，1947 年。

[日記] 12 月 9 日：鄭家少年，以坊間所選之《靈鳳傑作選》一冊見示。封面有畫像，無半分相似。

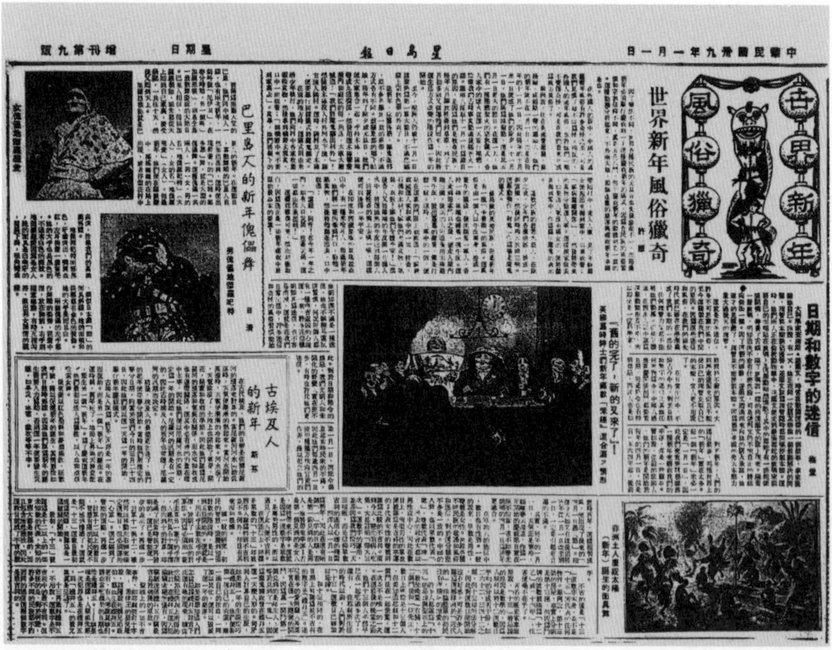

↑〈世界新年風俗獵奇〉，刊 1950 年 1 月 1 日《星島日報》。

[日記] 12 月 27 至 28 日：編新年特刊，寫〈世界新年風俗獵奇〉。

中華民國卅九年一月三日　星島日報　第二張　第五版

本港新聞 ①

電車工友致函資方
重開談判之門
今晨派代表携函謁資方商洽
希望社會人士當局出面調處

牛奶公司工潮又緊
工友今遞最後通牒
限資方廿四小時內答覆

胡文虎在檳城捐款
贊助教育公益事業

本港中山僑商會
理監事就職盛況

電燈職工今晚
開同人大會
討論促資方答覆要求

英軍巴符旅
今調防離港

港九巴士工潮
可望談判解決
港九勞方聯待圓滿結果

港今年奇暖
季候風受阻
天文台長說
不致於持久

工潮透視

本港九人獲得
英皇元旦授勳

飛箭號輪船員
拒絕開上海
美駐港總領事注意

樂斯酒店公寓職工
提出改善待遇要求

九廣鐵路英段
將改行車時間

大霧昨消失
港澳線航運
已恢復常態

↑ 1950 年 1 月 3 日《星島日報》有關電車工潮的報道

［日記］12 月 28 日：二十八日晨因廠方關閉廠門，不使車輛開行，全市電車遂停頓。

◉ | 一九五〇年

星島日報　一九五〇年一月十五日

本港新聞

資方昨仍堅持仲裁
電車工潮解決有待
市民咸希望早日恢復行車
華商會明日討論建議解決

燈泡業減工資問題
勞資雙方準備談判

港紳何
昨下

← 1950 年 1 月 15 日《星島日報》電車工潮報道

[日記] 1 月 10 至 11 日：自電車停止後，公共汽車非常擁擠。

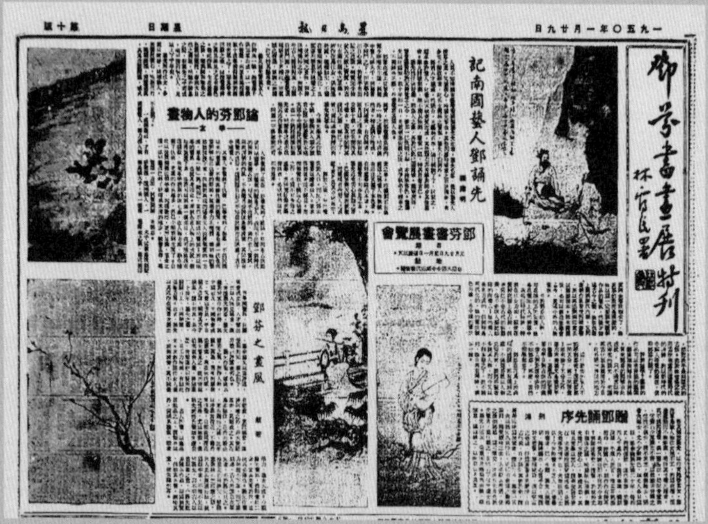

第十版　星期日　星島日報　一九五〇年一月廿九日

鄧芬書畫展特刊

記南國藝人鄧誦先

論鄧芬的人物畫

鄧芬書畫展覽會

鄧芬之畫風

贈鄧誦先序

↑〈鄧芬書畫展特刊〉，刊 1950 年 1 月 29 日《星島日報》。

[日記] 1 月 27 日：晚間至報館，始知本星期日又有畫展特刊。

香港屋簷下

藥商做壽

行船走馬

熏心手袋

鱷魚不嵬

貼狀被捉

彈琴唱歌

↑ 1950 年 1 月 27 日《大公報》〈香港屋簷下・藥商做壽〉譏諷胡文虎

[日記] 1 月 28 日：胡文虎今年壽誕，日昨為本港《大公報》所譏諷。

港九工聯昨發表意見書　呼籲迅速解決電車工潮

羅素街血案真相

電車工人昨開大會

↑ 1950 年 2 月 1 日《大公報》全版報道電車工潮警民衝突

[日記] 1 月 30 日：罷工中之電車工人，因開會與警察發生衝突。

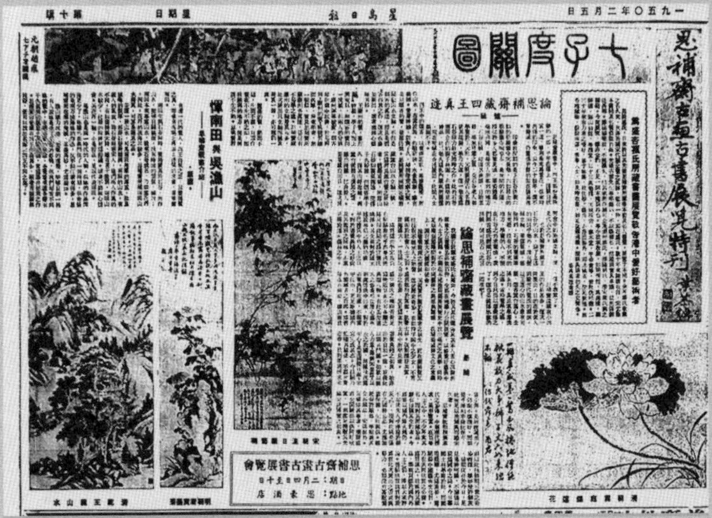
一九五〇年二月五日　星島日報　第十張

七子摩圖

思補齋古畫古書展覽特刊

論思補齋藏四王真蹟

惲南田與吳漁山

論思補齋藏畫展覽

思補齋古畫古書展覽會

→ 1950 年 2 月 5 日《星島日報》〈思補齋古畫古書展覽特刊〉

[日記] 2 月 1 日：本星期日，又有一陳列贗古董之人出一特刊，本期〈藝苑〉又不須發稿矣。

↑《國風》創刊號，封面標 1950 年 12 月 1 日出版。

[日記] 12 月 31 日：主教何明華發起創辦《國風》月刊，由我主編，第一期在十二月十五日出版。

←《國風》創刊號目錄

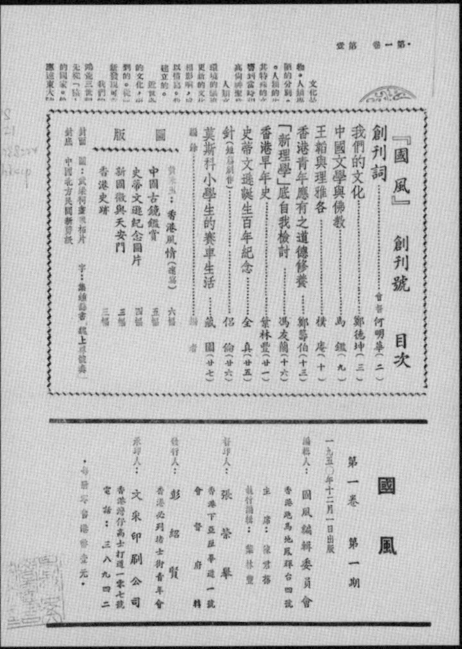

『國風』創刊號 目次

圖版

國風
第一卷 第一期
一九五〇年十二月一日出版
編輯人：國風編輯委員會 香港跑馬地鳳輝台四號
主席：陳君葆
執行編輯：葉林豐
督印人：張榮舉 香港下亞厘畢道一號 會督府轉
發行人：彭紹賢 香港必列者士街青年會
承印人：文采印刷公司 香港灣仔高士打道一零七號 電話：三八九四二
·每冊零售港幣壹元·

→《國風》創刊號封底

◉ | 一九五一年

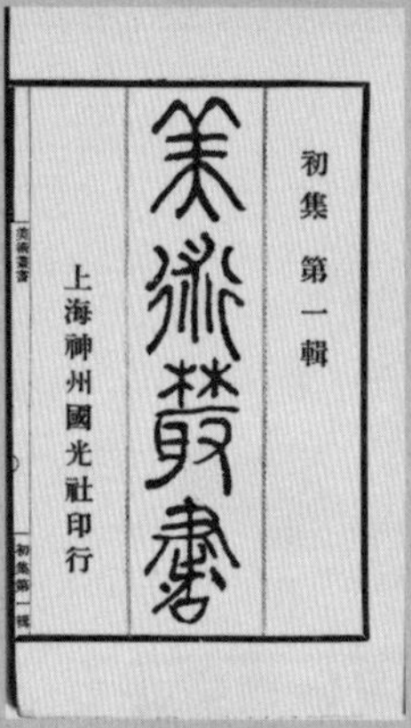

初集　第一輯

美術叢書

上海神州國光社印行

美術叢書初集第一輯目錄

書筏　笪重光
畫筌　笪重光
畫訣　龔賢
畫語錄　釋道濟
題畫偶錄　戴熙
草心樓讀畫集　黃崇惺
摹印述　陳澧
墨經　晁說之
琴學八則　程雄

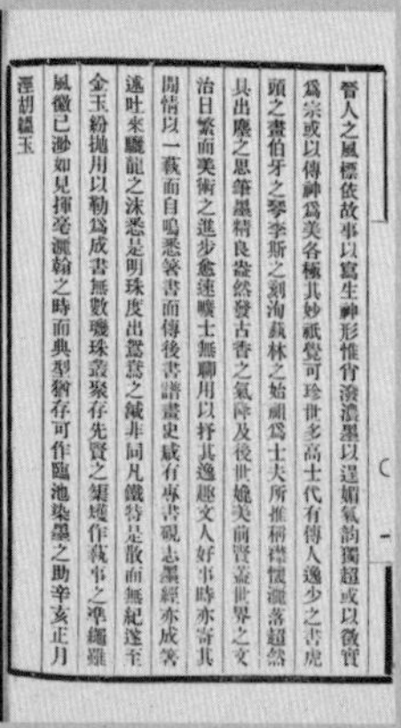

晉人之風標依故事以寫生神形惟肖潑濃墨以逞媚氣韻獨超或以微實爲宗或以傳神爲美各極其妙祇覺可珍世多高士代有傳人逸少之書虎頭之畫伯牙之琴李斯之刻洵藝林之始祖爲士夫所推稱襟懷瀟落超然具出塵之思筆墨精良發古香之氣降及後世嬀美前賢蓋世界之文治日繁而美術之進步愈速曠士無聊用以抒其逸趣文人好事時亦寄其閒情以一藝而自鳴悉箸書而傳後書譜畫史咸有專書硯志墨經亦成箸遙吐來驪龍之沫悉是明珠度出鴛鴦之鍼非同凡鐵特是散而無紀迭至金玉紛拋用以勒爲成書無數璣珠盡聚存先賢之矩矱作藝事之準繩雖風徽已渺如見揮毫灑翰之時而典型猶存可作臨池染墨之助辛亥正月
涇胡蘊玉

↑《美術叢書》共九函，現存香港中文大學圖書館葉靈鳳贈書室。葉氏這年間所讀的書畫等藝術論著，都出自這套叢書。

［日記］1月1日：讀《美術叢書》論書絕句，書畫跋數種。

評黃永玉畫展

任眞漢

↑ 1951年1月7日《星島日報》載任真漢〈評黃永玉畫展〉，照片中人為「青年藝術工作者」黃永玉。

［日記］1月7至8日：參觀黃永玉的畫展。

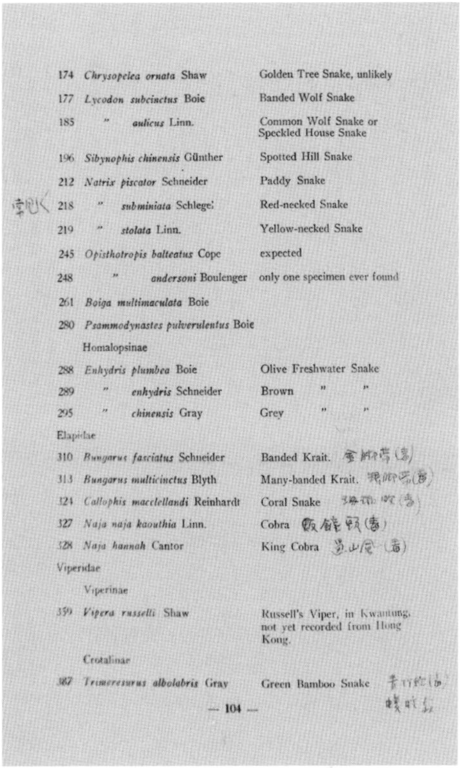

174	*Chrysopelea ornata* Shaw	Golden Tree Snake, unlikely
177	*Lycodon subcinctus* Boie	Banded Wolf Snake
185	" *aulicus* Linn.	Common Wolf Snake or Speckled House Snake
196	*Sibynophis chinensis* Günther	Spotted Hill Snake
212	*Natrix piscator* Schneider	Paddy Snake
218	" *subminiata* Schlegel	Red-necked Snake
219	" *stolata* Linn.	Yellow-necked Snake
245	*Opisthotropis balteatus* Cope	expected
248	" *andersoni* Boulenger	only one specimen ever found
261	*Boiga multimaculata* Boie	
280	*Psammodynastes pulverulentus* Boie	
	Homalopsinae	
288	*Enhydris plumbea* Boie	Olive Freshwater Snake
289	" *enhydris* Schneider	Brown " "
295	" *chinensis* Gray	Grey " "
	Elapidae	
310	*Bungarus fasciatus* Schneider	Banded Krait. 金腳帶(毒)
313	*Bungarus multicinctus* Blyth	Many-banded Krait. 銀腳帶(毒)
324	*Callophis macclellandi* Reinhardt	Coral Snake
327	*Naja naja kaouthia* Linn.	Cobra 飯鏟頭(毒)
328	*Naja hannah* Cantor	King Cobra 過山風(毒)
	Viperidae	
	Viperinae	
359	*Vipera russelli* Shaw	Russell's Viper, in Kwantung, not yet recorded from Hong Kong.
	Crotalinae	
387	*Trimeresurus albolabris* Gray	Green Bamboo Snake 青竹蛇(毒)

— 104 —

↑ ***The Hong Kong Countryside* 書頁中時有葉靈鳳做的筆記**

← 葉靈鳳購藏動植及博物學著作甚夥，此為香港中文大學圖書館葉靈鳳贈書室書架一角，左五為 *The Hong Kong Countryside*。

[日記] 1月14日：在別發書店，見有前香港大學教授香樂思新出版之 *H.K. Countryside*，係雜談本港之草木蟲魚者。

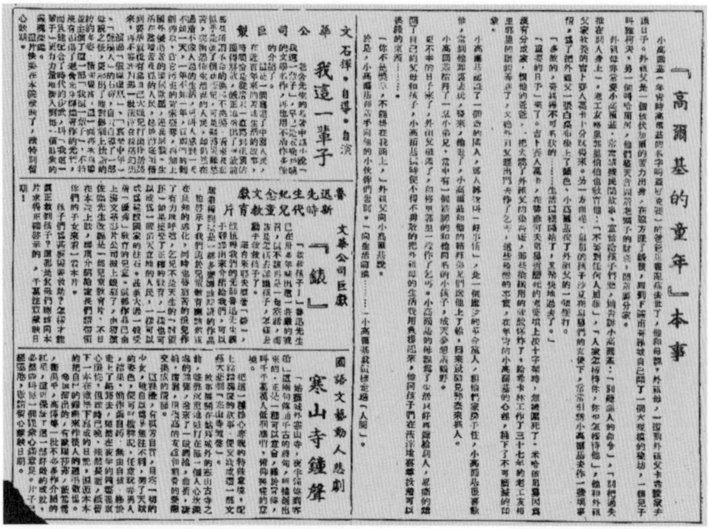

↑ **國泰戲院即將上映電影的宣傳單張**

［日記］1月27日：看《我這一輩子》及《錶》的電影試片。前者是根據老舍的小說，後者是根據魯迅譯蘇聯童話。

← **陳畸**

［日記］2月7日：楊鴻烈、陳畸夫婦、李輝英等來拜年。

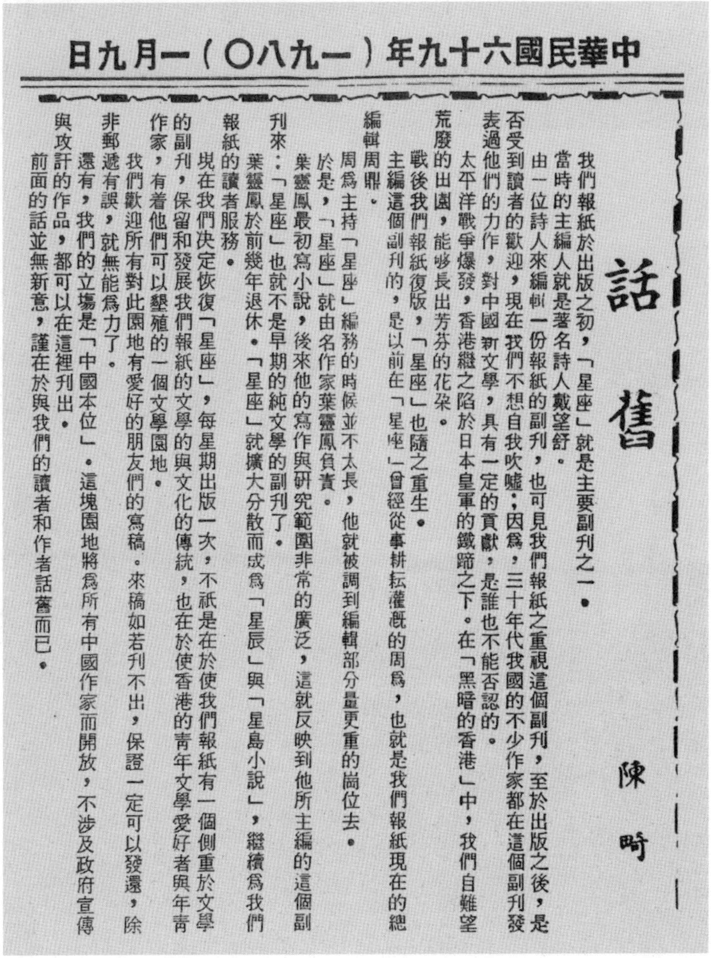

中華民國六十九年（一九八〇）一月九日

話舊

陳畸

我們報紙於出版之初，「星座」就是主要副刊之一。當時的主編人就是著名詩人戴望舒。

由一位詩人來編輯一份報紙的副刊，也可見我們報紙之重視這個副刊，至於出版之後，是否受到讀者的歡迎，現在我們不想自我吹噓；因爲，三十年代我國的不少作家都在這個副刊發表過他們的力作，對中國新文學，具有一定的貢獻，是誰也不能否認的。

太平洋戰爭爆發，香港繼之陷於日本皇軍的鐵蹄之下。在「黑暗的香港」中，我們自難望荒廢的出園，能够長出芳芬的花朵。

戰後我們報紙復版，「星座」也隨之重生。主編這個副刊的，是以前在「星座」曾經從事耕耘灌溉的周爲，也就是我們報紙現在的總編輯周鼎。

周爲主持「星座」編務的時候並不太長，他就被調到編輯部分量更重的崗位去。於是，「星座」就由名作家葉靈鳳負責。

葉靈鳳最初寫小說，後來他的寫作與研究範圍非常的廣泛，這就反映到他所主編的這個副刊來：「星座」也就不是早期的純文學的副刊了。

葉靈鳳於前幾年退休。「星座」就擴大分散而成爲「星辰」與「星島小說」，繼續爲我們報紙的讀者服務。

現在我們決定恢復「星座」，每星期出版一次，不衹是在於使我們報紙有一個側重於文學的副刊，保留和發展我們報紙的文學的與文化的傳統，也在於使香港的青年文學愛好者與年青作家，有着他們可以墾殖的一個文學園地。

我們歡迎所有對此園地有愛好的朋友們的寫稿。來稿如若刊不出，保證一定可以發還，除非郵遞有誤，就無能爲力了。

還有，我們的立場是「中國本位」。這塊園地將爲所有中國作家而開放，不涉及政府宣傳與攻訐的作品，都可以在這裡刊出。

前面的話並無新意，謹在於與我們的讀者和作者話舊而已。

← **陳畸〈話舊〉，刊1980年1月9日《星島日報》36版〈星座〉復刊號。文中闡述復刊〈星座〉的緣由。**

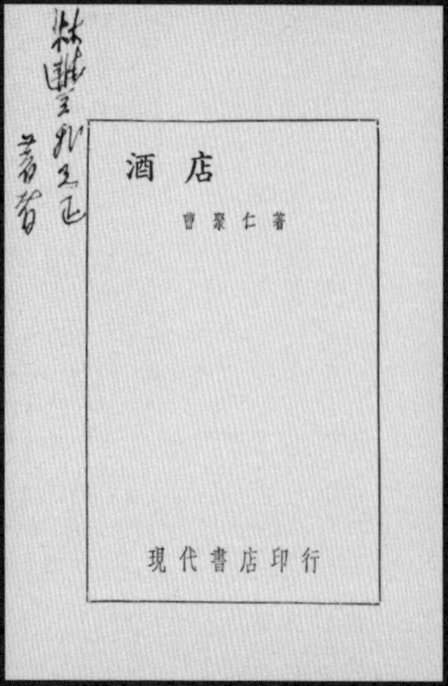

← **曹聚仁小說《酒店》，作者題贈葉靈鳳。**

［日記］2月8日：晚與易君左曹聚仁同席。

↑ **葉靈鳳與賈訥夫及友人：前右起：江陵、賈訥夫、柳存仁；後右起：唐碧川、胡春冰、俞振飛、陳夢因、李伯言、葉靈鳳。見（賈）訥夫〈三十六年前一張舊照片〉，刊1987年2月《大成》雜誌第159期。由刊出日期計，三十六年前即1951年。**

［日記］2月10日：胡好等十人及飛機殘骸已由搜尋人員尋獲。今日通訊社正式發表遇事經過。報館同人頗多議論及感喟。賈訥夫準備胡氏小史，攜來商酌字句。

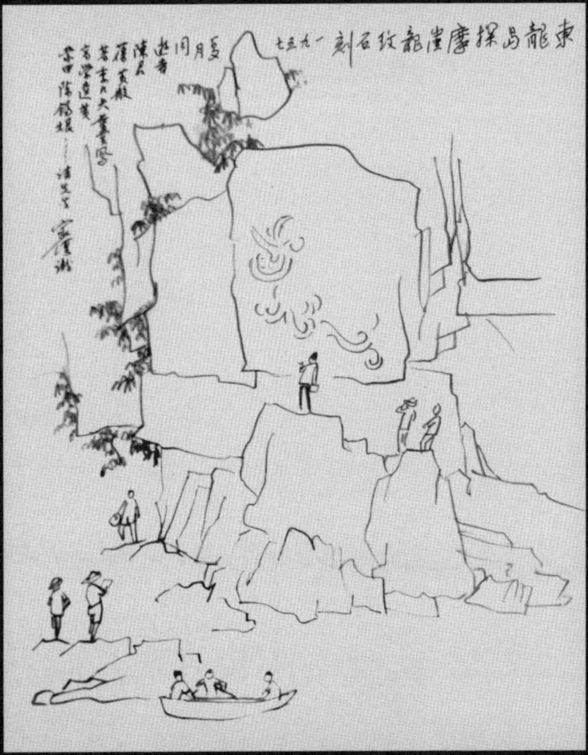

↑ 鄭家鎮〈東龍島探摩崖龍紋石刻〉速寫，畫上說明：「一九五七夏月同遊者陳君葆、黃般若、李凡夫、葉靈鳳、高學逵、黃蒙田、陳錫根……諸先生。」（取自《鄭家鎮寫生集》，1984 年三聯書店香港分店出版。）

［日記］2 月 12 日：傍晚，苗秀、黃魯、黃茅、尊古齋潘氏弟兄，及順記雪糕店主呂順，一起來拜年，少頃，鄭家鎮亦來。

↑ 鄭家鎮

↑ 葉靈鳳（右一）出席馮平山圖書館漢畫石刻拓本展覽會開幕禮。左一：陳君葆、左三：馬鑑、左五：佘雪曼。

［日記］2 月 17 日：飯後往馮平山圖書館參觀羅氏敦復書室所藏石刻碑帖字畫展覽會。

↑ 早年柳木下（後左一戴帽者）

［日記］2 月 23 日：柳木下來談。

↑ 柳木下留影，見 1981 年 1 月 27 日《中報》第二版。

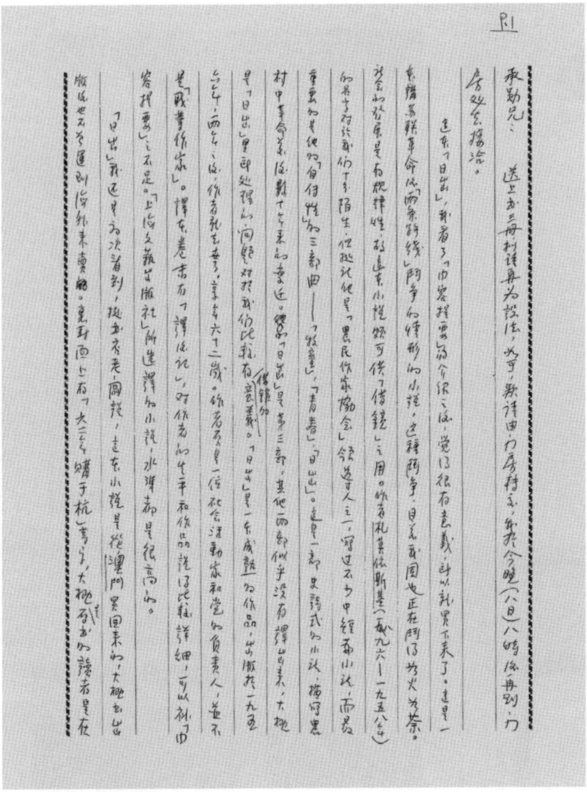

P.1

承勳兄：

送上書三冊，請轉再為設法，如可，數請由乃房轉交，我於今晚（八日）八時後再到乃房處去接洽。

這本「日出」，我看了「內容提要」的介紹之後，覺得很有意義，所以就買下來了。這是一本描寫蘇聯革命以前「兩條路線」鬥爭的情形的小說，這種鬥爭，目前我國也正在鬥得如火如荼。社會的發展是有規律性，所以這本小說頗可供「借鏡」之用。作者札莫依斯基（一八九六－一九五八年）的名字在我們中間很陌生，但據說他是「農民作家協會」領導人之一，寫過不少中短篇小說，而最重要的是他的「自傳性」的三部曲——「牧童」、「青春」、「日出」。這是一部史詩式的小說，描寫農村中革命前後數十年來的變遷。譯出「日出」是第三部，其他兩部似乎沒有譯出來，大概是「日出」里所處理的問題對於我們比較有借鏡的意義。「日出」是一本成熟的作品，出版於一九五六年，兩年之後，作者就去世了，享年六十二歲。作者不只是一位社會活動家和黨的負責人，並不是「職業作家」。譯本卷末有「譯後記」，對作者的生平和作品說得比較詳細，可以補「內容提要」之不足。「上海文藝出版社」所選譯的小說，水準都是很高的。

「日出」我還是初次看到，據書店老闆說，這本小說是從澳門買回來的，大概書出版後也不易運到海外來賣的。定封面上有「大二六 贈于杭」等字，大概原來的讀者是在

↑ **柳木下致羅承勳（羅孚）的「售書」函**

← **葉靈鳳藏書中部分有關畢加索的著作，現存香港中文大學圖書館葉靈鳳贈書室。**

［日記］3月19日：讀 Harriet & Sidney Janis 二人合著的《畢加索》，係介紹他自一九三九至一九四六年的作品者。圖版甚精大，係數年前購得者，擱置架上，至今始得一讀。

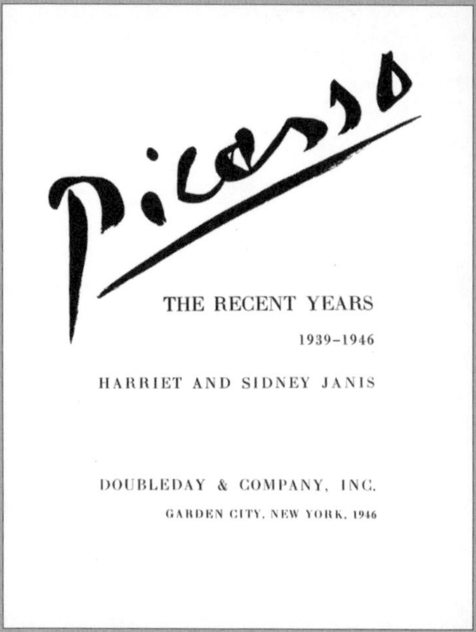

Picasso

THE RECENT YEARS

1939–1946

HARRIET AND SIDNEY JANIS

DOUBLEDAY & COMPANY, INC.

GARDEN CITY, NEW YORK, 1946

PLATE 102

Skull of a Bull on a Table. *Paris, April 3, 1942. Oil on Canvas, 46 x 35½".*

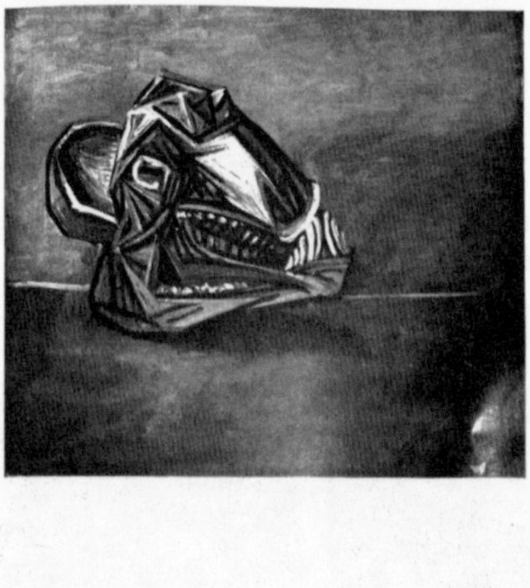

PLATE 103

Head of a Lamb. *Paris, October 4, 1939, Royan. Oil on Canvas, 19⅝ x 24".*

Painted at the beginning of the war and about three years before his *Bull's-head* series.

↑ ***Picasso: the Recent Years 1939-1946* 書影**

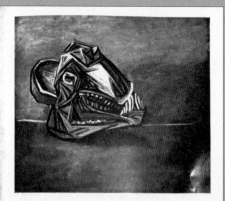

↑《除卻巫山不是雲》(即《永遠的琥珀》)電影廣告,見1951年3月21日《星島日報》。

[日記] 3月21日:天雨,冒雨與克臻及絢女同看《永遠的琥珀》。

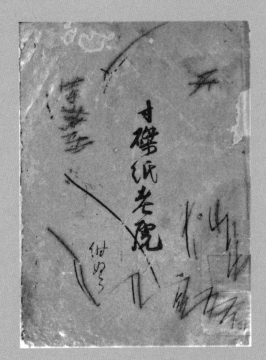

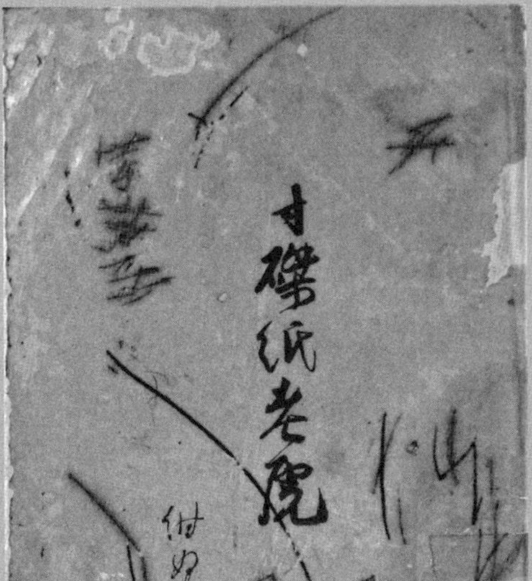

← 聶紺弩《寸礫紙老虎》,現藏香港中文大學圖書館葉靈鳳贈書室(封面斑紋為原設計所無)。

[日記] 3月30日:聶紺弩以所作雜文集《寸礫紙老虎》一冊見贈。

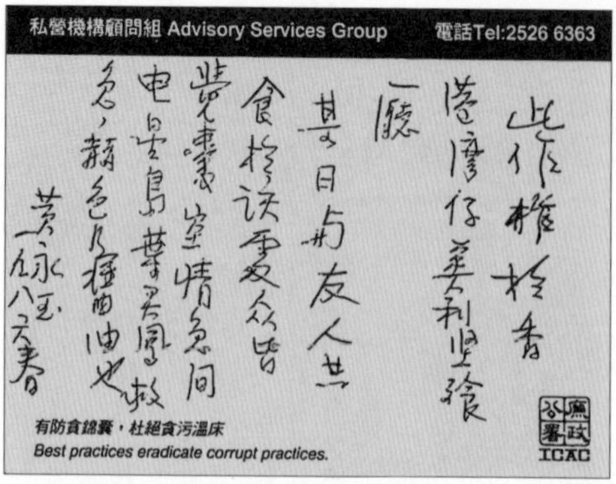

↑ **此黃永玉在美利堅餐廳即席所作的畫，有便條記其事：「此作作於香港灣仔美利堅餐廳。某日與友人共食於該處眾皆覺囊空情急間電星島葉靈鳳救急，赭色（圖中淺灰地色）乃醬油也。黃永玉一九八六春」日記並無記及此事，畫上也沒記繪畫日期，姑置於此。**

[日記] 3 月 30 日：晚與黃永玉等在美利堅喝茶吃點心。

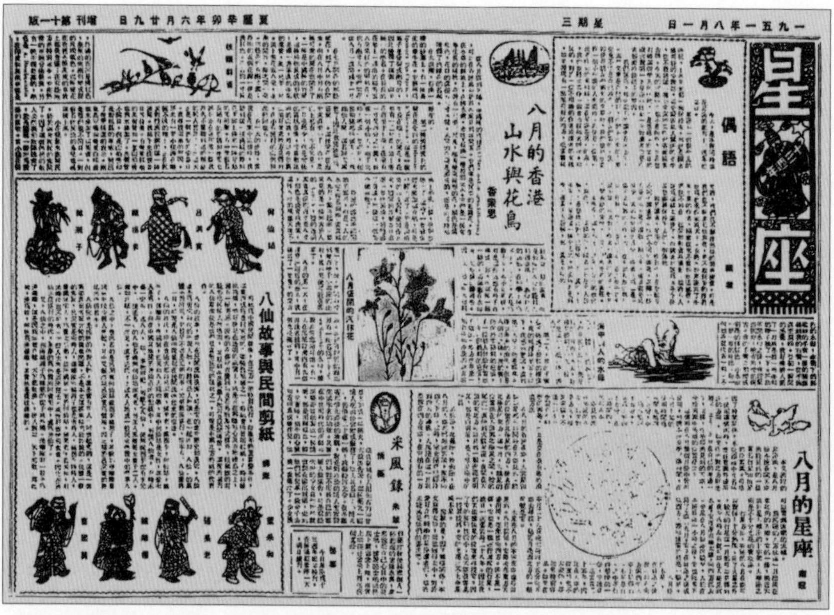

↑**《星島日報》1951 年 8 月 1 日〈星座〉**

[日記] 7 月 30 日：一日〈星座〉今晚亦已編輯完竣，因圖片略多，相當熱鬧。

← 黃永玉木刻「血錢」

[日記] 8月31日：晚間黃永玉送來木刻「血錢」一幀，係以老妓女賣肉所掙得的血汗錢為題材者。

→ 1951年12月《新中華畫報》第1期封面

[日記] 9月14日：中華書局出版《新中華畫報》，由李青編輯，來約寫稿。

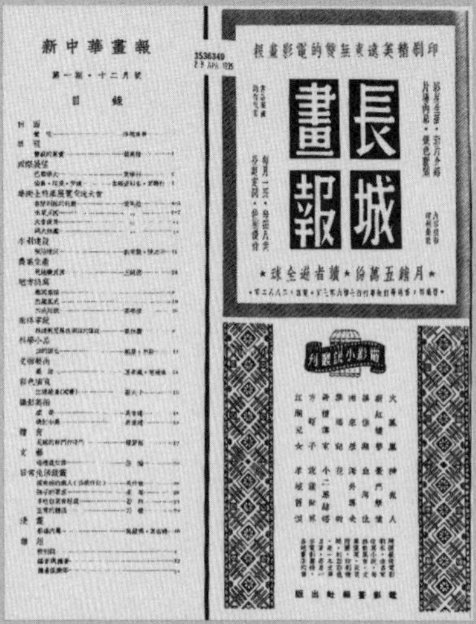
新中華畫報

第一期・十二月號

目錄

長城畫報

← 1951 年 12 月《新中華畫報》第 1 期目錄

林道乾兄妹在南洋的傳說

泰國素描

↑ 葉靈鳳刊於《新中華畫報》第 1 期談南洋華僑的文章（筆名葉林豐）

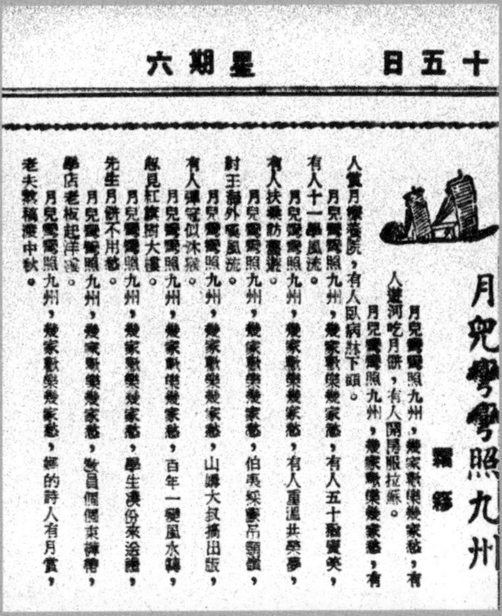
十五日　星期六

月兒彎彎照九州

月兒彎彎照九州，幾家歡樂幾家愁，有人渡河吃月餅，有人開房服拉[illegible]。

月兒彎彎照九州，幾家歡樂幾家愁，有人[illegible]月[illegible][illegible]院，有人臥病牀下頭。

月兒彎彎照九州，幾家歡樂幾家愁，有人五十[illegible][illegible][illegible]，有人十一舉風流。

月兒彎彎照九州，幾家歡樂幾家愁，有人重溫共榮夢，有人扶乘防[illegible]流。

月兒彎彎照九州，幾家歡樂幾家愁，伯夷叔齊吊頸[illegible]，紂王額外嘆風流。

月兒彎彎照九州，幾家歡樂幾家愁，山姆大叔搞出版，有人彈冠似沐猴。

月兒彎彎照九州，幾家歡樂幾家愁，百年一變風水轉，忽見紅旗掛大樓。

月兒彎彎照九州，幾家歡樂幾家愁，學生湊份來送禮，先生月餅不用愁。

月兒彎彎照九州，幾家歡樂幾家愁，教員個個束褲帶，學店老板起洋樓。

月兒彎彎照九州，幾家歡樂幾家愁，窮的詩人有月賞，老夫[illegible]稿度中秋。

↑ 1951年9月15日《星島日報・星座》〈月兒彎彎照九州〉打油詩之六：
月兒彎彎照九州，
幾家歡樂幾家愁，
山姆大叔搞出版，
有人彈冠似沐猴。

［日記］9月14日：以「月兒彎彎照九州」為題，寫打油詩十首，對時事，如某君甘為美國人編畫報等事有所諷刺。

↑ 彭成慧（左一）攝於沙田楓林小館前

［日記］9月22日：應彭成慧之邀，赴沙田彼所開設之楓林小館晚膳。

← 彭成慧著《山城之夢》書影，1954年創墾出版社出版。《楓林拾葉》，1973年12月自由談雜誌社發行。

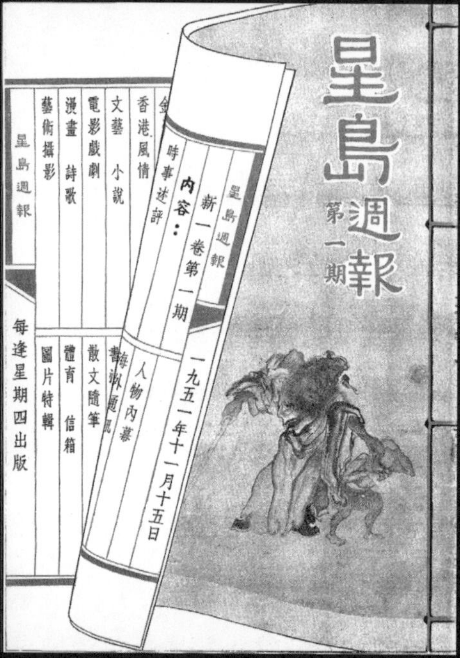

←《星島週報》創刊號封面

［日記］10 月 2 日：赴報館出席《星島週報》編委籌備會。擬下月一日出版。

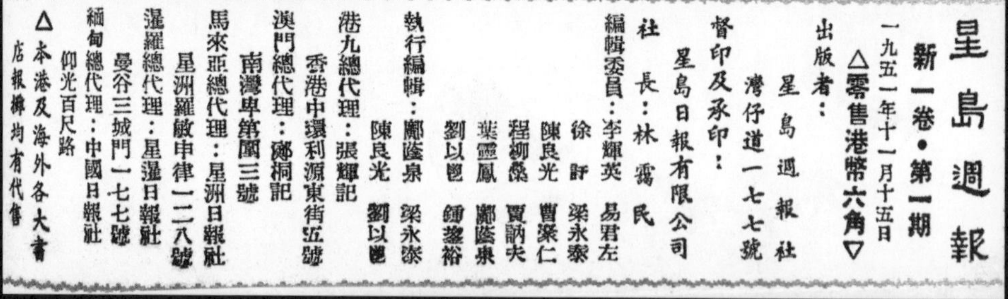

星島週報

新一卷・第一期

一九五一年十一月十五日

△零售港幣六角▽

出版者：

星島週報社

灣仔道一七七號

督印及承印：

星島日報有限公司

社長：林靄民

編輯委員：李輝英 易君左

徐訏 梁永泰

陳良光 曹聚仁

程柳燊 賈訥夫

葉靈鳳 鄺蔭泉

劉以鬯 鍾鏊裕

執行編輯：鄺蔭泉 梁永泰

陳良光 劉以鬯

港九總代理：張輝記

香港中環利源東街五號

澳門總代理：鄧桐記

南灣卑第蘭三號

馬來亞總代理：星洲日報社

星洲羅敏申律一二八號

暹羅總代理：星暹日報社

曼谷三城門一七七號

緬甸總代理：中國日報社

仰光百尺路

△本港及海外各大書店報攤均有代售

當代青衣祭酒 張君秋 昨晨返國 舉家同行

（本報專訊）留港數年的我國京戲當代青衣祭酒張君秋，已于昨晨離港返國，同行者除張君秋家屬外，名琴師何順信夫婦亦偕行。張君一行人之行期，本定前日清晨，港方亦由女聯等團體決定當晚舉行歡迎晚會，並排定節目，後因行李收拾不及，臨時以長途電話與穗方聯絡，改在昨晨成行。

據悉張等一行人抵廣州後，將作數天逗留，並參加中南實驗劇團之京戲演出，然後由粵漢路至漢口，在漢口與馬連良等聯合公演，再取道北上，經天津返北京。在京津一帶作相當時間之公演後，並擬南下至上海登臺，以慰京滬一帶觀眾之渴望。

按當代京戲青衣，自梅蘭芳年事老去，早已放棄正式舞台生涯後，梅派青衣真傳，已首推張君秋莫屬。張君秋自三年前來港後，留港期間，曾與馬連良，楊寶森，俞振飛等人合作，經常在港九各戲院登台演唱，直至上星期六尚在九龍普慶戲院與俞振飛合演春秋配。仍得大量聽衆擁護。近來港九之京戲團風起雲湧，可說實受張君秋劇團經常上演之影響，即年來粵劇藝人之演技唱腔，亦曾吸收京戲之精華而有所改良，其薰陶之功，可謂不小，加之張君為人態度謙虛，演戲認真，平日待人接物，尤彬彬有禮，因此無論台下觀衆或知交新知，對之皆印象甚好，今一旦忽忽離港返國，對於張君個人藝術前途，雖可賀可喜，但港九無數戲迷，驟聆此消息，不無寂寞之感，即張君夫婦日前來報館向本報林社長及諸同仁辭行時，彼此亦覺依依惜別難捨也。

留港之京戲名藝人，本有馬連良，張君秋，俞振飛三位，今馬張兩人已先後北返，僅餘俞振飛一人，俞亦為當代著名小生，今後搭配為難，恐港九戲迷一時難再有欣賞正統京戲之機會矣。

↑ 張君秋回國報道，刊 1951 年 10 月 28 日《星島日報》。

［日記］10 月 27 日：張君秋今早當已成行，晚間為他寫新聞稿一段，明日刊出，略示惜別之意。

← 葉靈鳳夫婦和張君秋（左）

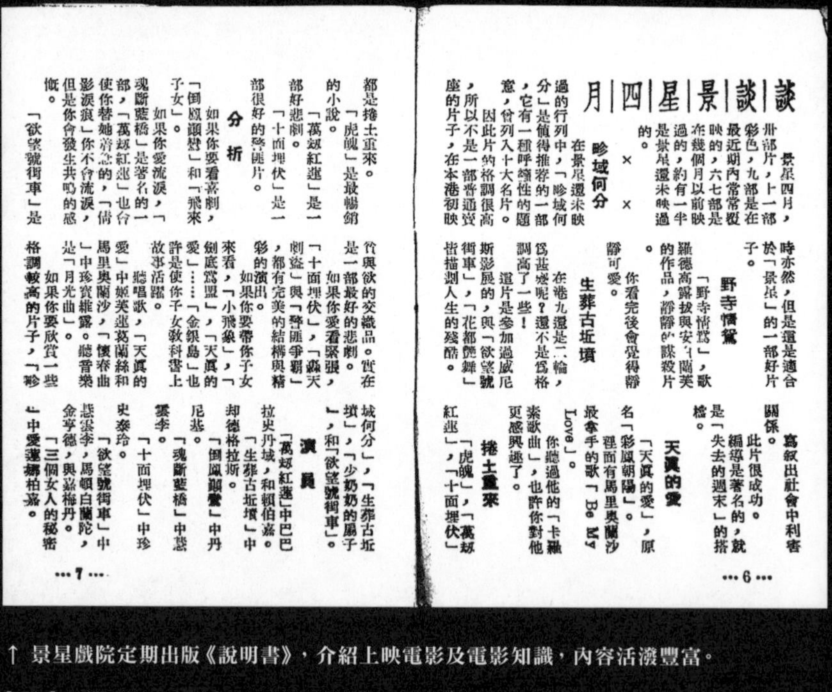

談景星四月

景星四月，卅部片，十一部彩色，九部是在最近期內常常放映的，六七部是在幾個月以前映過的，約有一半是景星還未映過的。

× ×

眕域何分

在景星還未映過的行列中，「眕域何分」是值得推薦的一部，它有一種呼籲性的題意，曾列入十大名片。

因此片的格調很高，所以不是一部普通賣座的片子，在本港初映時亦然，但是還是適合於「景星」的一部好片子。

野寺情鴛

「野寺情鴛」，歌羅德高露拔與安卜蘭芙的作品，靜靜的謀殺片。

你看完後會覺得靜靜可愛。

生葬古坵墳

在港九還是二輪，爲甚麽呢？還不是爲格調高了一些！

這片是參加過威尼斯影展的，與「欲望號街車」，「花都艷舞」皆描劃人生的殘酷。寫叙出社會中利害關係。

此片很成功。編導是著名的，就是「失去的週末」的搭檔。

天眞的愛

「天眞的愛」，原名「彩鳳朝陽」。裡面有馬里奧蘭沙最拿手的歌「Be My Love」。

你聽過他的「卡羅素歌曲」，也許你對他更感興趣了。

捲土重來

「虎魄」，「萬劫紅蓮」，「十面埋伏」都是捲土重來。

「虎魄」是最暢銷的小說。

「萬劫紅蓮」是一部好悲劇。

「十面埋伏」是一部很好的警匪片。

分析

如果你要看喜劇，「倒鳳顚鸞」和「飛來子女」。

如果你愛流淚，「魂斷藍橋」是著名的一部，「萬劫紅蓮」也會使你替她着急的，「倩影淚痕」你不會流淚，但是你會發生共鳴的感慨。

「欲望號街車」是貧與欲的交織品。實在是一部最好的悲劇。

如果你愛看緊張，「十面埋伏」，「淼天劇盜」與「警匪爭覇」，都有完美的結構與精彩的演出。

如果你要帶你子女來看，「小飛象」，「天眞的愛」……「金銀島」也許是使你子女教科書上故事活躍。

聽唱歌，「天眞的愛」中姬芙蓮葛蘭絲和馬里奧蘭沙，「懷春曲」中珍寶維露。聽音樂是「月光曲」。

如果你要欣賞一些格調較高的片子，「眕域何分」，「生葬古坵墳」，「少奶奶的扇子」，和「欲望號街車」。

演員

「萬劫紅蓮」中巴巴拉史丹域，和頓伯嘉。

「生葬古坵墳」中卻德格拉斯。

「倒鳳顚鸞」中丹尼基。

「魂斷藍橋」中慧雲李。

「十面埋伏」中珍史泰玲。

「欲望號街車」中慧雲李，馬龍白蘭陀，金亨德，與綠梅丹。

「三個女人的秘密」中愛蓮娜柏嘉。

…6… …7…

↑ 景星戲院定期出版《說明書》，介紹上映電影及電影知識，內容活潑豐富。

[日記] 11 月 3 日：下午與克臻赴九龍景星戲院看英國電影。

◉ | 一九五二年

← **李維陵素描，刊 1951 年 12 月 1 日《星島日報・星座》。**

［日記］1 月 13 日：李維陵等三弟兄來訪，要看看一些藝術書和畫集。他們三人都是愛好藝術的青年。所作素描很清秀，時在〈星座〉發表。

↑ **〈牌樓 中國建築的特殊式樣〉，刊 1952 年 1 月 24 日《星島週報》11 期。**

［日記］1 月 18 日：讀梁思成〈敦煌壁畫中所見的中國古建築〉謂牌坊乃闕之變形。又讀 Sirén 與 Mirams 等人的《中國建築史》有關牌坊部分，因本期星期《週報》有兩版圖片是中國的各種牌樓，要寫說明。

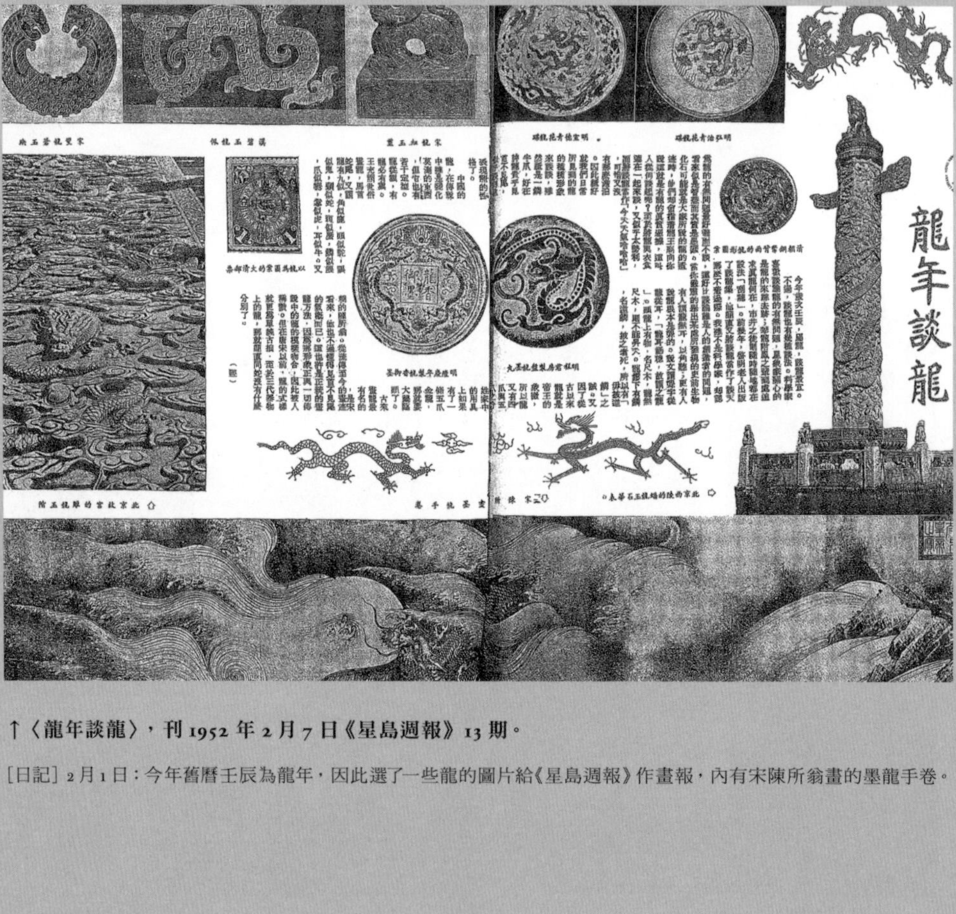

↑〈龍年談龍〉，刊 1952 年 2 月 7 日《星島週報》13 期。

[日記] 2 月 1 日：今年舊曆壬辰為龍年，因此選了一些龍的圖片給《星島週報》作畫報，內有宋陳所翁畫的墨龍手卷。

↑ 葉靈鳳（左）和程靖宇（右，筆名今聖歎）

［日記］2月2日：高雄夫婦來拜年，留其午膳，並有不速之客程靖宇。

華僑日報

停戰談判全體代表昨日恢復會議

南日建議停戰後三月內召開高級政治會議

撤退韓境所有外軍和平解決韓局

白金漢宮昨日哀告

英王喬治六世崩逝

遺體將昇倫敦國葬　全國停止娛樂誌哀

樞密院宣佈伊麗莎伯女王登極

英故王喬治六世遺照

伊麗莎伯女王今日抵倫敦

在樞密院宣誓繼承英王位

登位後改稱女王伊麗莎伯二世

繼承英國王位之伊麗莎伯公主

九項換俘原則大部已獲協議

共方迄未提出政治會議地點

南日提議召開之政治會議

將清算遠東整個問題

港官民哀悼

英王喬治六世崩逝

中共積極經營四川　成為內陸軍事基地

↑ **1952 年 2 月 7 日《華僑日報》頭版英王去世報道**

［日記］2 月 7 日：今日本港《華僑日報》刊載英王逝世消息，所用的肖像竟將一幀溫莎公爵的便裝像當作英王遺像來刊載，真是鬧了一個天大的笑話。

↑ 劉芃如

[日記] 3 月 1 日 :《大公報》的劉芃如等來家中談天看書，再三邀給他們寫點文章。

↑ 劉芃如任《東方地平線》編輯時在辦公桌前

← 劉芃如（右一）、葉靈鳳（左二）與友人合照。

↑ 文化人的聚會：左一、羅孚太太吳秀聖；左三、張學孔太太；左四、劉芃如太太楊範如；右二、張學孔；右一、劉芃如；後站者葉靈鳳。

↑ 劉家三兄妹：劉天鈞、劉天梅、劉天蘭。小狗為葉靈鳳所贈。
（本輯照片由劉天蘭女士提供）

賀新晚報十二週年

（一）

新晚如今又更新，盈盈十二最驕人，月圓花好兼長壽，神采飛揚萬象春。

（二）

博學多才正少年，前程萬里着鞭先，十分顏色千鈞力，一紙風行到處傳。

悼劉芃如先生

（一）

萬里長空悵望中，此行總覺太匆匆，詩魂今夜歸何處？月冷風淒泣斷鴻。

（二）

鐵翼凌宵話別時，牽衣難捨太嬌癡，可憐腸斷深閨夢，兒問歸期未有期。

（三）

舊知新雨筆留痕，笑語樽前意尚溫，雲海茫茫塵夢斷，卻從何處賦招魂。

← 趙克臻悼詩，見自費出版《自我詩草》（1979 年出版）。

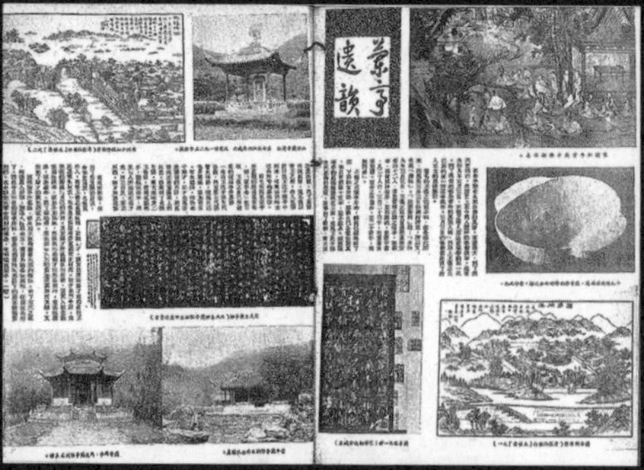

←〈蘭亭遺韻〉，刊 1952 年 3 月 28 日《星島週報》20 期。

［日記］3 月 20 日：就要到上巳修禊了，搜集了一些有關蘭亭的圖片作《週報》畫報材料。

↑〈達文西誕生五百年紀念〉，刊 1952 年 4 月 17 日《星島週報》23 期。

［日記］4 月 7 日：選達文西的作品一批作《星島週報》的畫報資料。

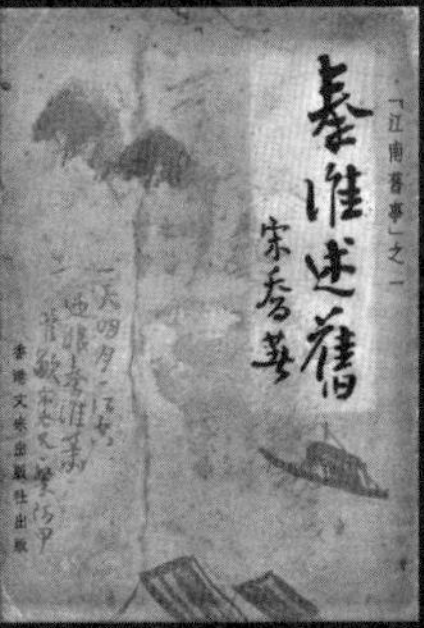

←《秦淮述舊》封面

[日記] 5 月 22 日：劉芃如來電話，擬借一張木刻的南京風景畫，作《秦淮述舊》的封面。從《泛槎圖》之中找了一幅秦淮風景給他。

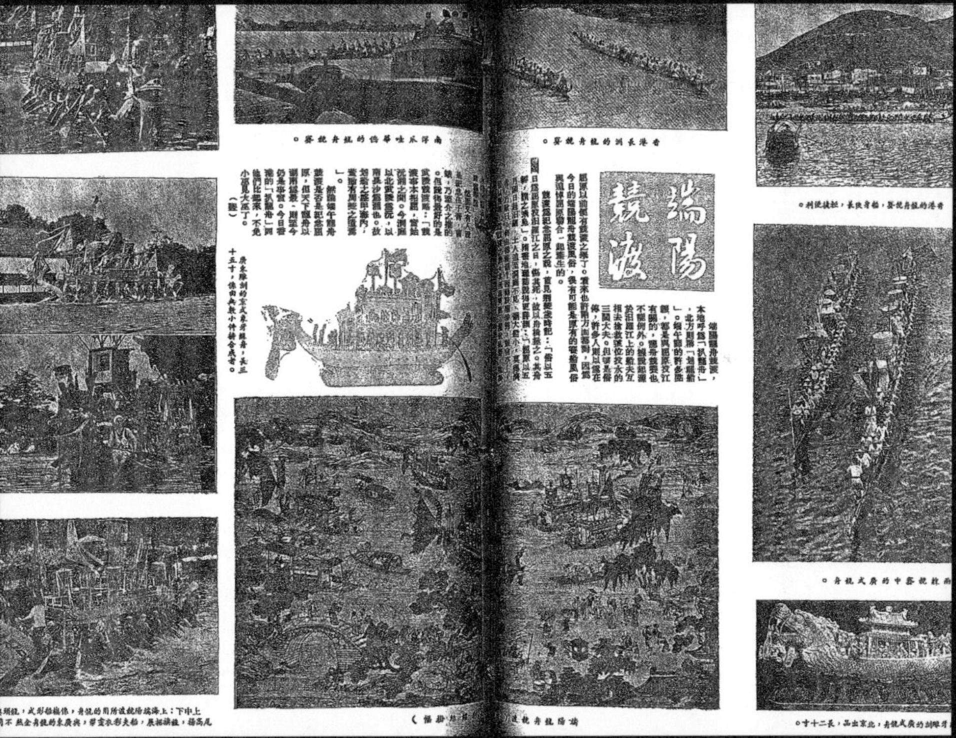
端陽競渡

↑〈端陽競渡〉，刊 1952 年 5 月 30 日《星島週報》29 期。

[日記] 5 月 24 日：就是端午節了。為《星島週報》選了一些龍舟競渡和有關屈原的圖片。

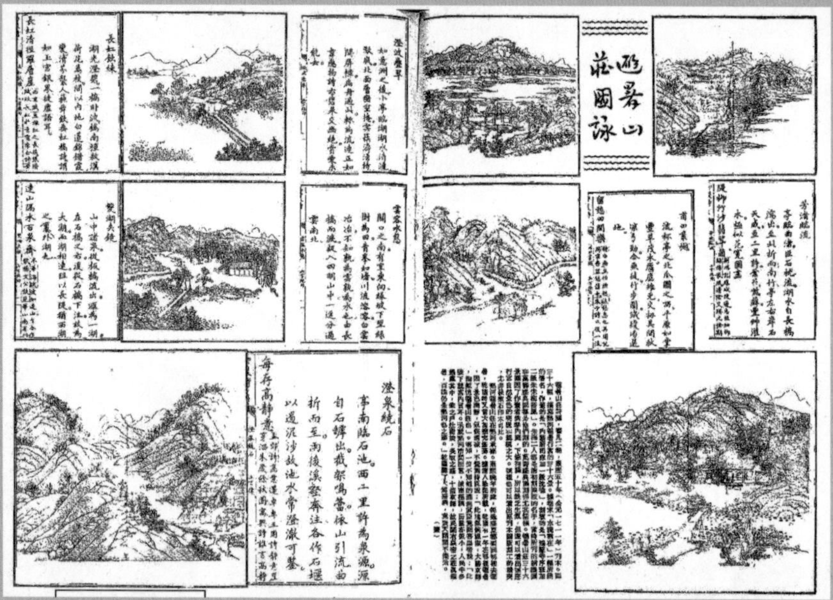

↑〈避暑山莊圖詠〉，刊 1952 年 6 月 20 日《星島週報》32 期。

［日記］6 月 14 日：寫《星島週報》畫刊的說明，這期選了《御製熱河避暑山莊詩》的插圖作資料。用的是康熙殿版，可惜是殘本，僅有十八幅畫。

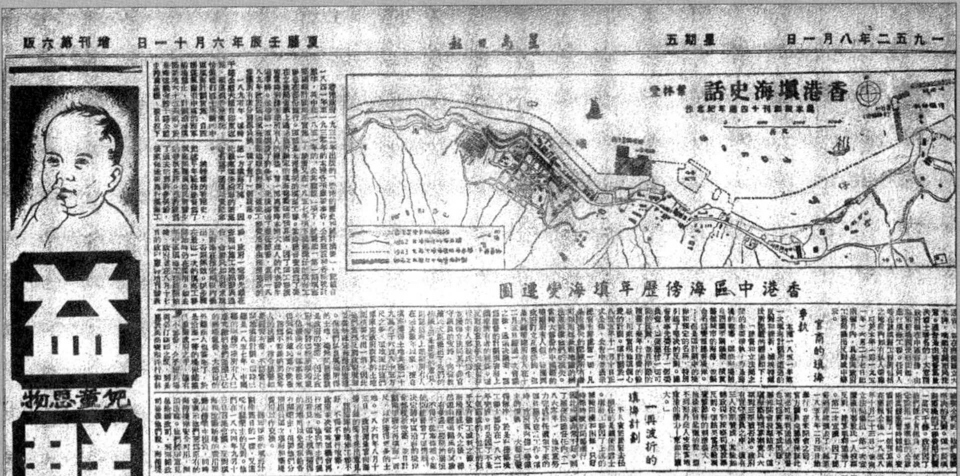

↑〈香港填海史話〉，刊 1952 年 8 月 1 日《星島日報》增刊。

[日記] 7 月 7 日：八月一日為《星島》創刊紀念。館中要寫一篇有關香港填海移山的史話。資料倒有，只是要畫一幅海岸變遷的地圖頗不容易。

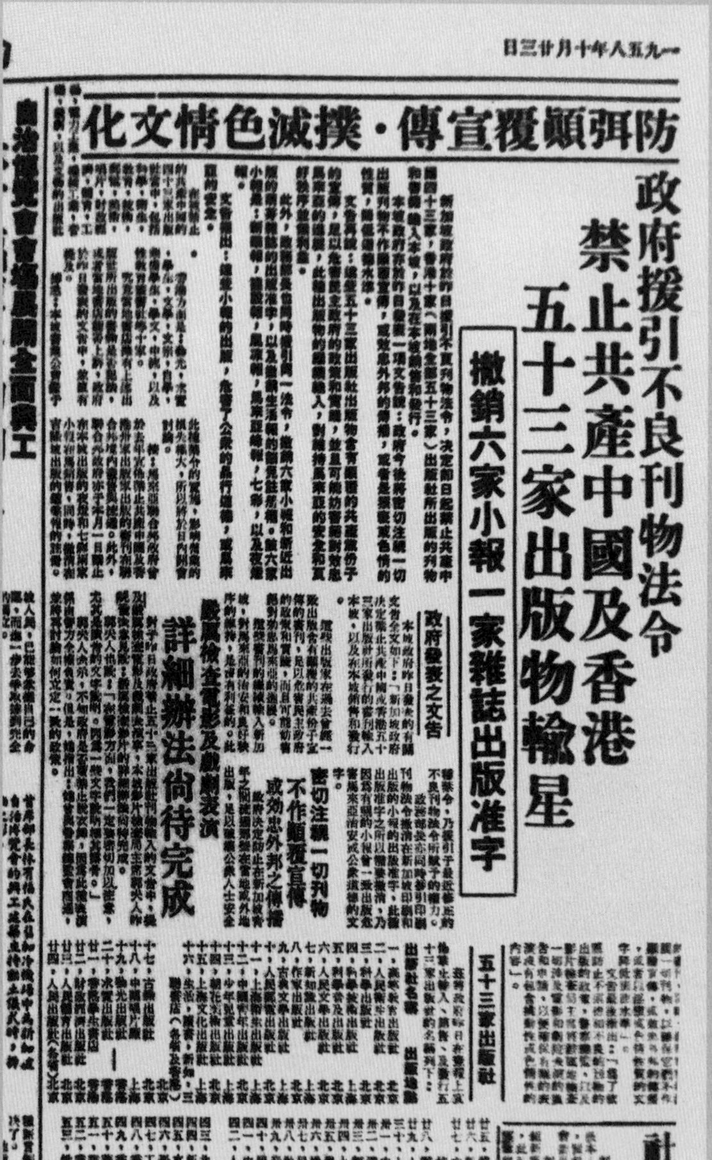

一九五八年十月廿三日

防弭顛覆宣傳・撲滅色情文化

政府援引不良刊物法令
禁止共產中國及香港
五十三家出版物輸星

撤銷六家小報一家雜誌出版准字

政府發表之文告

密切注視一切刊物
不作顛覆宣傳
或効忠外邦之傳播

嚴展檢查電影及戲劇表演
詳細辦法尚待完成

五十三家出版社

← 1958 年 10 月 23 日《南洋商報》刊出的新加坡「禁書令」，香港被禁的出版社包括：求實出版社、香港學生書店、香港學文書店、香港中流出版社等。

［日記］7 月 10 日：近來因國內的書不能出口，本港及南洋的出版事業頗活躍。（盧瑋鑾箋：五十年代新加坡政府對共產黨宣傳極顧忌。1958 年 10 月 23 日《南洋商報》刊出〈政府援引不良刊物法令禁止共產中國及香港五十三家出版物輸星〉，足見管制之嚴。）

↑ **葉靈鳳（左）和戴望舒攝於淺水灣蕭紅墓前，中立者為日本記者平澤。**

［日記］8月27日：今日中午約了高雄夫婦及彭成慧來家中午飯，飯後偕兒女同赴淺水灣玩。大家在新開幕的淺水灣飯店喝茶，坐到六點鐘始返。（盧瑋鑾箋：蕭紅一半骨灰亦曾埋於附近。葉靈鳳與戴望舒曾到墓前拜祭。）

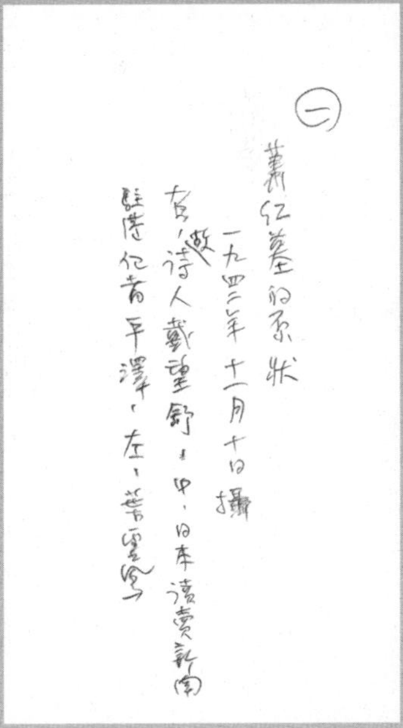
（一）
蕭紅墓的原狀
一九四二年十一月十日攝
右、故詩人戴望舒，中、日本讀賣新聞
駐港記者平澤，左、葉靈鳳

→ **陳君葆在照片後的說明：**
蕭紅墓的原狀
一九四二年十一月十日攝。右、故詩人戴望舒，中、日本讀賣新聞駐港記者平澤，左、葉靈鳳。

↑ **趙克臻（左）與小川平二及其夫人**

［日記］8 月 30 日：舊時相識之日本小川平二氏，訪問緬甸過港返日，遂至半島酒店訪之。

↑ **後左起：趙克臻、葉中凱、葉超駿。**

前左起：小川平二、葉中嫻、不知名日人。

一九八二年五月四日　星期二　第3版

演戲劇辦教育擅經營

——真善美主席譚國始與世長辭

■本報記者

↑ **譚國始 1982 年 5 月初去世，5 月 4 日《信報》記者報道其生平。**

［日記］9 月 8 日：今日下午赴中英學會聽譚君關於本港戲劇運動的演講，譚君夫婦對中絢入女校讀書事頗多助力，故前往捧場。（按：譚君即譚國始）

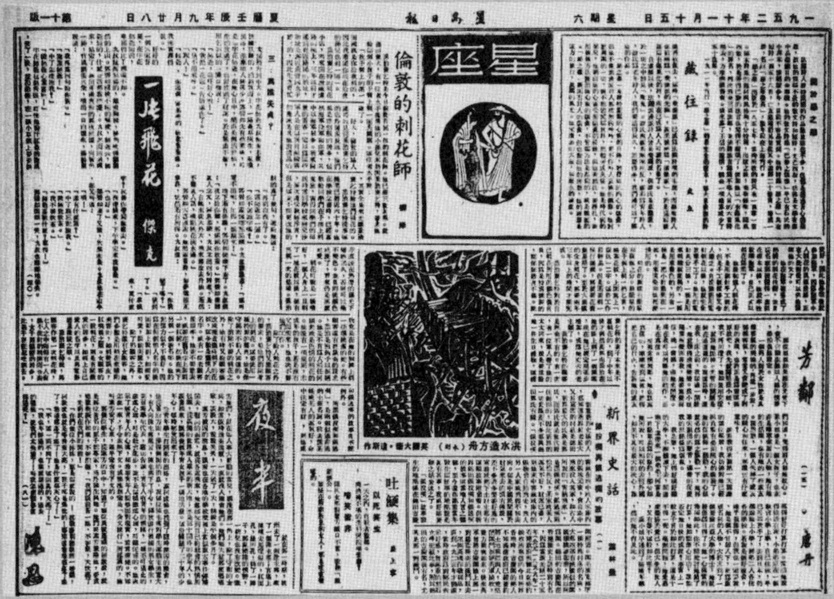

一九五二年十一月十五日 星期六 星島日報 夏曆壬辰年九月廿八日 第十一版

星座

倫敦的刺花師

一樹飛花 傑克

夜半

吐綫集

新界史話

芳鄰 唐升

↑ 1952 年 11 月 15 日的〈星座〉，實際換版頭改版式的是 11 月 16 日。

[日記] 11 月 14 日：明日的〈星座〉，因換了新版頭，順便也將全部格式改了一改。

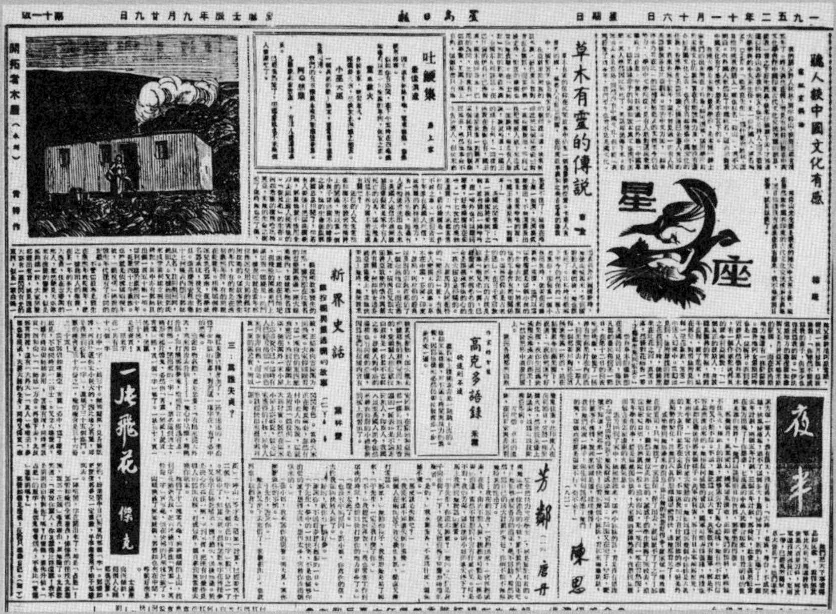

一九五二年十一月十六日 星期日 星島日報 第十一版

星座

草木有靈的傳説

吐綫集

新界史話

高克多語錄

一樹飛花 傑克

芳鄰 唐升

夜半

↑〈星座〉新版面，刊 1952 年 11 月 16 日《星島日報》。

天下
2 天下画報
TIEN-HSIA
PICTORIAL MONTHLY

香港第一個女飛行員
蔡佩芬小姐
At home, Jean spends much of her time in her room reading.
Mrs. Tsoi Sih-liang and her three daughters, Jean, Irene and Molly (extreme right).
Jean, when she was a child.
蔡佩芬十歲時
Several years ago, Jean could only ride a bicycle. Now, besides, being able to fly a plane, she can also ride a motor-cycle.
Jean, a beautiful and grown-up young lady on her nineteenth birthday.

←↓《天下畫報》，1953 年 1 月創刊。1953 年 2 月出版第 2 期，左頁及本頁是畫報封面、內頁及出版者資料。（連民安先生提供）

［日記］11 月 27 日：陳畸等籌備出版《天下畫報》。來約寫有關香港的文字。

編輯室啓：

「東游觀感」全稿經已刊竣，現由作者大山先生補入未登之處，然後付印單行本，全書預計八萬言，另有插圖多幅，約於本月底出版，定價每本二円，[illegible]行預約，[illegible]讀者[illegible]，凡[illegible]及購買預定者，一律照價減收七折，出書後由本社直接寄奉。

「山城雨景」本報盧夢殊先生最近一年來的創作，一共十篇，約十餘萬言，曾陸續刊於本報以前之「華嶽」文藝副刊及「華僑週末」。其中有笑話，有諷刺，有牢騷的描影，有人物的素描，亦有社會各種的動態。[illegible]，含意尤[illegible]。本書將於下月出書，定價每本二円，讀者預定，仍如上例。

← 1944年5月2日《華僑日報》刊盧夢殊《山城雨景》（作者署名羅拔高）出版宣傳稿

[日記] 12月12日：克臻在路上見盧夢殊，牽一幼女，此時尚衣單衫，蓬首垢面憔悴無人形。

↑ 蔡惠廷近照（樊善標先生提供）

[日記] 12月15日：下午赴九龍辰衝書店，遇見蔡惠廷。

◉ | 一九五三年

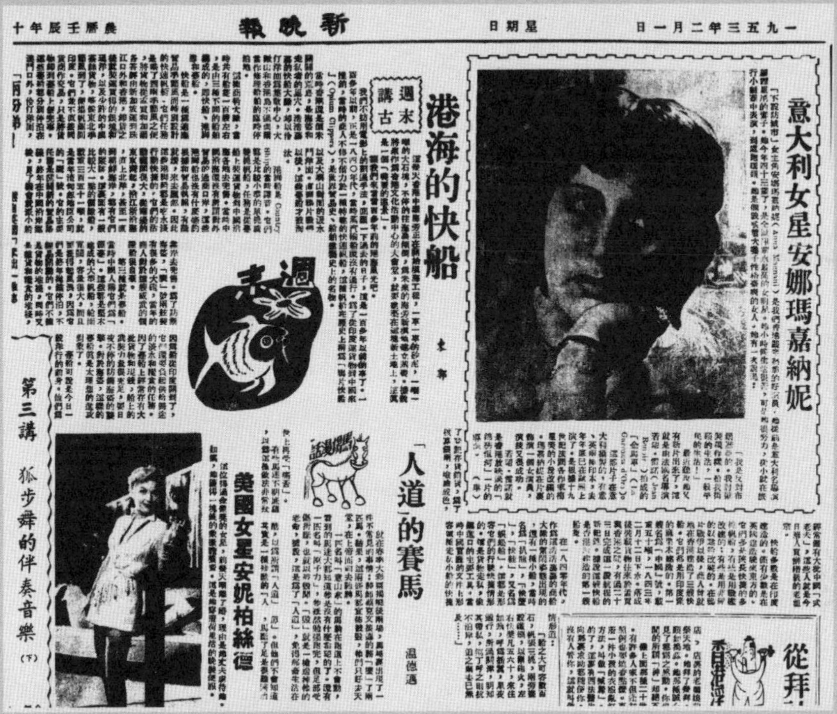

一九五三年二月一日　星期日　新晚報　農曆壬辰年十

意大利女星安娜瑪嘉納妮

港海的快船

週末講古

「人道」的賽馬

美國女星安妮柏絲德

第三講　狐步舞的伴奏音樂（下）

從拜

↑〈鴉片快船〉給改為〈港海的快船〉，刊 1953 年 2 月 1 日《新晚報》。

[日記] 2 月 2 日：給《新晚報》寫了一篇〈鴉片快船〉，刊出來，刪了許多，題目也改了。

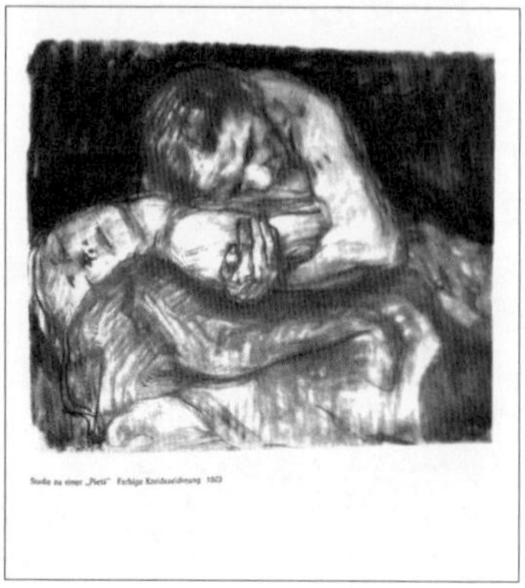

↑ **東德出版的《訶勒維支畫集》書影，現存香港中文大學圖書館葉靈鳳贈書室。**

[日記] 2 月 12 日：到九龍辰衝書店去付書賬，托他們買的《訶勒維支畫集》已寄來，這是東德新出的，印得很精美。

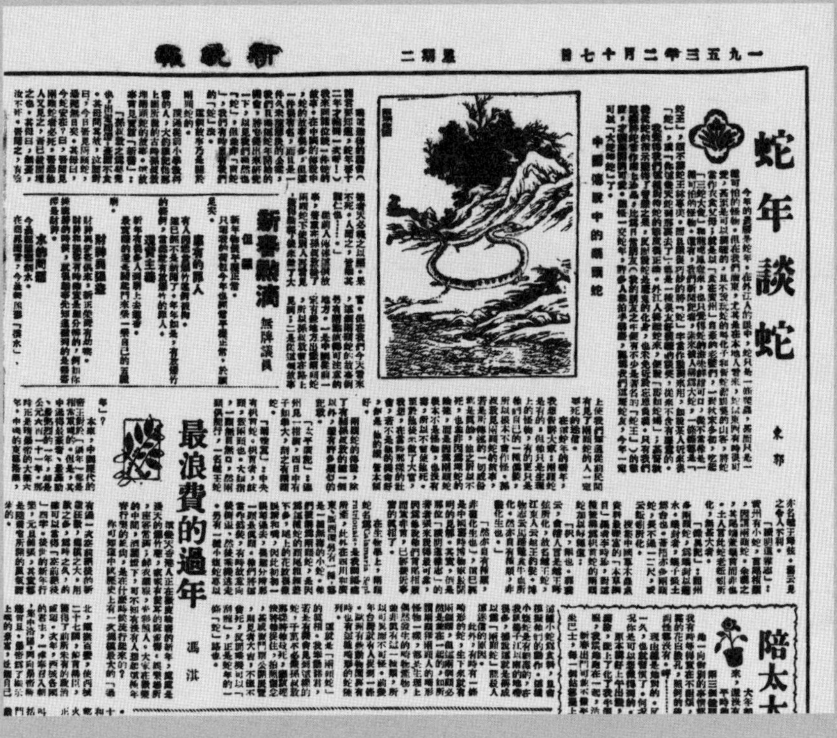
新晚報 星期二 一九五三年二月十七日

蛇年談蛇

新春點滴

最浪費的過年

陪太太

↑〈蛇年談蛇〉，刊 1953 年 2 月 17 日《新晚報》。

[日記] 2 月 16 日：曾答應給《新晚報》寫一篇稿，今日應交出，早起即寫，是關於兩頭蛇的，因今年是蛇年，共二千字。

◉ | 一九六五年

大公報

李宗仁從海外歸來回到北京

周總理等前往機場熱烈歡迎

← **1965年7月21日《大公報》頭版報道李宗仁回國**

［日記］9月26日：下午二時半，李宗仁招待會。

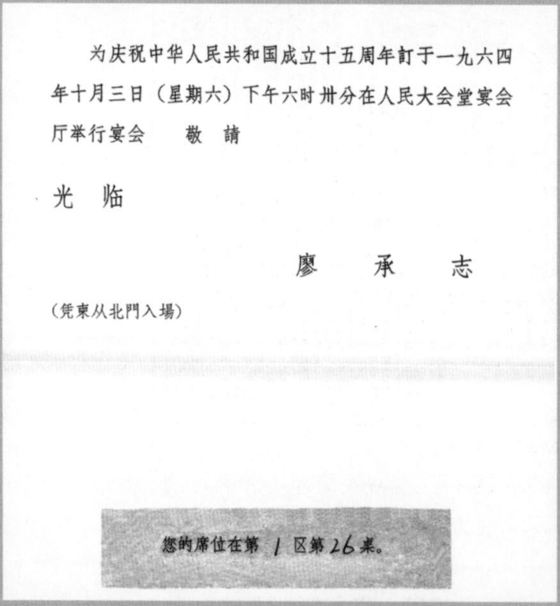

为庆祝中华人民共和国成立十五周年訂于一九六四年十月三日（星期六）下午六时卅分在人民大会堂宴会厅举行宴会　敬　請

光　临

廖　承　志

（凭柬从北門入場）

您的席位在第 1 区第 26 桌。

← **1964年10月3日葉靈鳳參加十五周年國慶國宴的邀請柬**

［日記］9月30日：晚，參加周總理在大會堂舉行的慶祝國慶國宴，筵開五百餘桌。我這是第三次參加國宴了。1957、1964、1965。

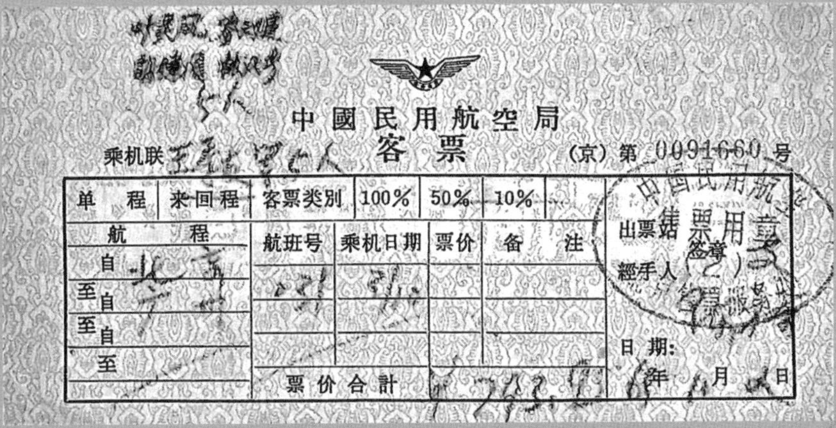

中國民用航空局

乘机联　客　票　(京)第 0091660 号

单　程	来回程	客票类别	100%	50%	10%		出票站
航　程		航班号	乘机日期	票价	备　注		經手人
自							
至 自							
至 自							
至							日 期：
		票价合計					年　月　日

↑ **北京飛廣州機票，葉靈鳳、麥天健、胡棣周、林漢長、王季友五人，1965 年 10 月 2 日購。**

［日記］10 月 4 日：同回者八人：王季友、麥天健、梁敏儀、林漢長、羅秀、胡棣周、童彥子。抵廣州後，林取道拱北赴澳門，羅留廣州一天，六人回港。

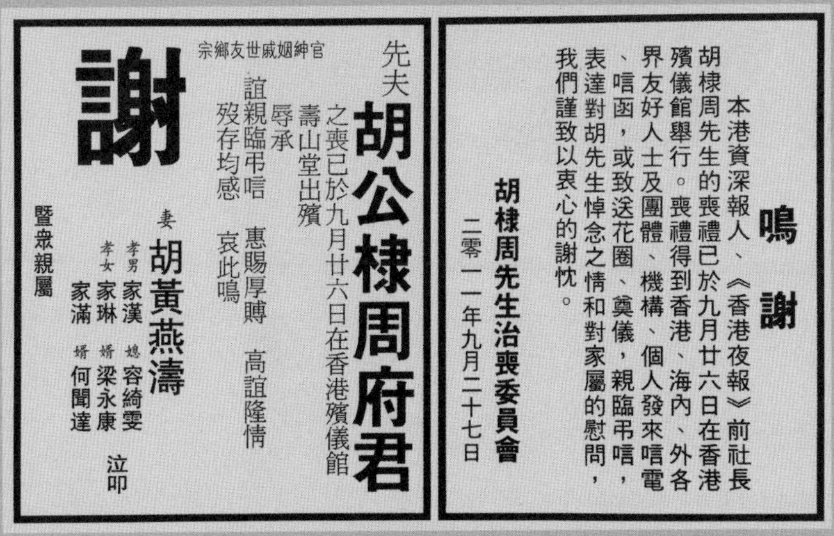

先夫 胡公棣周府君 之喪已於九月廿六日在香港殯儀館 壽山堂出殯 辱承 宗鄉友世戚姻紳官 誼親臨弔唁 惠賜厚賻 高誼隆情 歿存均感 哀此鳴

謝

妻 胡黃燕濤
孝男 家漢 媳 容綺雯
孝女 家琳 婿 梁永康
家滿 婿 何聞達
泣叩
暨衆親屬

鳴謝

本港資深報人、《香港夜報》前社長胡棣周先生的喪禮已於九月廿六日在香港殯儀館舉行。喪禮得到香港、海內、外各界友好人士及團體、機構、個人發來唁電、唁函，或致送花圈、奠儀，親臨弔唁，表達對胡先生悼念之情和對家屬的慰問，我們謹致以衷心的謝忱。

胡棣周先生治喪委員會
二零一一年九月二十七日

↑ **胡棣周 2011 年 9 月 26 日逝世，訃文刊 2011 年 9 月 27 日《明報》。**

◉ | 一九六七年

↑ **1958年中華書局《香港方物志》初版**

[日記] 3月19日：柳木下見告《香港方物志》已有了再版本，有便當到中華書局去買幾冊。

英國變本加厲縱容美國利用香港作侵越基地
我外交部強烈抗議英嚴重挑釁
英政府如一意孤行，必須承担一切嚴重後果
美國正在瘋狂擴大戰爭，英國充美幫兇，終將害己
文匯報
Wen Wei po
4 Percival Street, Hong Kong
北京革命派宣告 待命奔赴越戰場
南北越人民代表謝我援助誓抗美到底
革命寶書風行世界各地
毛主席語錄在美成暢銷書
供不應求當地一書店決印廿五萬冊
堅決擁護我外交部抗議
毛主席語錄
「搬起石頭打自己的脚，這就是張伯倫政策的必然結果。」張伯倫以損人的目的開始，以害己的結果告終。這將是一切反動政策的發展規律。
渣華郵船公司道歉啓事
渣華郵船公司發言人爲「士他馬力加」輪血案向報界發表書面聲明
一九六七年三月廿一日
渣華郵船公司常務董事狄漢
在京外賓遊行聲援越南抗美

↑ 刊於《文匯報》的渣華船公司道歉啟事

[日記] 3 月 21 日：渣華輪船公司屬下的中國海員向船公司的鬥爭（因荷蘭籍船長槍傷四個中國海員事），經過三個多月的鬥爭，中國海員終於獲得全部勝利，公司接納船員提出的全部要求條件，其中一項是在本港十四家中西報紙登報公開道歉。

← 趙克臻和紅鸚鵡

［日記］3月24日：前有人贈澳洲紅色鸚鵡一隻，叫聲大而怪，最近已能學貓叫，十分酷肖。

峇里的民俗宗教藝術

林 豐

峇里的文化，他們的藝術最高表現，是與宗教分不開的。

峇里人所崇拜的技藝之神，名叫巴古爾·孟查·敬拉。這個神職司五藝，即鐵工、銅工、金工、木雕和繪畫。在他的神廟內，藝術與宗教的結合可說達到了最高潮。這裏有印度文化的影响，但是仍保存了當地原始民族風格的特色。

峇里人除了有可供公共大衆參拜的大廟之外，各人家中或是村中還另有小廟。這種廟可以稱爲家廟。不過並不像過去中國人所設的家廟，那是專門祀奉自己祖先的。峇里人的家廟式的小廟，是用來祀奉山神和日神，而且是作爲這些神祇的行轅之用的。峇里人稱這種小型的神廟爲「巴西姆潘干」，即「暫時歇脚地點」之意。他們用這名稱來與正式大規模神廟作區別。

正式的大神廟，當地人稱爲「米路」。它的建築形式的特點，就是屋頂總是多層的，一層疊着一層，有點像我國佛教寺院的寳塔。它的來源，也是出於印度的「窣堵波」變化而來。「米路」的屋頂層數愈多，就表示廟中所祀奉的那個神的地位愈爲重要。

峇里有許多這樣的「米路」，都是十四世紀古建築的遺跡，不過多數是已經由後世修理或是改建過的。這種「米路」，往往許多座建築在一處，彼此相距不遠，構成一個建築羣。位居正中的一座「米路」，往往高至十一層，表示乃是最高的天神濕婆所居。

「米路」的層數，總是單數的。稍次於十一層的是九層，但是最多的層數是十一層。

這種高塔式的宗教建築，不僅十分堅固，而且是藝術與建築結合在一起的。它的基層，總是用大石塊建成，這上面正是石工施展他們雕刻藝術最理想的地方。往往在每寸可以雕刻的石面，都雕上極爲繁複精細的花紋，中間還加經句和符咒。

峇里的神廟裏是不供奉神像的。因爲他們相信神的經常居住之所，是在境內那些火山的頂上，神廟的建築構造，極爲隆重，一般總是分爲三進，四週有圍牆圍繞着，廟門則高聳而狹小，不能同時容納幾個人並進。他們用這方式使人發生莊嚴神聖之感。

第一進的入口，總是比較寬一點，而且與廟的本身並無任何聯屬，有點像是我國的「闕」或是牌樓。進了這道門以後就是一片空場。峇里人經常將這地方用來作鬥雞場。從這裏再進去，就是第二進。第二進的入口就開始狹起來了，而且裏面附有一條有上蓋的甬道。這是全廟裝飾最隆重的地方，所有的建築藝術精神，都集中在這裏。從這裏進去的第二重庭院，是村中長老的會議之所。若干重要典禮，都在這裏舉行。這裏陳列着祭神的大鼓和祭器。還築有屠宰祭神用的牲畜的屠房。

從第二進入第三進，入口處也築了有上蓋的甬道。到了這裏，才是神廟的本身。不過，這裏反而沒有什麽。前面已經說過，峇里人的神廟裏是不設神像的，因此在這裏祇有一具蓮花形的石座，大約是供神祇經過這裏時作休息之用的。根本沒有神像。

神廟之外，往往就是火葬場的地點。在這地方另有一種較小的神廟，所祀奉的是死神。這是峇里人的宗教哲學微妙之處。他們的觀念是十分現實的。一面在「米路」裏祀奉正神，祈求他的庇護，以便可以遠離惡靈邪神，同時又在火葬場附近的這種小廟裏，祀奉「巴杳利·丟加」，這是死神，而且是個女神。峇里人這麽安撫她，希望能遠離她的威脅。

峇里的宗教建築藝術，它的特徵是富於印度文化的影响，但是沒有印度境內的回教宗教藝術的影响，這是與爪哇其他地方最大的區別。

本來，爪哇當地的傳統藝術，是具有濃厚的民族色彩的。這是宗教藝術與民俗藝術的結合，在傳統上是屬於印度教的。除了宗教傳統以外，日常生活在藝術製作的題材上所佔的地位很小。差不多所有的藝術工作，都是爲了神和死者而存在的。

這種富於民俗色彩的宗教藝術，自從歐洲白種人的勢力侵入爪哇以後，在荷蘭人的統治下，便帶來下西方宗教的影响。於是在當地人的信仰系統上，除了原有的神明之外，又有了白種人所信奉的神明。不用說，白種人的宗教活動，是有政治力量作支持的，自然在許多地方佔到便利。於是從藝術方面來說，古老的當地民俗宗教藝術，不論是建築繪畫還是民間工藝，都受到了另一種宗教勢力的排擠。

這一來，這些宗教藝術品，它們的品質並無改變，但是它們的存在和作用，却漸漸的起了變化。原本在當地人眼中視爲神聖不可侵犯的東西。落到白種人手中以後，却成了客廳裏的裝飾品，成了民俗博物館的蒐集品。它們的宗教價值降低了，但是藝術價值——或者可以說，在藝術市場上的市價，却大大的提高了。於是大批宗教藝術品和民俗藝術品，本來是土人用作膜拜祀奉之用的，這時在巧取豪奪和利誘之下，却轉移到了白種人的手上。

同時，西方的宗教信仰無可避免的影响了當地人原有的宗教信仰，這就間接促成了原有的那些宗教藝術生產的低落。可是外來的好奇的蒐集者却接踵而至，眞正的宗教藝術品早已被搜羅一空，於是祇好出以做製或是僞造，再加以市儈爲了要迎合那些外行顧客的口味，隨意改變傳統的式樣，藝匠在製作時也早已失去了原有的宗教意味。這就使得今日在印尼所見到的那種民俗藝術品，水準無法不愈來愈低落了。

• 31 •

←〈峇里的民俗宗教藝術〉，刊《文藝世紀》1967年第4期。

［日記］3月24日：在燈下為《文藝世紀》寫短稿，關於印尼民間藝術者。

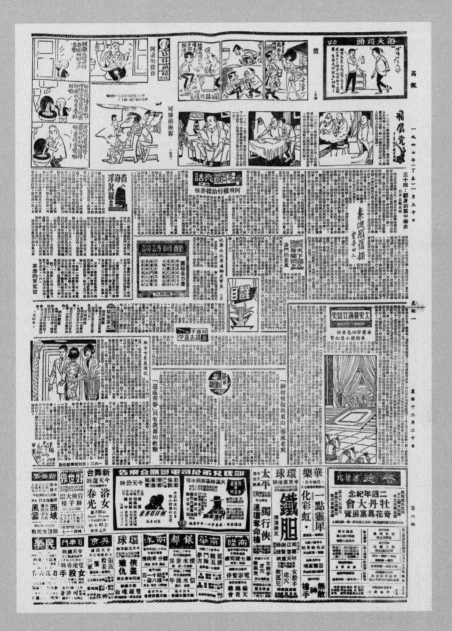

↑ 1967 年 1 月 30 日《晶報》副刊一瞥

[日記] 3 月 27 日：為《晶報》寫〈張保仔故事〉。本擬寫兩個多月，然後整理出版單行本。僅寫了一個月，他們要求一定要在月底結束，謂學術性太強云云。甚不快。

晶報

CHING PO DAILY

141, QUEEN'S ROAD, EAST, HONG KONG

一九六七年（丁未）一月三十日

全澳紅旗似海爆竹喧天

澳督昨下午

簽具認罪書

各界同胞鬥爭大獲全勝

今日出紙兩大張

售價壹毫

↑ 1967 年 1 月 30 日《晶報》頭版剪影

香海浮沉錄

香客

本港的天文台

天文台裝有風力紀錄器，能自動紀錄侵襲本港的颶風每小時速率。這種儀器在一九一一年開始裝置，紀錄的限度是一百一十節，若是風力超過這速度，就無法再紀錄了。

一九三七年九月二日，本港遭遇了一次大風，天文台的這架風力計速器，在達到了它的頂點後，就無法再紀錄下去。幸虧當時北角電燈公司屋頂上另裝有一架風力計速器，這一架的紀錄能力較天文台的那一架為強。

後來還是根據它的紀錄，才知道這次襲港的颶風，風力竟高達一百四十五節（每小時折合一百六十七里）。

這可說是本港有颶風紀錄以來，速率最大的一次颶風，這紀錄至今還未打破。就是那一次，日本的一艘萬噸級的大郵船「龍田丸」，竟在鯉魚門外被吹到了岸邊擱淺了。

後來，天文台就趕緊加裝紀錄限度更大的風力紀錄器，新的儀器能紀錄每小時速率高達一百九十節的颶風。自從這架新儀器裝好後，至今尚未有機會發揮它的最高能力，大有英雄無用武之地之感。不過，為市民的安全着想，這是值得慶幸之事。

因為若是本港萬一發生了每小時速率高達二百多里的颶風，會造成怎樣的災禍，那真是難以想像了。

本港天文台自一八八四年正式成立後，就開始採用種種不同的訊號來表示威脅本港的颶風狀況，這些使用的訊號曾經一再更改。

一九四九年五月，各地天文台曾在馬尼拉舉行遠東天文台會議。會決定有關颶風的國際統一符號，本港天文台現在所使用的也就是這一種。

這些表示颶風行蹤和風力的訊號，懸掛的主要地點，就在本港天文台所在地的那座小山上。

白晝用一種黑色的網狀訊號，入夜則改用三盞燈表示，燈色分為紅、白、綠三種顏色，按照等級來變化配合，這些就是本港人口中所說的「風波」了。

另有一種未有資格稱為「颱風」的「強風」訊號，不久以前還懸掛過一次。這就簡單的稱為強風訊號，說不上是「風波」。

「風波」的號數，用一號直到十號為止，號數的增減，有時是表示風向改變，不一定是表示風力的強弱，也不一定吹襲本港，到了颶風已經正面吹襲到本港，就要掛起「十號」風波了。

除了「風波」之外，還有「風球」，這是在颶風抵達之前放了示警的，不過如非必要，很少使用。（六）

← 刊於 1967 年 1 月 30 日《晶報》副刊的葉靈鳳專欄〈香海浮沉錄〉

←《任護花遊世界》單行本第二集封面

[日記] 3 月 27 日：讀任護花的遊記，寫一短文。

← 1967 年 4 月《純文學》創刊號

[日記] 3 月 28 日：買《純文學》一冊，這是台灣在這裏新出版的一種文藝雜誌。

↑《創世紀》和《香港女伯爵》的電影廣告，見《文匯報》1967 年 3 月 30 日。

［日記］3 月 30 日：同克臻、中嫻去看電影《創世紀》，對於《聖經》倒遵照得很認真，不過大而無當。不能說是一部好影片，吃力、花錢多而效果不好。有卓別麟的一部新片《香港女伯爵》，也想去一看。

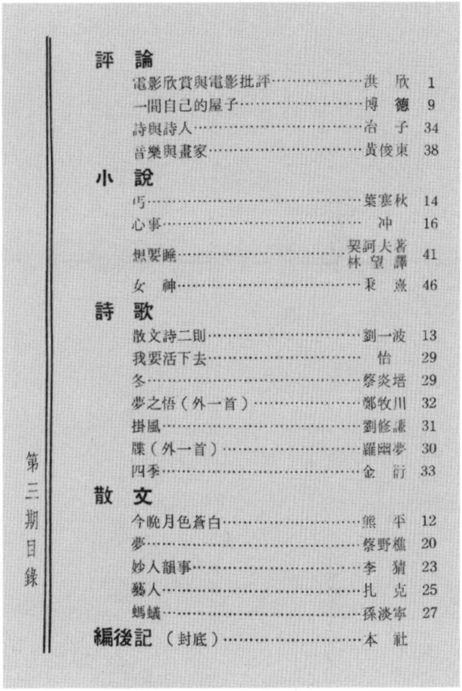

第三期目錄

↑ **1967 年 6 月《新作品》第 3 期封面和目錄**

［日記］4 月 2 日：有兩個在理髮店工作的青年也是愛好新文藝的，自己幾個人創辦了一個小刊物，取名《新作品》，已經出版了兩期。

偉成倒了杯水給依萍，讓她服了一粒 Compoz。然後熄了燈，虛掩上門，走了出去。依萍躺在黑暗中，全身虛脫了一般，動彈不得。一陣冰涼的，激動過後的淚水，開始從她眼角慢慢淌了下來。從門縫間，依萍隱約還可聽到偉成和寶莉講話的聲音。

「媽媽壞！媽媽壞！」

「噓，媽媽睡覺了，別張聲。八點鐘啦，電視電影快開始了。」

不到片刻，電視機的聲音響了起來，一開頭又是那日日夜夜都在唱個不休的 Winston 香烟的廣告：

"Winston tastes good,
Like a cigarette should!"

（原刊「現代文學」）

于鳳，你究竟是怎樣的女孩？

和你和很多別的女學生一樣，于鳳是一個美麗的女孩。但到了舊金山後，她拋下大學，進了「天堂」酒吧。關心于鳳的前途的人士，請讀吉錚女士的「海那邊」。全文十萬餘字，現已收入「純文學叢書」。

「純文學叢書」現已出版，請即購閱。

• 87 •

→ **未悉《純文學》廣告刊於何報，就所見 1967 年 11、12 月和 1968 年 1 月出版的《純文學》第 8、9、10 期均刊有一「純文學叢書」廣告，或是日記中所談及者。**

［日記］4 月 7 日：新出版的《純文學》（台灣作者的），在報上刊登小廣告，甚肉麻。

哈基巴巴奇遇錄

秋生譯、夢君圖

同時也恰恰符合這個兵士心中所追看的形象，因此他再三向江湖術士詢問是在什麼地方遇見的，問明白了以後，急急上馬疾馳而去。

不用說，術士所指點的途徑，正是他們兩人要去的相反方向。

當這個兵士走了一會之後，大家對這本也毫不以爲意，術士就趕緊將哈基巴巴叫到一邊，對他這麼說：

「爲了你自己的安全着想，絕得避這個兵士遇見，或是被別人看穿你正是他要追尋的人，你最好立即離開此地。因爲當那個兵士在沙漠裡大索之後，一無所獲，他一定會失望的折回來，而且重行經過這裡，到時你就難逃他的親稜了。」

「我決不能被他發現」，哈基巴巴說，「我看得出來，他顯是奉命來捉我的。我在他的手下將不會有活命。如果有錢，也許略有希望，但是我那裏有這許多錢滿足他的慾望？因此我如果墮入他的手上，我就性命難保了。」

「不過，你叫我往什麼地方逃呢？」

江湖術士想了一下，回答他道：

「我認爲你應該逃到科姆去。你大約在明早就可以抵達那裏。一旦抵達之後，你應該立時避入佛地瑪女神的聖廟之內。到了廟內，你就可以獲得絕對的安全，就是波斯王本人也奈何你不得。不過，不曾逃入廟內，你的危險還不能說已經結束，因爲仍有人隨時會逮捕你。祇有逃入廟內之後，才不會有人可以捉你了」。

「但是到了那裏之後」，哈基巴巴說：「我將用什麼來生活呢？有什麼工作可以擔任呢？」

「我自會爲你安排」，術士說，「你走了之後，我接着也要出發，而且可能趕上你。我在那裏的朋友很多，我自會爲你安排，請你不必爲自己的生活擔憂。老實告訴你，我過去也曾遭遇到類似的情形。因爲有一個聖上後宮的婦人，要我給她一份毒藥，用來毒死她的對手。聖上下令捉捕我，我及時逃入廟中，稍遲半步就沒有命。因爲劊子手已經在後面趕來，稍遲半步就可以捉住我。他已得奉命可以將我就地正法，因此稍遲就沒有命了」。

（二二九）

→ **刊 1967 年 11 月 30 日《快報》副刊的〈哈基巴巴奇遇錄〉**

［日記］4 月 12 日：譯英國 Morier 的 *Hajji Baba*。給快報作連載，取名〈哈基巴巴奇遇錄〉。（盧瑋鑾箋：葉靈鳳 1963 年在副刊連載〈炎艷荒乘〉，惜各大圖書館並無館藏。）

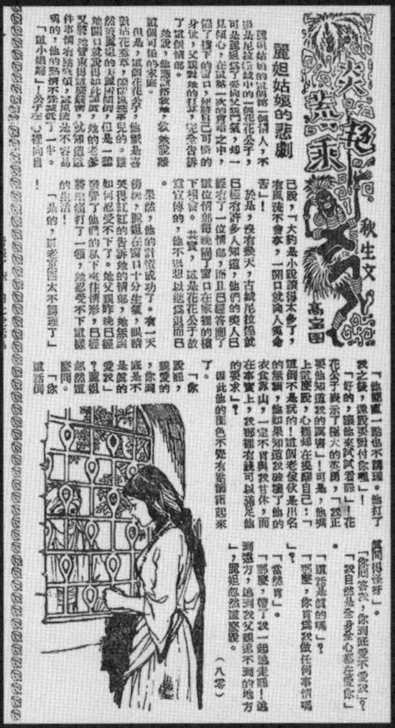

← 刊 1963 年 5 月 19 日《快報》副刊的〈炎艷荒乘〉

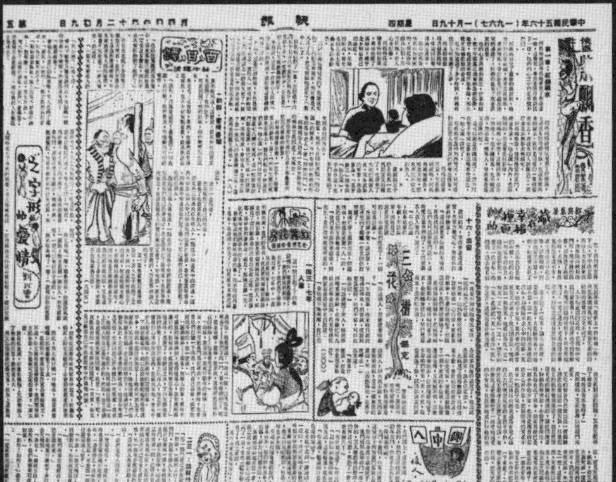

←《快報》副刊一瞥，1967 年 1 月 9 日。左上角〈百日譚〉為葉靈鳳譯述連載，署名秋生。

← 羅孚（左）與葉靈鳳

[日記] 4月20日：《新晚報》的羅君引用綠蒂談八國聯軍攻掠北京的文章，誤認他是女作家，經我告訴他後，蒙囑另寫一篇代為更正。（按：羅君即羅孚）

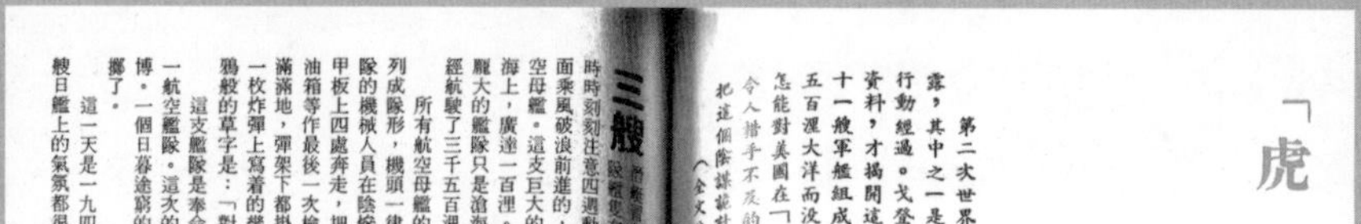

「虎　虎　虎」

GORDON W. PRANGE 作

第二次世界大戰的重大秘密有許多還未揭露，其中之一是日本偷襲珍珠港的全部策劃與行動經過。戈登•卜倫治花了十七年時間蒐集資料，才揭開這部前所未聞的史料。一支由三十一艘軍艦組成的日本艦隊怎能悄悄渡過三千五百浬大洋而沒有被人發現？三百五十架日機怎能對美國在「太平洋的直布羅陀」展開那次令人措手不及的空襲？本文不但説出答案，還把這個陰謀詭計源源本本記錄下來。

（全文分上下兩節，下期續完）

作者簡介

本書歷十七年脫稿，作者戈登•卜倫治博士是美國馬里蘭大學歷史教授。他對於日本偷襲珍珠港事件研究之深，舉世無匹。他於一九四五年底初抵日本，在東京美國軍政府內任職，官階海軍上尉。翌年十月調任麥帥占領軍總部史料官，恢復文職身份，遂決心以公餘時間從日本方面蒐集有關珍珠港事件的確實資料。他在留日的最後五年期間以及離日迄今，一直研究各種資料，辨別真偽。他讀過許許多多的日人日記，閱過的日人函件與戰時檔案，數以千計。凡參加珍珠港戰役而仍在人世的日本軍官，他幾乎都親自訪談過，有幾個還暢談了幾十次。「日本偷襲珍珠港秘辛」這本名著，就是卜倫治努力的成果。

三艘潛艇冒着洶湧的大浪疾駛，距離後面的大艦隊整整有一百浬。它們悄悄向海面窺探，時時刻刻注意四週動靜，以防遭人截擊。跟在潛艇後面乘風破浪前進的，有驅逐艦、巡洋艦、主力艦、航空母艦。這支巨大的攻擊艦隊以戰鬥隊形航駛，散佈海上，廣達一百浬。但在廣闊無邊的太平洋上，這支龐大的艦隊只是滄海之一粟。它從本國基地啟程，已經航駛了三千五百浬而迄未被人發現。

所有航空母艦的轟炸機和戰鬥機都在甲板跑道上列成隊形，機頭一律對着艦首，好像是亟待升空。機隊的機械人員在陰慘慘的朦朧天色下，像小幽靈般在甲板上四處奔走，把飛機的引擎、無線電、起落架、油箱等作最後一次檢查。機內的機關槍子彈箱都裝得滿滿地，彈架下都掛上炸彈和魚雷。一名機械士看見一枚炸彈上寫着的幾個粉筆字，不禁發笑。這幾個塗鴉般的草字是：「對米戰第一彈」。

這支艦隊是奉命突擊珍珠港的日本帝國海軍的第一航空艦隊。這次的作戰行動是個異想天開的軍事賭博。一個日暮途窮的民族竟把自己的國運作孤注之一擲了。

這一天是一九四一年十二月七日。天尚未亮，各艘日艦上的氣氛都很沉重。有過數百小時飛行經驗的

日本飛行員準備出擊珍珠港

113

PHOTO WIDE WORLD

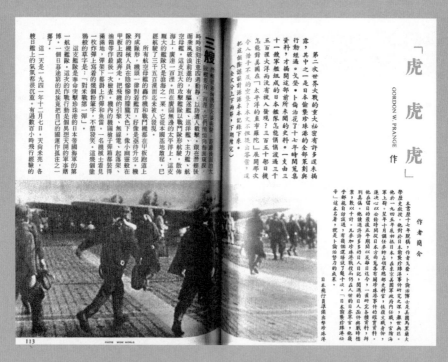

↑〈虎虎虎〉，刊《讀者文摘》1967年5月號。

[日記] 4月28日：讀五月號中文版《讀者文摘》，其中有一篇揭露日本在1941年十二月八日偷襲珍珠港的前後過程，頗揭露了一些內幕。

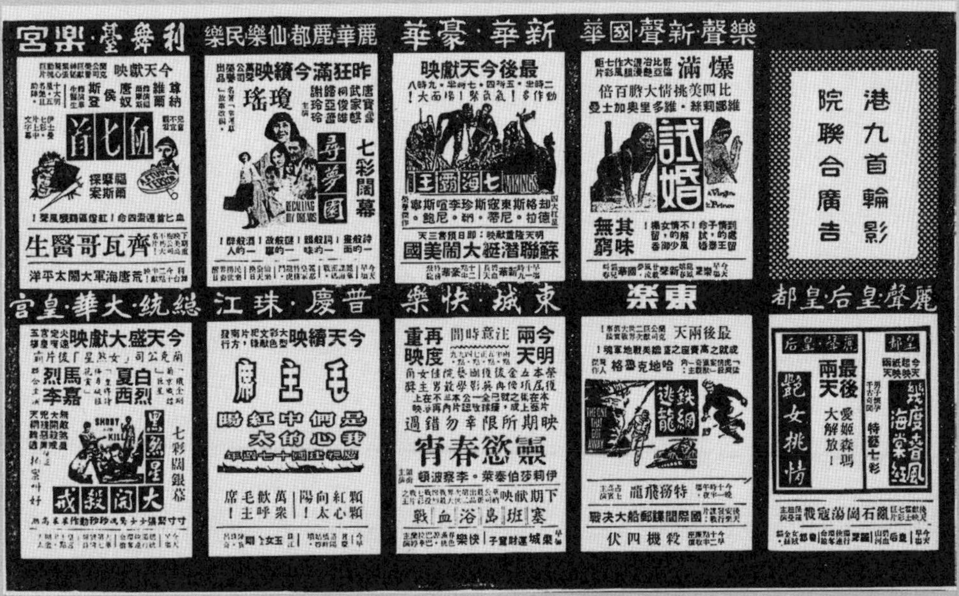

↑ **所看者為《七海霸王》，電影廣告見 1967 年 5 月 2 日《星島日報》。**

[日記] 5 月 2 日：看電影，係以北歐 Vikings 為題材者，係舊片重映。

中華民國五十六年公歷一九六七年五月五日 星期五 華僑日報 WAH KIU YAT PO

本港新聞

警方拆卸九龍城寨僭建屋宇

砦城坊衆一度秩序亂

當地若干居民情緒激動 警察出動拘去一男一女

廿二名學生及四名男子 羣聚九龍城警署前不去

婦人與校長 涉嫌打帮辦

↑ **拆卸九龍砦城新聞，刊 1967 年 5 月 5 日《華僑日報》。**

[日記] 5 月 6 日：港府警察在九龍城拆民房，引起小衝突。

↑ 得勝酒家廣告，見 1967 年 4 月 15 日《新晚報》。

[日記] 5 月 17 日：今日是我生日，兒輩羅漢請觀音，在得勝酒家請吃晚飯。

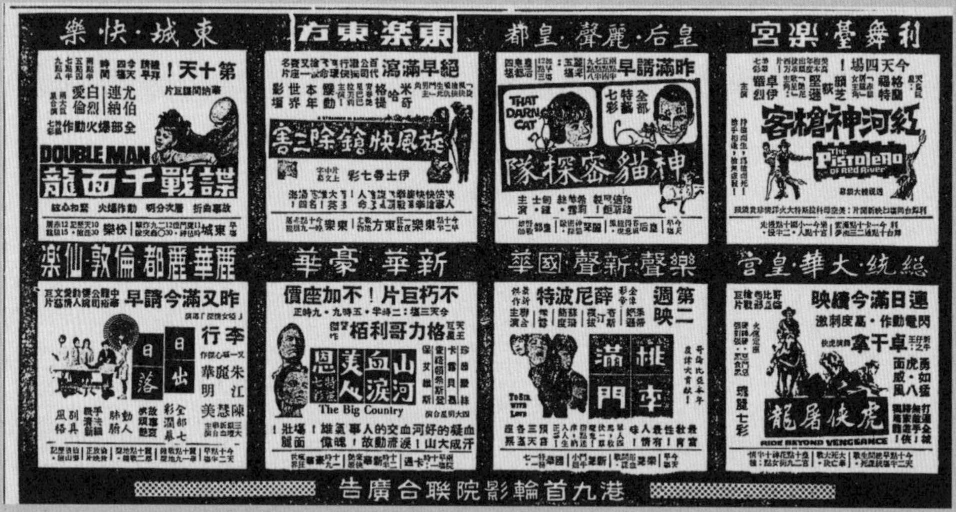

↑《神貓密探隊》電影廣告，見 1967 年 8 月 13 日《星島日報》。

[日記] 8 月 13 日：今日星期，在家休息。終日陰雨，晚間同克臻出外同看電影，是一張以一匹貓為主角的偵探片，富於笑料。已近半年未看電影了。

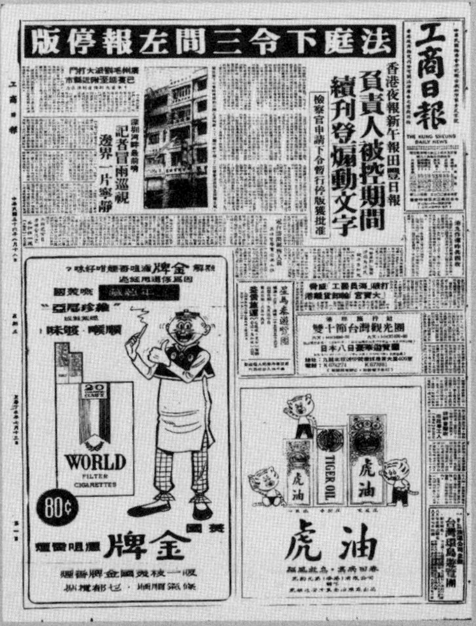

工商日報

法庭下令三間左報停版

香港夜報新午報田豐日報

負責人被控期間續刊發煽動文字

檢察官申請下令暫行停版獲准

記者冒雨巡視 邊界一片寧靜

← 三家報紙被禁報道，見 1967 年 8 月 18 日《工商日報》頭版。

［日記］ 8 月 18 日：三家報紙，《新午》、《香港夜報》、《田豐日報》，被禁止出版。

一九六七年二月九日 星期四 丁未年正月初一日 第一版

香港夜報

HONG KONG EVENING NEWS

彩色週刊今日出版隨報附送

斯巴達隊賀歲 今日首戰港聯

捷克勁旅斯巴達隊龍虎榜

捷克斯巴達隊在港全部酬酢秩序

馬年播種 羊年獲利

恭賀新禧

↑《香港夜報》頭版一瞥，1967 年 2 月 9 日。

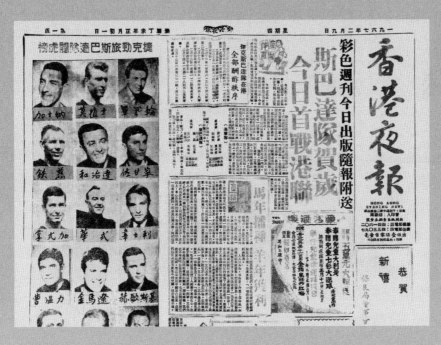

星島日報　夏曆丁未年七月十六日　第廿四版

清華街汽車旁隆然一聲
姊弟血肉橫飛
其父悲痛控訴小孩是無罪的
港府發言人斥爲謀殺行爲
現場情形警務人員亦目不忍覩

死者　死者

結果使二個無辜居民濺血

中共向英國昨提出通牒
促撤銷左報停刊令

↑ 1967年8月21日《星島日報》報道兩小童遇害

［日記］8月20日：晚聽電台報告謂北角一橫街，有炸彈爆炸。炸死兩個無知小兒。

← **陳凡（右一）與友人合攝**

［日記］9月10日：陳凡來談出版抗暴畫冊事，托搜集香港早期圖片。

← **嚴慶澍（阮朗）**

［日記］9月12日：與羅承勳大婦、曹聚仁、嚴慶澍等在美利堅北方館小敘，彼此未相見，已數月矣。

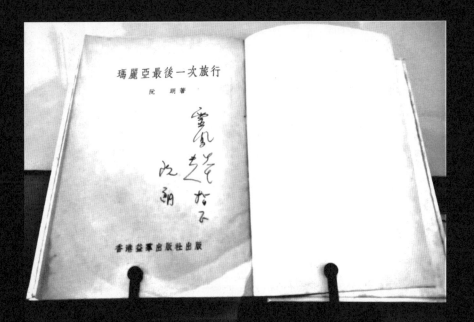

↑ **阮朗作品題贈葉靈鳳先生夫人，現藏香港中文大學圖書館香港文學特藏室。**

評英譯「肉蒲團」

夏志清

晚明小說「肉蒲團」在中國以淫書著稱，但實際上因近代沒有普及的再版本，所以，閱讀的人不多。在西方，這部書近日却以新面貌出現，以迎合大家一窩蜂對色情作品的狂熱。法蘭茲・古恩（Franz Kuhn, 一八八四——一九六一）在一九五九年出版德譯本(Jou Pu Tuan, Zurich: Verlag die Waage)，接着有比爾・克盧索斯基（Pierre Klossowski）在一九六二年面世的法譯本(Jecu-P'cu-T'cuan, Paris: Editions Jean-Jacques Pauvet)。現在，不甘後人（enterprising）的「學林出版社」（Grove Press）又推出英譯本，由理察・馬田先生（Richard Martin）自德譯本重譯，把這本小說介紹給更廣大的讀者羣。

「肉蒲團」應擁有大量讀者，但我恐怕大多數西方讀者祇會把它當作淫書來讀而已。在傳統中國小說的環節中，本書得被視爲技巧高超的作品，其文學上的重要性亦無可異議。正當研究本書當然需要精細批判同類淫書中的先驅作品，罕見者，如：「繡榻野史」、「如意君傳」，及「癡婆子傳」。但把它和明代另一本更著名的作品「金瓶梅」相比（古恩博士在其譯者跋文中亦如是比較；其跋文亦經英譯。）則「肉蒲團」在小說的純粹性及技巧能力上亦較優勝。「金瓶梅」作者縱有冷靜寫實的才能，却常常流於大衆說書人的假道學態度，其敍述文體亦流於愚鈍。「肉蒲團」爲一較後之作品，但却相反的表現出不落說書人窠臼，長短適可，戛戛獨造。該書第一章（爲古恩及馬田毫無道理地貶置爲最後一章）從頭到尾整篇是說教的序文，其餘的十九章包含有一連串妥善安排，有聲有色的場景，當中常有俏皮的對話，詼諧的動作，因而生色不少，每一場景都推進了全書故事的發展。傳統習用的陳腔尾語和濫調詩句並不多見；實際上，讀者還可在幾段詼諧的文字中注意到一個最顯著的隱喻在反覆出現，作者藉此以將主角的戀愛經驗比擬於一個學童在受塾師的磨難或一個年輕士子在應試。長久以來，人們認爲中國傳統小說之力量與感人當然總得與其深入民間的說書有密切關係，但事實上，在中國亦如在各國一樣，先有了認眞寫作的作家，改善了說書人的敍事方式，小說的藝術才會進步。「肉蒲團」是一部純憑想像的、作意縝密的小說，在技巧上，較諸早期較偉大而故事不緊湊的小說，實是標誌了一個明確的進步。十七世紀的狂誕意味有助於寫成這本赤裸

夏志清先生（其兄卽爲夏濟安先生）係耶魯大學英語系博士，現任教哥倫比亞大學遠東語言系，著述極多，重要作品有以下多種：

① A HISTORY OF MODERN CHINESE FICION: 1917-1957,（中國現代小說史：一九一七——一九五七）Yale University Press, 1961.

② "Society and Self in the Chinese Short Story"（中國短篇小說中的社會與自我），THE KENYON REVIEW, Summer, 1962.

③ "THE WATER MARGIN: Notes Toward a Reevaluation,"(水滸傳的再評價)SPECIAL SUPPLEMENT: YEARBOOK OF GENERAL AND COMPARATIVE LITERATURE, ed. HORST FRENZ, Indiana University Press, 1962.

④ "Love and Compassion in DREAM OF THE RED CHAMBER,"（紅樓夢的愛情與同情）CRITICISM, Summer, 1963.

⑤ INTRODUCTION TO CHINESE FICTION（中國小說導論）Columbia University Press (Forthcoming)

⑥ Editor and translator, ANTHOLOGY OF MODERN CHINESE SHORT STORIES（中國現代短篇小說選輯——編者及譯者）Columbia University Press (Forthcoming)

除上述各書及論文外，作者曾為CHINA QUARTERLY（中國季刊）撰述過他那篇至今尚為人稱道的「中國共產小說的殘餘女性」（Residual Femininity）。此外美國著名的雜誌如 THE SATURDAY REVIEW 及 THE JOURNAL OF ASIAN STUDIES 等亦刊載夏先生的文章。

作者從本年九月起任 LITERATURE: EAST AND WEST 的編輯顧問。

↑ 刊 1967 年 10 月號《明報月刊》的夏志清〈評英譯「肉蒲團」〉

[日記] 10月6日：讀十月號《明報月刊》，有一篇評論《肉蒲團》德譯本和英譯本的文章。

↑ 許廣平罵周作人的文章〈我們的癰疽，是他們的寶貝〉，刊 1967 年 10 月 20 日《大公報》。

[日記] 10 月 20 日：讀《大公報》轉載許廣平的一篇罵周作人的文章，周已在去秋逝世。文章寫得很惡刻。

↑ **是日日記冊中潘思同的插圖〈蘇州河的早晨〉**

［日記］11 月 8 日：本頁水彩畫的作者潘思同，是我在上海美專的同班同學，廣東人，在校時就以水彩著名。

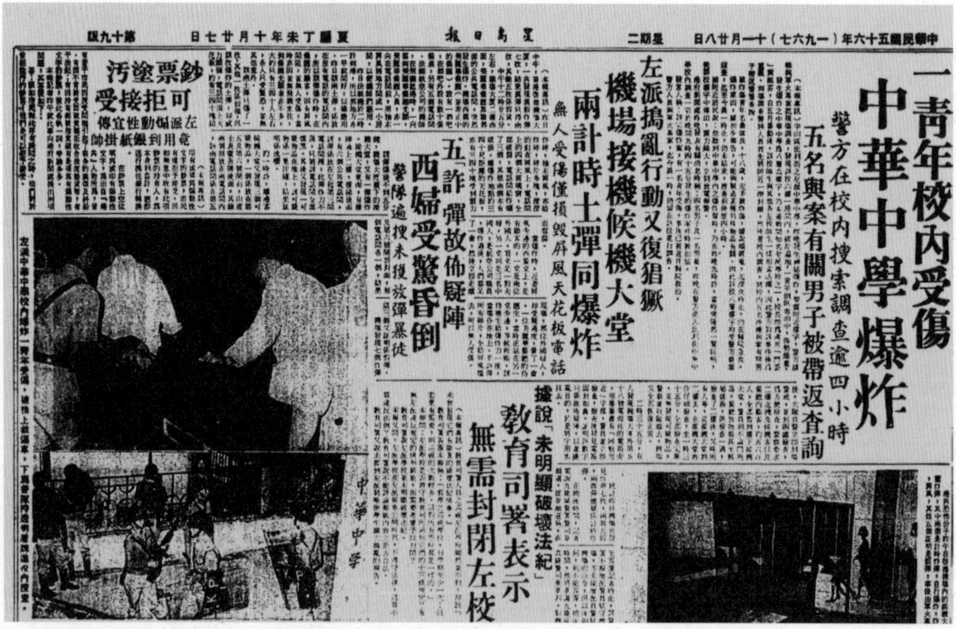
中華民國五十六年（一九六七）十一月廿八日 星期二　星島日報　夏曆丁未年十月廿七日 第十九版

一青年校內受傷
中華中學爆炸
警方在校內搜索調查逾四小時
五名與案有關男子被帶返查詢

左派搗亂行動又復猖獗
機場接機候機大堂
兩計時土彈同爆炸
無人受傷僅損毀屏風天花板事話

五「詐」彈故佈疑陣
西婦受驚昏倒
警憲遍搜未獲放彈暴徒

鈔票塗污
可拒接受
左派煽動性宣傳
竟用到銀紙掛帥

據說「未明顯破壞法紀」
教育司署表示
無需封閉左校

中華中學

↑ **機場和各區炸彈的報道，見 1967 年 11 月 28 日《星島日報》。**

［日記］11 月 27 日：今日飛機場有炸彈，各地也有炸彈。

↑《血戰自由魂》（應為《戰火自由魂》）電影廣告，見 1967 年 12 月 3 日《星島日報》。

[日記] 12 月 3 日：在龍圖進餐，再往總統戲院看電影《血戰自由魂》，講印度山地民族抗英的故事，略與眼前事相似，還值得一看。

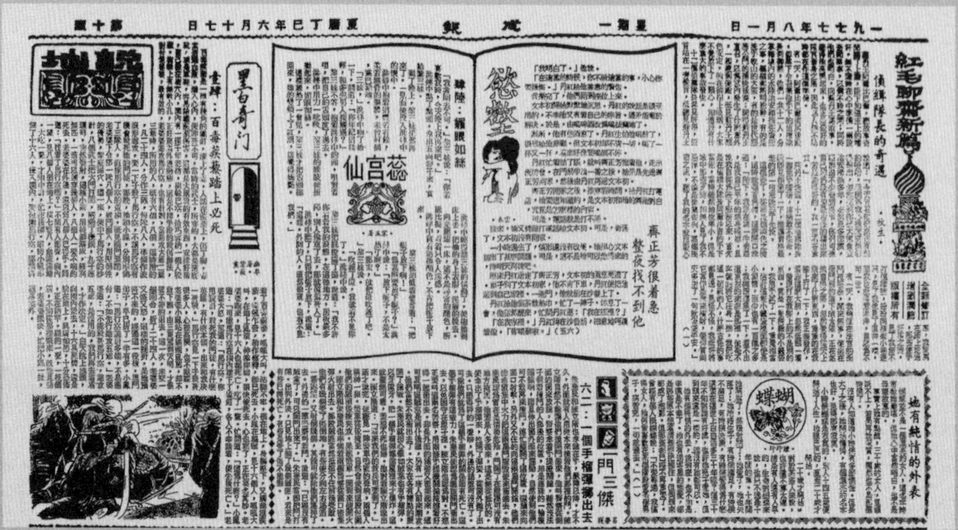

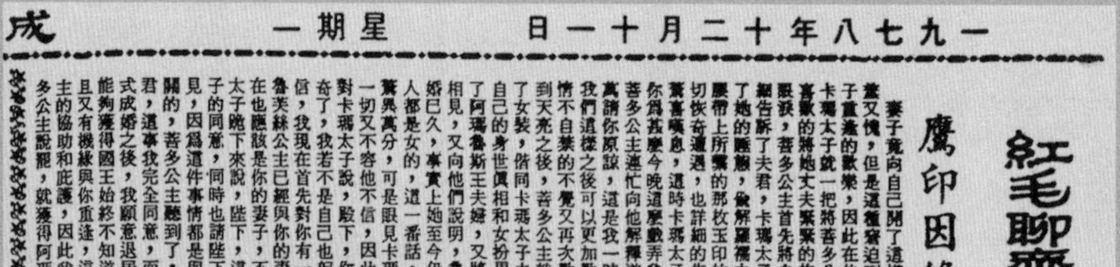

一九七八年十二月十一日　星期一　成

紅毛聊齋新篇

全新修訂　增删潤飾　版權所有

鷹印因緣

秋生

妻子竟向自己開了這樣一個大玩笑，不覺又羞又愧，但是這種窘迫到底敵不過他能夠與妻子重逢的歡樂，因此在他略為鎮靜一下之後，卡瑪太子就一把將善多公主抱住，善多公主也喜歡的將她丈夫緊緊的抱住，笑得眼中流出了眼淚，善多公主首先將自己所遭遇的一切，詳細告訴了夫君，卡瑪太子也將自己自從那天見了她的臉龐，敞解羅襦之際，無意中見到她的腰帶上所繫的那枚玉印的經過，以及以後的一切恢奇遭遇，也詳細的告訴了妻子，兩人相與驚喜嘆息，這時卡瑪太子就忍不住問，賢妻，你為甚麼今晚這麼戲弄我，害得我又羞又窘，善多公主連忙向他解釋道，夫君，這事我要千萬請你原諒，這是我一時故意向你相戲，以便我們這樣之後可以更加歡樂，兩人說到這裡，情不自禁的不覺又再次歡娛了一次，這樣一直到天亮之後，善多公主就趕緊起身梳洗，恢復了女裝，偕同卡瑪太子去謁見阿瑪魯斯王，將自己的身世真相和女扮男裝的原因，詳細告訴了阿瑪魯斯王夫婦，又將卡瑪太子介紹與他們相見，又向他們說明，魯芙絲公主雖然與她成婚已久，事實上她至今仍是處女，因為她們兩人都是女的，這一番話，聽得阿瑪魯斯王真是驚異萬分，可是眼見卡瑪太子就站在眼前，這一切又不容他不信，因此他想了一下，首先就對卡瑪太子說，殿下，你們這次的遭遇真是恢奇了，我若不是自己也躬逢其事，我真不敢相信，我現在首先對你有一個要求，既然我女兒魯芙絲公主已經與你的妻子舉行過婚禮，她現在也應該是你的妻子，不知你肯接納否，卡瑪太子晚下來說，陛下，這事我首先要徵求我妻子的同意，同時也請陛下問問魯芙絲公主的意見，因為這件事情都是與她們兩人切身利害有關的，善多公主聽到了，她首先就回答道，夫君，這事我完全同意，而且魯芙絲公主與你正式成婚之後，我願意退居妾媵的地位，因為我能夠獲得國王始終不知道我實在是女兒身，而且又有機緣與你重逢，這完全是由於魯芙絲公主的協助和庇護，因此我一定要向她報恩，善多公主說罷，就獲得阿瑪魯斯王的同意，趕緊同到後宮，將這件事情的真相，告訴了魯芙絲公主，並且告訴她現在已經苦盡甘來，夫妻已經團圓了。

且說阿瑪魯斯王見到發生了這樣奇異的喜事，心裡有點特別高興，便傳旨召集文武百官到便殿來議事，將公主的駙馬，實是女扮男裝，以及卡瑪太子來到的事，從頭至尾向羣臣宣佈，同時他又發表了自己的心願，說是他的愛婿既然是善多公主喬裝的，現在善多公主自己的丈夫來了，他泱意將魯芙絲公主正式也嫁給卡瑪太子，同時再將本來要禪給善多公主的王位，也正式禪給卡瑪太子，他詢問大家對這樣的泱定可有甚麼意見，羣臣互相商議了一下，公推首席大臣為代表，向阿瑪魯斯王回奏道，陛下，既然卡瑪太子乃是善多公主的丈夫，而喬裝男子的善多公主，我們一向不僅當她是陛下的駙馬，而且久已尊她為王，現在陛下要將王位正式禪她的丈夫，而且將魯芙絲公主也嫁給他，實在是順理成章之事，我們不僅遵旨，而且願意宣誓効忠新王，因為大家與他在朝中共事已經好久，早已看出他乃是一個英明正直的人物，阿瑪魯斯王聽了，自然更加高興，於是他召來宮庭史官，叫他將這宗奇事的曲折內幕，撰成文告，公佈國內，同時宣佈將魯芙絲公主下嫁與卡瑪太子，更將本來已經讓與女扮男裝的善多公主的王位，正式讓與卡瑪太子，阿瑪魯斯王宣佈完畢，就召來婚姻法官，正式為魯芙絲公主和卡瑪太子締寫結婚証書，由他自己簽字作証，同時又簽署了禪位詔旨，將這兩項大典同時舉行，於是從這一天起，城中就進入了空前未有的熱鬧慶祝高潮，滿城張燈結綵，阿瑪魯斯王在宮中大擺婚筵，招待所有的賀客，又將朝中文武百官，不論大小，一律擢陞一級，並且另有賞賜，他又傳旨施捨城中貧病和孤寡無靠的老人，更將輕罪的囚徒釋放，重罪的各自減等，卡瑪太子登位之後，首先宣佈減稅釋囚，藉蘇民困，又將朝中文武百官賞賜有加，由於他秉公處政，賞罰嚴明，朝臣和百姓都歌頌新王的賢明，他每晚退朝之後，回到後宮，就由善多公主和魯芙絲公主輪夕侍寢，由於這是善多公主自動提議，而且又是甘心情願，因此彼此相處得十分和諧幸福，將過去的許多驚險困苦的遭遇全抵消了。（本篇完）

↑ **葉靈鳳長期給《成報》副刊供稿，作品於其身後仍在刊登，此兩篇分別見 1977 年 8 月 1 日及 1978 年 12 月 11 日。**

［日記］12 月 20 日：下午偕中嫻出外付電費，往北角《成報》取稿費。

→ 王陵（筆名江之南）致辜健（筆名古劍）函（未標日期）稱：「『秋生』之西方怪談，前身是『紅毛聊齋』，係成報舊稿，亦屬於成報資產，作者乃已故報人葉靈鳳之作，使用這段舊稿，係何社長御筆親提……」王陵、辜健均為當時《成報》編輯，何社長即何文法。（另參 1970 年 7 月 28 日日記及盧瑋鑾箋語。）

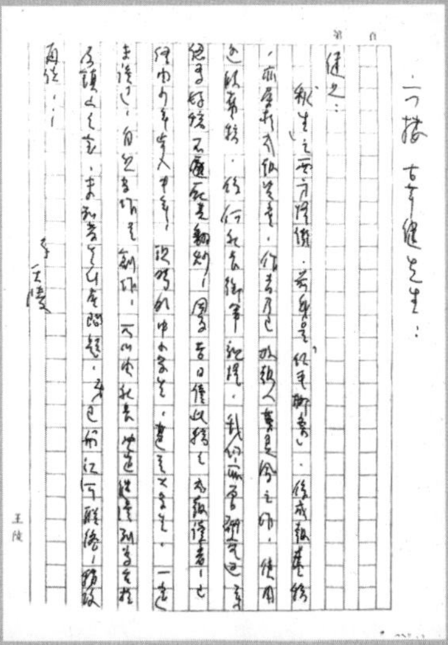

↑《日月精忠》電影廣告，見 1967 年 12 月 31 日《星島日報》。

[日記] 12 月 31 日：晚陪克臻往樂聲戲院看電影《日月精忠》，此係得今年六項金像獎的名片。

↑→ 關朝翔醫生晚年照和他的早年著作《我的括龍術》（筆名吳仲實）

［日記］1月3日：在書店遇見關朝翔醫生。

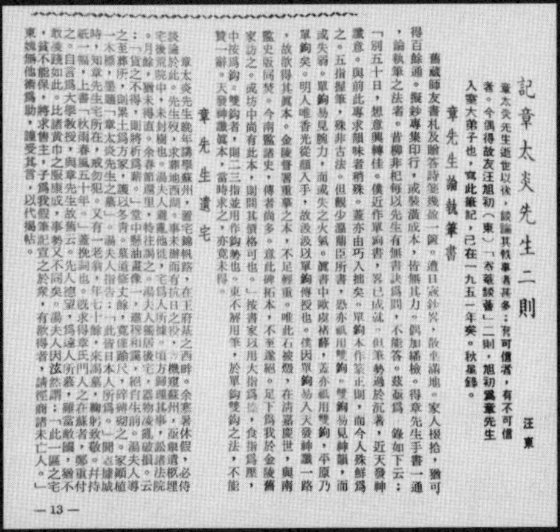

記章太炎先生二則　汪東

章太炎先生逝世以後，談論其軼事者甚多；有可信者，有不可信者。今偶得故友汪旭初（東）「寄庵談薈」二則，旭初爲章先生入室大弟子也，寫此筆記，已在一九五一年矣。秋巢錄。

章先生論執筆書

舊藏師友書札及論答詩箋幾盈一篋。遭日寇鈔略，散棄滿地。家人掇拾，猶可得百餘通。擬鈔專集印行，或裝潢成本，皆無其力。偶加緗檢，得章先生手書一通，論執筆之法者。昔柳非杞每以先生有無書訣爲問，不能答。茲亟爲錄如下云：

「別五十日，想意興轉佳。僕近作單鉤書，略已成就，但筆勢過於沉著，近天發神讖意。與前此專求韻味者稍殊。蓋亦由巧入拙矣。單鉤本作篆正則，而今人殊鮮爲之。五指握筆，殊非古法。但觀少温廟臣所書，恐亦祇用雙鉤。雙鉤易見神韻，而或失弱。單鉤易見腕力，而或失之火氣。觀書中歐虞褚薛，蓋亦祇用雙鉤，平原乃單鉤矣。明人唯香光從顏入手，故汲汲以單鉤傳授也。僕因單鉤易入天發神讖一路，故欲得其眞本。金陵督署重摹之本，不足輕重。唯此石被燬，在淸嘉慶世，與南監史版同焚。今南監諸史，傳者尚多。意此碑拓本，不至遽絕。足下爲我於金陵舊家訪之。或坊中尚有此本，則問其價格可也。」按書家以用大指爲擫，食指爲壓，中指爲鉤。雙鉤者，則二三指並用作鉤勢也。東不解用筆，於單鉤雙鉤之法，不能贊一辭。天發神讖眞本，當時求之，亦竟未得。

章先生遺宅

— 13 —

·大　華·　第十三期

章太炎罵吉林督軍

章太炎在民國二年（一九一三年）到吉林，曾把吉林省大都督陳昭常痛罵了一頓。這件事，「太炎先生自訂年譜」不載。「年譜」民國元年條下記事有云：「乃任爲東三省籌邊使。命下，庚冰雪赴之，冀以避地，然卒不免也。」年譜不記這件事，眞是可惜。

熊成基烈士是光復會會員，也是烈士徐錫麟的好友，他在宣統元年（一九〇九年）十二月十八日，在哈爾濱謀刺殺滿清親貴載洵（海軍的叔父，管理海軍），事敗被捕，宣統二年正月十一日死難。

章太炎做東三省籌邊使，設使署於長春，他記起熊成基烈士死難之日是陰曆正月十一日，到此時已是三年的忌辰了，就約集同志和省城各界人士，在巴爾虎門外空場，搭蓋蓆棚開大會追悼。熊烈士死難之地就是在巴爾虎門外，在此處開會是有很大意義的。

開會時由章太炎報告熊烈士生平事蹟和他在長春遇難經過，順便把吉林都督陳昭常痛罵了一番。因爲熊烈士遇難時，陳昭常正是滿清吉林省的巡撫，將熊烈士斬首的劊子手。追悼會會前兩柱，懸有太炎一聯云：「畢夠三年，亦同稱國事重犯；盍爾元惡，致來弔革命先驅。」大概陳昭常以一省之尊，此時亦不得不勉附革命，送去追悼會一些輓詞，故章太炎有此一罵也。但章太炎不單是用聯一罵，在他所作的祭文中也把陳昭常罵爲「凶人」。祭文的末段云：

昔浙江巡撫張曾敭，在官無惡，殺一秋瑾，而士民歐讓，後徙它官，所在見拒。清廷鑒張曾敭，猶不能遣。今是凶人，貪以敗官，又遣嫗謳以推義士，其罪視曾敭且什百！民國改建，而猶晏居東表，專鎮一圻，斯實國家之羞日！昭告君之神靈：凡今日與奠者，自奠之後，而不能本君革除之志以助貪邪，而敢有爲漢客關以爲凶人地者，有如松花江！

陳昭常看見一聯一文後，當然怒氣衝天，便打電報向袁世凱辭吉林都督，老袁「溫旨」慰留。結果還是章的籌邊使一「籌」莫展，辭職入關了。

陳昭常是廣東新會人，字平叔，號簡持，光緒二十年甲午庶吉士，散館改刑部主事。頗能詩。

·洛　生·

↑→ 章太炎的早年軼事，見《大華》半月刊第13期。

[日記] 1月4日：讀《大華》半月刊，這是一個專刊近代掌故軼聞的雜誌，本期有記章太炎、嚴復等人的早年軼事。

→ 少年葉超駿

[日記] 1月7日：今日天氣晴暖，上午九時起身，應中絢夫婦之邀作郊遊，克臻與中嫻偕行，並帶了孫兒超駿同去。

↑《香江舊事》書影

［日記］2月：《香江舊事》出版。原名《英國侵略港九史話》後改今名。

← 木刻家唐英偉的木刻作品〈紗廠之二〉

↑ 香港漁農自然護理署出版的 2005 年月曆，魚類手繪圖為唐英偉手筆。

↑ 唐英偉手繪魚類圖

［日記］3月21日：下午出外付電燈費，後往實用書店看書。買有關香港新書三冊，其一是關於本港食用魚的。插圖係木刻家唐英偉所繪。

← 唐英偉 1996 年留影（翁秀梅攝）

↑ 唐英偉家中擺設的塑像（翁秀梅攝）

一九六八年四月十九日 星期五

大公報

Ta-Kung-Pao
342 Hennessy Road
Hong Kong

毛主席語錄

已經獲得革命勝利的人民，應該援助正在爭取解放的人民的鬥爭，這是我們的國際主義的義務。

美黑人領袖歡呼毛主席聲明
更大規模抗暴鬥爭必將出現
帝國主義徹底崩潰爲期不遠的預言一定會實現

最堅決擁護毛主席聲明
全國各城均有强大示威
規模從數萬到數十萬人聲援美黑人抗暴

日本各界人士歡呼毛主席聲明並指出
美帝國主義被宣判了死刑
亞非拉武裝鬥爭正大發展
日人民決響應號召進行持久不懈的鬥爭直到徹底消滅美帝

徹底粉碎帝國主義制度
美黑人才能得最後解放
只有偉大的毛澤東思想才能解決當代的革命問題

本報特訊
美國黑人崇敬毛主席

尼泊爾友人齊歡呼
毛主席總是站在最前線
支持世界人民爭取解放

彩色水泥
COLOUR CEMENT

↑ **1968 年 4 月 19 日《大公報》頭版報道響應毛主席支援美國黑人鬥爭的聲明**

[日記] 4 月 18 日：晚八時，參加《大公報》召開的響應毛主席支援美國黑人鬥爭聲明。

← 陳霞子（左）與李子誦，見 1991 年 4 月 15 日《當代月刊》第 1 期。

［日記］4 月 23 日：晚應費彝民之邀，到《大公報》晚餐。一桌同席有陳霞子及李自誦等。（按：李自誦為李子誦筆誤。）

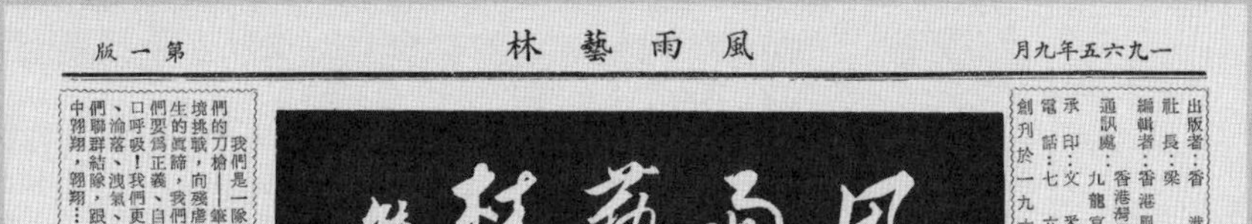

一九六五年九月　　風雨藝林　　第一版

出版者：香港風雨文社
社長：梁永棠
編輯者：香港風雨文社編輯委員會
通訊處：香港灣仔譚臣道七十四號三樓
九龍官塘郵箱九四四六號
承印：文采印刷公司
電話：七六六二二六
創刊於一九六四年三月十二日

風雨藝林

第四號　（非賣品）

我們是一隊堅貞的戰士，揮舞着我們的刀槍——筆桿，向時代挑戰，向環境挑戰，向殘虐者挑戰！我們要謳歌人生的眞諦，我們要揭發社會的醜惡；我們要爲正義、自由、眞理奮鬥至最後一口呼吸！我們更要扶掖青年們，從衰敗、淪落、洩氣、頹喪中挺起翅膀，與我們聯群結隊，跟暴風雨在一起，在天空中翱翔，翱翔……

徬徨與抉擇

本社

文藝和實踐結合

↑《風雨藝林》一貌，見第四號，1965 年 9 月出版。

［日記］5 月 12 日：有一種本港青年文藝刊物《風雨藝林》，這一期有一篇介紹《香港方物志》的文章，剪下留存。

→ **葉靈鳳（左）、陳君葆（中）、高貞白。（許禮平先生提供）**

［日記］5月14日：高貞白摘譯《紫禁城的黃昏》出版，見贈一冊。

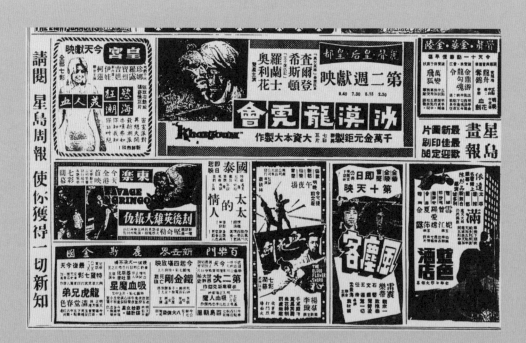

↑《沙漠龍虎會》電影廣告，見1968年5月24日《星島日報》。

［日記］5月26日：晚間同克臻看電影，係以戈登將軍在蘇丹守城殉職故事為題材的影片。

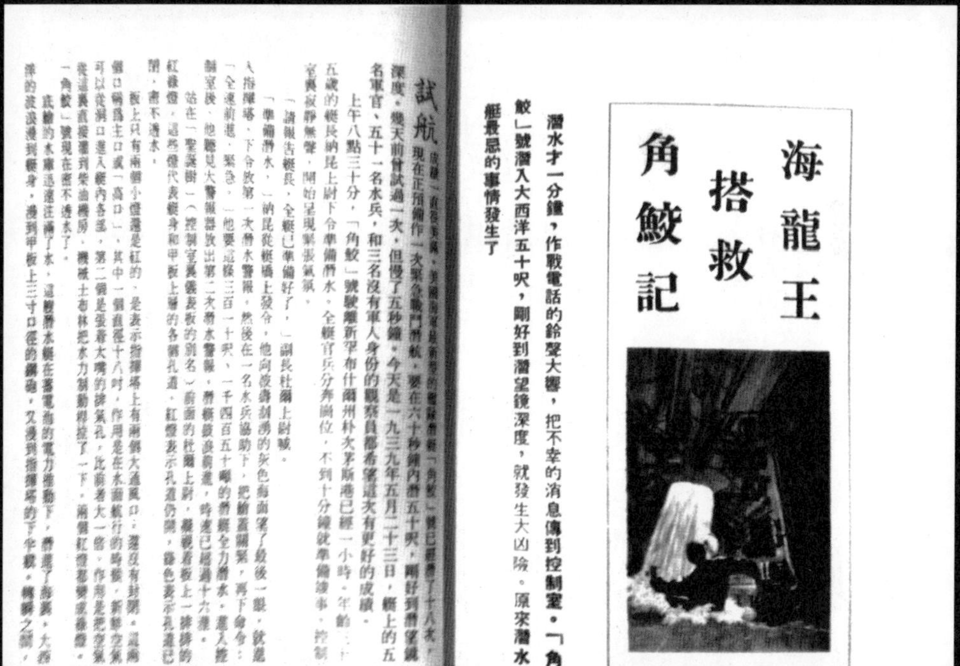

海龍王搭救角鮫記

潛水才一分鐘，作戰電話的鈴聲大響，把不幸的消息傳到控制室。「角鮫」號潛入大西洋五十呎，剛好到潛望鏡深度，就發生大凶險。原來潛水艇最忌的事情發生了

CONDENSED FROM "THE RESCUER" · COPYRIGHT © 1967 BY PETER MAAS

126

試航成績一直很美滿，美國海軍最新型的潛水艇「角鮫」號已經潛了十八次，現在正預備作一次緊急戰鬥潛航，要在六十秒鐘內潛五十呎，剛好到潛望鏡深度。幾天前曾試過一次，但慢了五秒鐘。今天是一九三九年五月二十三日，艇上的五名軍官、五十一名水兵，和三名沒有軍人身份的觀察員都希望這次有更好的成績。

上午八點三十分，「角鮫」號駛離新罕布什爾州朴次茅斯港已經一小時。年齡[illegible]十五歲的艇長納昆上尉下令準備潛水。全艇官兵分奔崗位，不到十分鐘就準備妥當。控制室裏寂靜無聲，開始呈現緊張氣氛。

「請報告艇長，全艇已準備好了，」副長杜爾上尉喊。

「準備潛水，」納昆從艇橋上發令。他向波濤洶湧的灰色海面望了最後一眼，就進入指揮塔，下令放第一次潛水警報，然後在一名水兵協助下，把艙蓋關緊，再下命令：「全速前進，緊急。」他要這條三百一十呎、一千四百五十噸的潛艇全力潛水。進入控制室後，他聽見大警報器放出第二次潛水警報，潛艇鼓浪前進，時麦已經過十六秒。

站在一塊叫「聖誕樹」（控制室裏儀表板的別名）前面的杜爾上尉，緊張地看着板上一排排的紅綠燈，這些燈代表艇身和甲板上層的各個孔道。紅燈表示孔道仍開，綠色表示孔道已閉，密不透水。

板上只有兩個小燈還是紅的，是表示指揮塔上有兩個大通風口，還沒有封閉。這兩個口稱為主口或「高口」，其中一個直徑十八吋，作用是在水面航行的時候，新鮮空氣可以從洞口進入艇內各部，第二個是張着大嘴的排氣孔，比前者大一倍，作用是把廢氣從這裏直接灌到柴油機房。機械士布林把水力制動桿拉了一下，兩個紅燈都變成綠燈。「角鮫」號現在密不透水了。

底艙的水櫃迅速注滿了水，這艘潛水艇在蓄電池的電力推動下，潛進了海裏。大西洋的波浪漫到艇身，漫到甲板上三寸口徑的礮砲，又漫到指揮塔的下半截。轉瞬之間，

127

↑ **記美國潛艇失事沉沒的〈海龍王搭救角鮫記〉，刊 1968 年 6 月號《讀者文摘》。**

[日記] 6 月 8 日：燈下看《讀者文摘》，記美國一隻潛艇失事沉沒，兵士逃生的經過。

文匯報

公元一九六八年六月十二日 星期三

港英警察摸黑突襲紅磡長沙灣羣衆
開槍擲彈噴毒毆打和綁架街坊同胞

天星輪工人促安排復工
港英竟派防暴隊圖鎮壓
工人代表昨到警務處抗議並促釋放彭灶

我同胞談天唱歌何罪之有
港英蓄謀挑釁兩處齊施暴
長沙灣街坊維護正當權益不怕強暴
警方封鎖街道肆意行兇圖擴大事端

碼頭乘涼遭毒毆
十多人傷兩被擄
紅磡居民大憤 責令港英放人

集中……戚友家屬赴警務處
促……扣手鐐迫害和放人
並安排未能會見親人的家屬補行探望

港英出動數百軍警
強阻村民保護竹林
洪屋村民斥元朗「理民府」食言

「度假」期滿重返南越前夕
侵越美軍在港自殺
酒店服毒昏迷 用床單打包抬走

美蔣先製造輿論
港英即配合行兇

梅林牌

↑ 1968年6月12日《文匯報》報道九龍民眾與警衝突事件

[日記] 6月11日：今晚在九龍若干街頭和小公園內，群眾又遭防暴隊干涉，發生衝突。

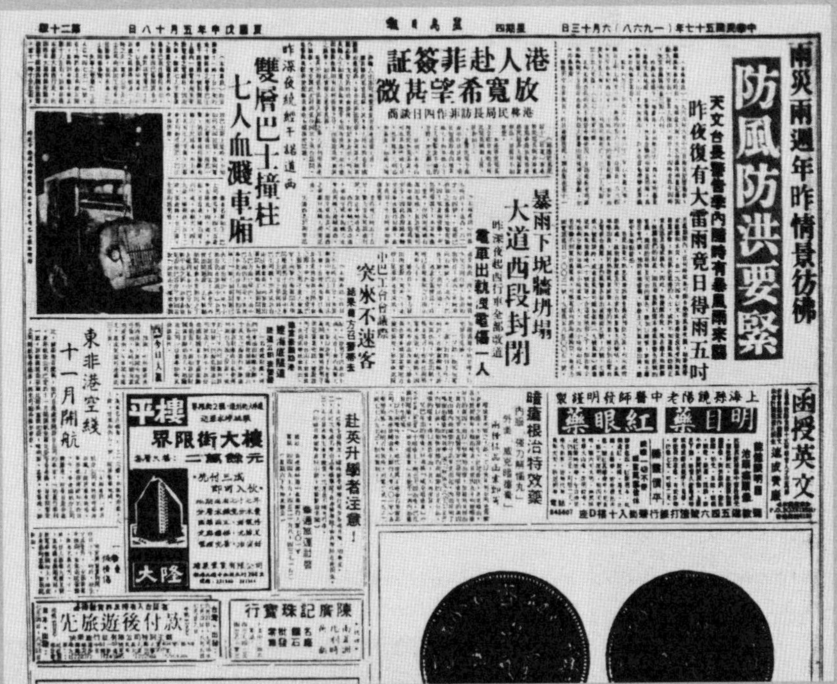

↑ 1966 年和 1968 年同一天暴雨成災，見《星島日報》報道。

[日記] 6 月 12 日：天氣潮濕鬱悶，陰雨入夜有大雷雨，自夜二時至黎明未止。雨勢之大，勢將成災。憶在 1966 年六月十二夜，亦有一場暴雨，造成全港空前雨災。

↑→ 謝克和他主編的《新生代》(謝克先生提供)

[日記] 6月21日:新加坡《民報》副刊編者謝克,寄來所編文藝周刊《新生代》。

柔腸

蔣彝著
許雲奴譯

這篇散文收於蔣著「兒時瑣憶」中，雖經中譯，韻味之美，不減原文。

蔣彝攝於香港

直到最近，我還是很羞於和新認識的女孩子說話。在我到歐洲之前，我很少和她們相談，即使是親戚，也是如此，當然，在我家裏的又當別論。我不明白爲什麽會那麽害臊，祇是，這一回事却使我了解到自家受儒家思想和我國舊傳統的影响有多深。這不是說我從不會和外間的女孩子相處過，因爲，幾乎像其他每一個青年人一樣，我也記得一些溫柔的心靈，那曾在我少年時代激動過我底心的。我要在這一章裏把她們寫出來。其中一個祇有十歲的時候就死了；另外一個，現在該是中年的尼姑了；第三個，我知道，已經有了兩個女兒和一個兒子。我寫不出那時對愛情的神秘和驚訝的感覺；但回憶起童稚的冥想，也依舊溫馨。

小紅是家父一位藝友最小的女兒。她六歲時，第一次來我家。我比她長兩歲。因爲她的房子和我的隣近，她的父親時相過訪，她也時常和我嬉戲，而我也很快成了她的玩伴。要是她到我家的時候，我碰巧上課去了，便覺忐忑不安，老想火速上完課，好得儘快自由。可是，一逃出來，却羞怯不前；往往總是她跑上前來打招呼。別人開始取笑我們「姻緣早定」了：就我們那樣柔赧的年紀看來，這當然是一回好笑的事，但事實上在我國習俗中，這也並非稀有。我們相處越來越融洽，我心中對她起了一種奇怪的感覺。我想她對我也一定有同感，我們雖然年紀小，但却頗知族規，把心中的感情藏起來。我們那時不懂得親咀，連摸摸彼此的手也沒試過；但靈犀却已相通。要了解這種溫馨，非要相同的經驗不可。

一天下午，我姊姊和兩個表妹正與我跟小紅同坐園中桐樹之下。我姊姊提議玩「螺紋」，那就是，比手指印。手指模印，通常作兩種樣子：旋捲的圈子叫「螺」，密聚的彎綫叫「紋」。每一隻手都有螺，但數目各異。看完了我們的手指模印之後，姊姊發覺我手上的螺竟跟小紅手上的數目相同，於是，她大笑道：「好怪！小紅和我弟弟一定是天生一對！」兩個表妹也大笑起來。我臉紅起來了。我長于斯的習俗容不得我接受這樣的玩笑，否則，祇招得更多的笑話和閒言閒語到我的頭上來。我呆望着池水那邊。小紅跳起來，跑開。但是，她滑倒在地上。我本要跑去扶她，但却猶疑起來，因爲恐怕因此而招致更難堪的哄笑。她可能跌疼了，但沒敢哭。她爬起來，跑到她父親的身邊。我姊姊當然尾隨而至，但她却消失在屋子裏了。

第二天，小紅來找我們的時候，我抓住一個機會，低聲問她上次究竟跌疼了沒有。她把頭扭過一邊，鄙夷地牽起咀巴看着我，問我爲什麽沒有去扶她，還說，我明明白白不喜歡她。我滿心羞愧，很想解釋我有多喜歡她，但不會說出隻字。我溫柔的心何其柔脆！過了好些時候，我們倆都好像說不出什麽話來。我們那時坐在一塊矮矮的假山石上，彼此隔得很開，因爲大人教過我們，男孩子和女孩子該那樣坐法；我們的愛意毋須用那不知害臊的偎倚表現出來。好一會，我鼓起勇氣說，我不知道她在等我去扶她，並且說我下回一定加以援手。忽然，她把手指戳在我的掌心裏，問我是不是要她再跌倒一次。這可把我弄窘了。我囁囁訥訥地說，她老是比我聰明。那時，通到私塾的月門開了，有人走出來。小紅從另外一道門跑了。看見原來是三伯父，到園子裏來舒散舒散一下，我放下了心。如果是我的四姑母或者五姑母，難聽的笑話就會很快傳遍屋子了

蔣彝攝於紐約寓所

↑ 1968年7月號《明報月刊》所刊蔣彝文〈柔腸〉的中譯

［日記］7月2日：讀七月號《明報月刊》，有介紹蔣彝的文章，原來他是江西九江人。附有一篇蔣的散文的中譯。

↑ 黃俊東（右上）、黃俊東和劉一波不同時期的合照（右立及坐者為劉一波）。（黃俊東先生提供）

［日記］7月6日：劉日［一］波（文藝青年曾在理髮店工作，辦過文藝小刊物）來電話，謂將在明日下午三時半偕黃俊東來訪。

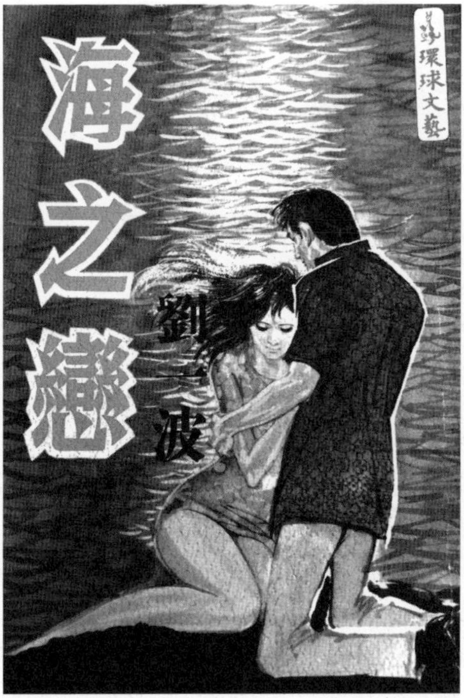

↑ 劉一波作品兩種

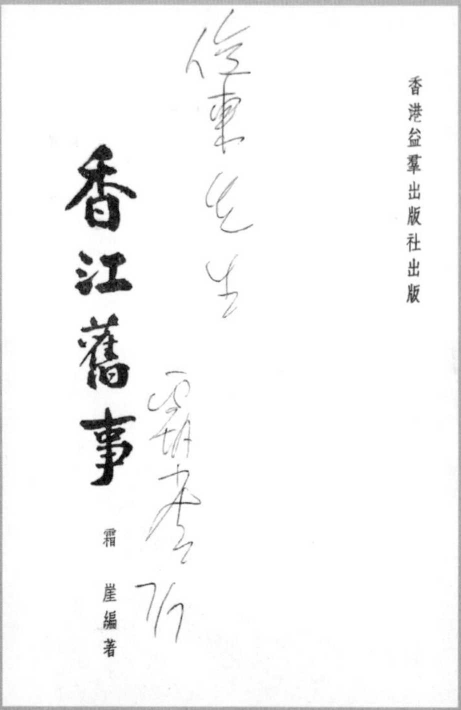

← **葉靈鳳題贈黃俊東《香江舊事》(黃俊東先生提供)**

[日記] 7月7日:黃俊東、劉日波來。黃為人談吐倒很坦白。三時許來,七時始去,贈以《文藝隨筆》、《香江舊事》各一冊。

↑ **所看者當是《獨行俠決鬥地獄門》,電影廣告見 1968 年 7 月 7 日《星島日報》。**

[日記] 7 月 7 日:晚間與克臻及女中慧同往看電影,又在鏞記酒家晚飯。電影為美國流行的槍戰故事片,三個皆是壞蛋,不過其中一個較好,一個壞,另一個更壞。

星島日報　星期六　中華民國五十七年（一九六八）七月二十日

港府為免公衆學生危險
撤銷中華中學註册
校內非法製爆炸品已昭然若揭
不宜消極任重開校監仍可抗訴

替學童驗聽力糾正發音
語言聽覺中心啓用
計劃全面檢驗學童聽覺

為中小學畢業生
設初級職訓班
創興兒童安置所等六校昨行畢業禮
關祖堯李曹秀群廖烈文分主禮致詞

遊後付款

↑ **1968 年 7 月 20 日《星島日報》有關撤銷中華中學註冊的報道**

[日記] 7 月 19 日：報載港英要撤消中華中學的註冊，甚可惡也。

← **趙克臻、葉中嫻和狗兒比比。**

[日記] 9 月 4 日：狗「比比」患病，延獸醫來看過，謂係腸炎。

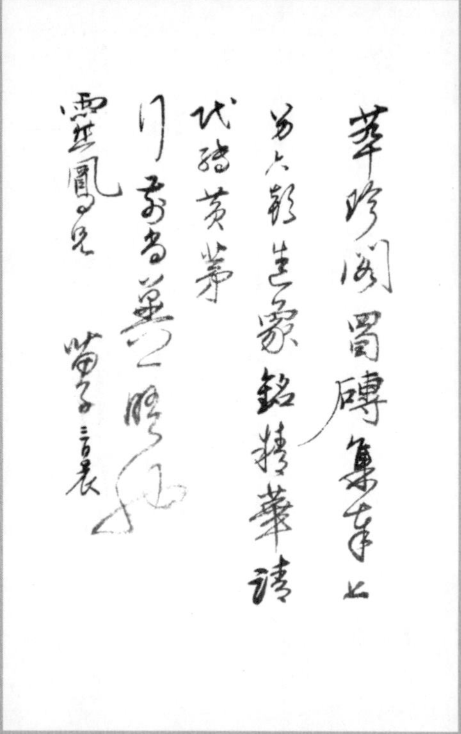
萃珍閣蜀磚集奉上
另六朝造象銘精華請
代轉黃茅
行前尚冀一晤也
靈鳳兄　　苗子 三日晨

←《萃珍閣蜀磚集》扉頁所附黃苗子便條：「萃珍閣蜀磚集奉上，另六朝造象銘精華，請代轉黃茅，行前尚冀一晤也。靈鳳兄　苗子三日晨」

［日記］10月1日：又翻閱苗子所贈《萃珍閣蜀磚拓本集》皆是原拓，在此時此地，已是十分難得之物了。

↑《萃珍閣蜀磚集》原磚拓本一頁，現存香港中文大學圖書館葉靈鳳贈書室。

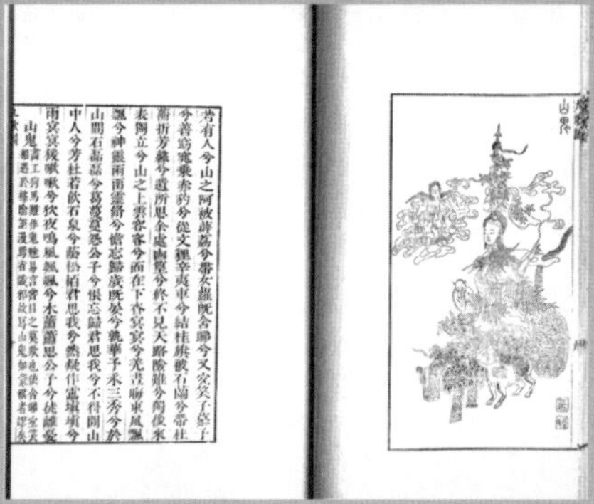

←↑《蕭尺木離騷圖》，日本東京：圖本叢刊會 1925 年版。現存香港中文大學圖書館葉靈鳳贈書室。

［日記］10 月 10 日：下午出門與黃茅、源克平喝茶。先在集古齋會齊，得朱省齋所贈日本翻刻《晚笑堂畫傳》一部，及翻到《蕭尺木離騷圖》殘本一冊。皆甚難得。

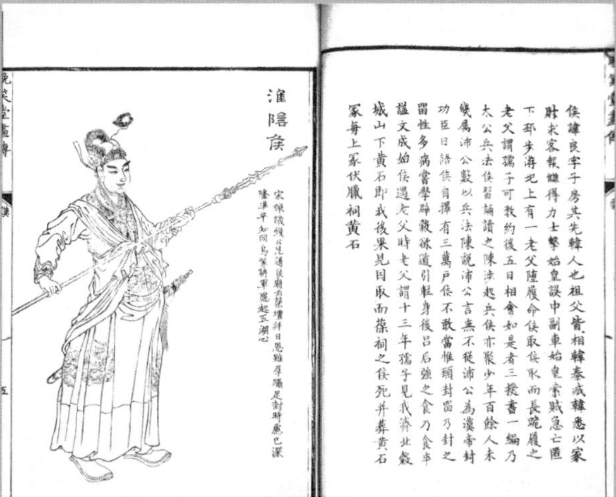

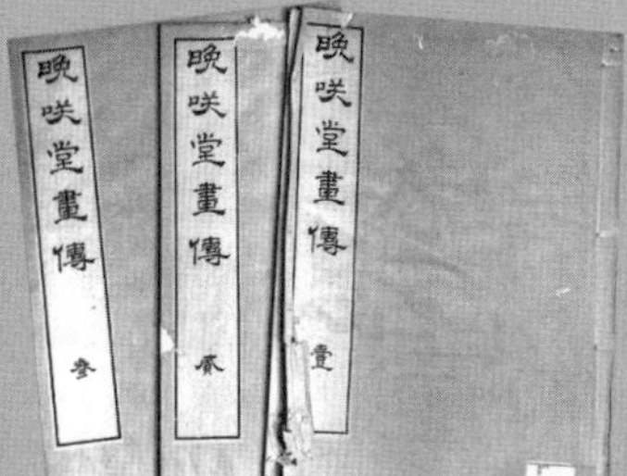

←↑ 日本京都書肆翻刻《晚笑堂畫傳》，現存香港中文大學圖書館葉靈鳳贈書室。

← 刊 1964 年《文物》第 1 期的北魏皇興造像背面平雕

［日記］ 10 月 23 日：偶閱《文物》月刊，在一九六四年一月號上：〈介紹陝西博物館石刻陳列室的幾件作品〉一文中，發現昨天要找出處的那幅拓本原物。

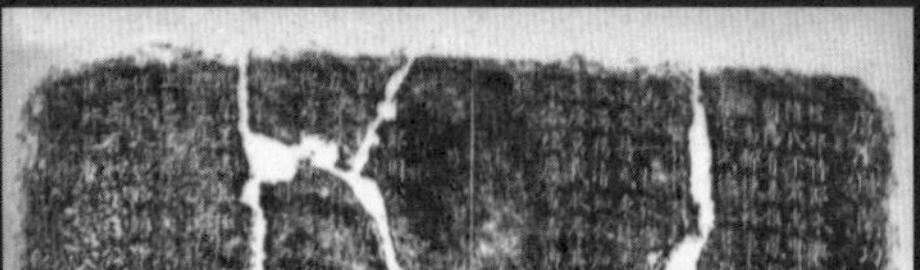

↑→ 刊於《文物》1962 年第 10 期金維諾〈「步輦圖」與「凌烟閣功臣圖」〉一文的「凌烟閣功臣圖」拓片

［日記］ 10 月 29 日：《文物》1962 年十月號《步輦圖》與《凌烟閣功臣圖》，該文有圖片。

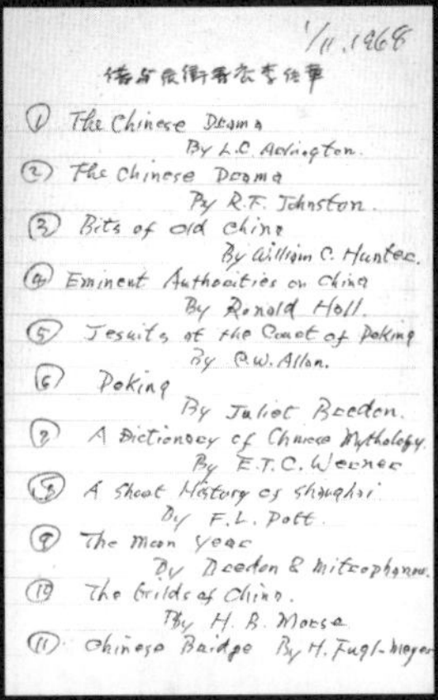
1/11.1968

1. The Chinese Drama By L.C. Arlington.
2. The Chinese Drama By R.F. Johnston.
3. Bits of old China By William C. Hunter.
4. Eminent Authorities on China By Ronald Hall.
5. Jesuits at the Court of Peking By C.W. Allan.
6. Peking By Juliet Bredon.
7. A Dictionary of Chinese Mythology. By E.T.C. Werner
8. A Short History of Shanghai By F.L. Pott.
9. The Moon Year By Bredon & Mitrophanow.
10. The Gilds of China. By H.B. Morse
11. Chinese Bridge By H. Fugl-Meyer

← 葉靈鳳借給辰衝書店的書單

［日記］10 月 31 日：整理出「別發西書店」所出版的書一冊，共十一冊，因前次辰衝書店老板擬借用。今晚清理了一下，準備明天下午送去。

↑《宋拓唐昭陵六馬圖》，現存香港中文大學圖書館葉靈鳳贈書室。

［日記］11 月 11 日：檢出舊存之石印本《宋拓唐六馬圖》，係上海舊時藝苑真賞社出版者。

大公報 一九六八年十一月廿八日 星期四

港九同胞數十團體集會
怒喝美帝外景隊滾出去
港英表示已通知美外景隊不能在港拍攝
同胞對美帝死心不息陰謀活動提高警惕

美帝外景隊滾出香港去！
本報評論員

新聞界怒斥反華片 聲討美帝在港拍攝
港英雖表制止 同胞仍須警惕

美軍包機天天到港 美兵運毒益見猖獗
機場海關樓下也發現散裝毒品

中總昨盛大集會 歡迎湯秉達榮歸
王寬誠費彝民讚湯秉達及其家屬
嚴斥港英緊急法例 並促釋放被……

↑ 港府拒絕美外景隊在港拍攝，1968 年 11 月 28 日《大公報》報道。

［日記］11 月 27 日：美國霍士電影公司擬拍一部名為《主席》的電影，要在香港拍外景。這是一部反華辱華的電影，因此本港愛國僑胞同聲反對抗議。香港政府被迫在今天聲明不許該外景隊在本港攝製該片。

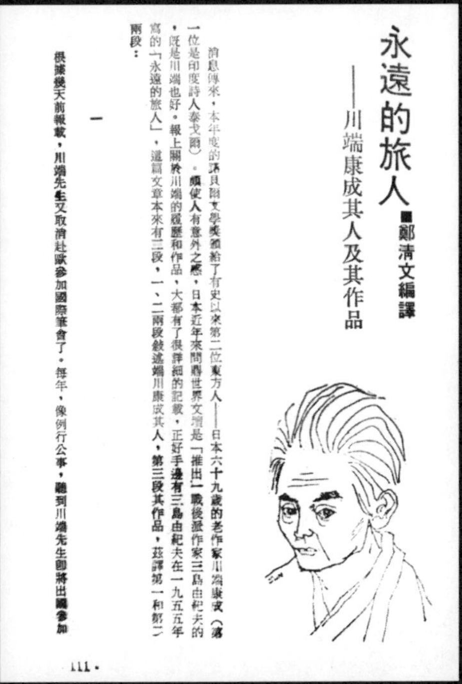

永遠的旅人

——川端康成其人及其作品

■鄭清文編譯

消息傳來，本年度的諾貝爾文學獎頒給了有史以來第二位東方人——日本六十九歲的老作家川端康成（第一位是印度詩人泰戈爾）。頗使人有意外之感，日本近年來問鼎世界文壇是「推出」戰後派作家三島由紀夫的，既是川端也好。報上關於川端的履歷和作品，大都有了很詳細的記載，正好手邊有三島由紀夫在一九五五年寫的「永遠的旅人」，這篇文章本來有三段，一、二兩段敍述端川康成其人，第三段其作品，茲譯第一和第二兩段：

一

根據幾天前報載，川端先生又取消赴歐參加國際筆會了。每年，像例行公事，聽到川端先生卽將出國參加

111

↑ 1968 年 12 月《純文學》第 3 卷第 6 期有川端康成及其作品的介紹

［日記］11 月 30 日：購《純文學》月刊一冊，因本期有介紹日本川端康成的作品，他得了本年的諾貝爾文學獎金。

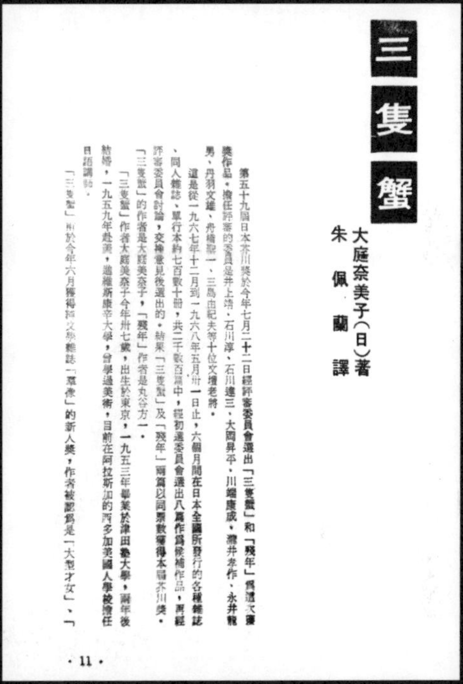

三隻蟹

大庭奈美子（日）著

朱佩蘭譯

第五十九屆日本芥川獎於今年七月二十二日經評審委員會選出「三隻蟹」和「殘年」爲這次獲獎作品。擔任評審的委員是井上靖、石川淳、石川達三、大岡昇平、川端康成、瀧井孝作、永井龍男、丹羽文雄、舟橋聖一、三島由紀夫等十位文壇老將。

這是從一九六七年十二月到一九六八年五月卅一日止，六個月間在日本全國所發行的各種雜誌、同人雜誌、單行本約七百數十冊，共二千數百篇中，經初選委員會選出八篇作爲候補作品，再經評審委員會討論，交換意見後選出的。結果「三隻蟹」及「殘年」兩篇以同票數獲得本屆芥川獎。

「三隻蟹」的作者是大庭美奈子，「殘年」作者是丸谷方一。

「三隻蟹」作者大庭美奈子今年卅七歲，出生於東京，一九五三年畢業於津田塾大學，兩年後結婚，一九五九年赴美，進維斯康辛大學，曾學過美術，目前在阿拉斯加的丙多加美國人學校擔任日語講師。

「三隻蟹」前於今年六月獲得純文學雜誌「羣像」的新人獎，作者被認爲是「大型才女」、「

· 11 ·

↑ 1968 年 12 月《純文學》第 3 卷第 6 期刊出〈三隻蟹〉譯文

［日記］11 月 30 日：這期《純文學》又介紹本年日本芥川獎的得獎小說〈三隻蟹〉。

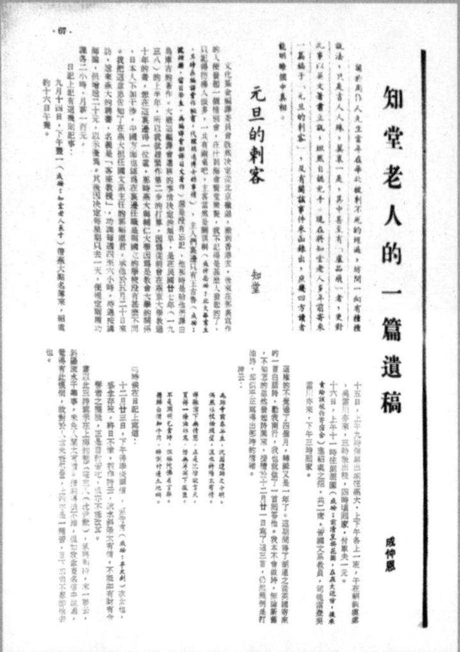
知堂老人的一篇遺稿

成仲恩

元旦的刺客

知堂

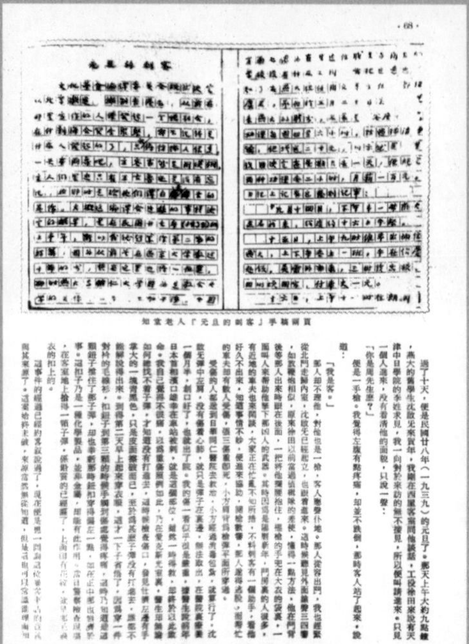

↑ **成仲恩〈知堂老人的一篇遺稿〉及周作人〈元旦的刺客〉，刊 1968 年《明報月刊》第 12 期，另錄周作人書函數封。**

[日記] 12 月 4 日：閱《明報月刊》十二月號，有周作人舊作一批。

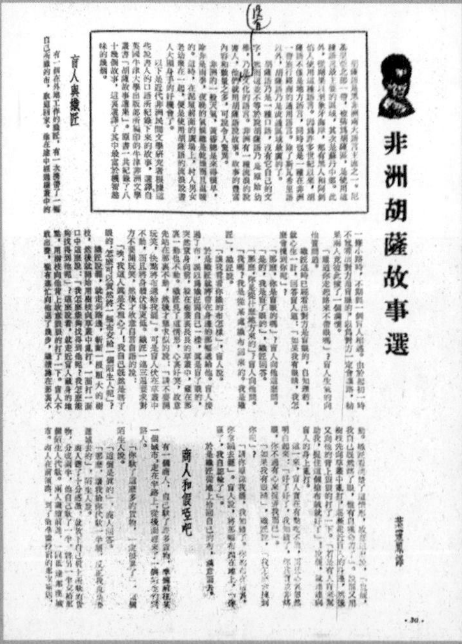
非洲胡薩故事選

葉靈鳳譯

盲人與鐵匠

商人和假空吧

← **葉靈鳳譯〈非洲胡薩故事選〉，刊 1968 年 12 月《文藝世紀》。**

[日記] 12 月 8 日：整理非洲黑人「胡薩」語系的故事一批，加以簡短介紹，擬交《文藝世紀》。

◉ | 一九六九年

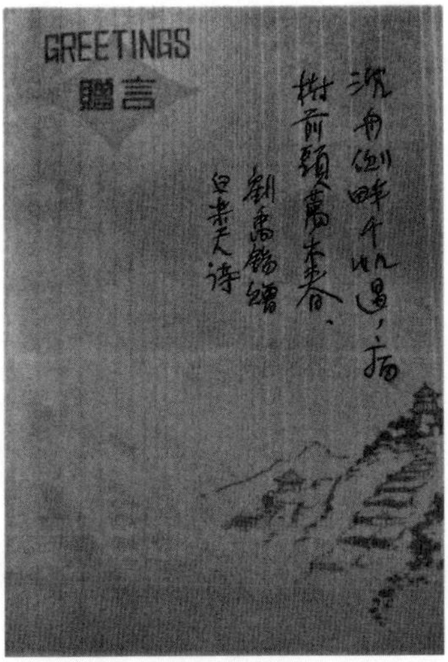

← 1969 年日記首頁葉靈鳳題字

盧瑋鑾箋：葉靈鳳在此日記本首頁，抄下劉禹錫贈白樂天詩：「沉舟側畔千帆過，病樹前頭萬木春」兩句，讀者當可細味其心境。

↑ 所看者為《壯士雄風》，電影廣告見 1969 年 1 月 1 日《星島日報》。

［日記］1 月 1 日：晚同克臻去看電影。電影為第二次世界大戰故事片，描寫英軍特務功績，反映德國納粹特務不濟事，跡近神怪，成一面倒形勢，不足觀。

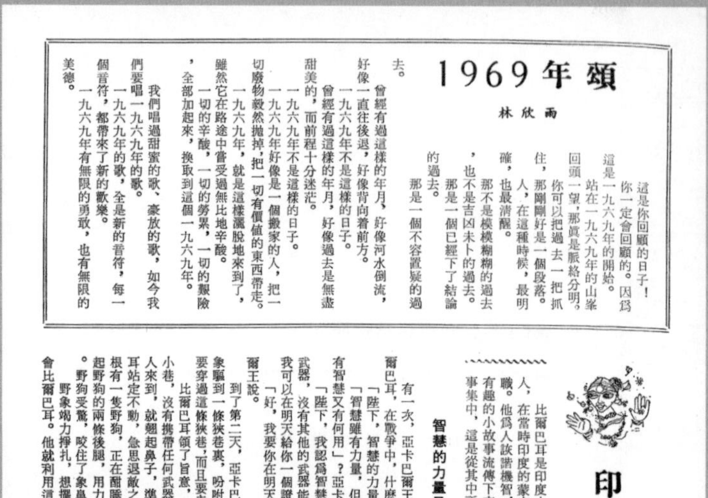

1969年頌

林欣雨

這是你回顧的日子！
你一定會回顧的。因爲
這是一九六九年的開始。
站在一九六九年的山峯
回頭一望，那眞是脈絡分明。
你可以把過去一把抓
住，那剛剛好是一個段落。
人，在這種時候，最明
確，也最清醒。
那不是模模糊糊的過去
，也不是吉凶未卜的過去。
那是一個已經下了結論
的過去。
那是一個不容置疑的過
去。
曾經有過這樣的年月，好像河水倒流，
好像一直往後退，好像背向着前方。
一九六九年不是這樣的日子。
曾經有過這樣的年月，好像過去是無盡
甜美的，而前程十分迷茫。
一九六九年不是這樣的日子。
一九六九年好像是一個搬家的人，把一
切廢物毅然拋掉，把一切有價值的東西帶走。
一九六九年，就是這樣瀟脫地來到了，
雖然它在路途中嘗受過無比地辛酸。
一切的辛酸，一切的勞累，一切的艱險
，全部加起來，換取到這個一九六九年。
我們唱過甜蜜的歌，豪放的歌，如今我
們要唱一九六九年的歌。
一九六九年的歌，全是新的音符，每一
個音符，都帶來了新的歡樂。
一九六九年有無限的勇敢，也有無限的
美德。

印度哲人比爾巴耳的故事

葉靈鳳譯

比爾巴耳是印度十六世紀的一位著名哲人，在當時印度的蒙古大帝亞卡巴爾朝中任職。他爲人詼諧機智，又富於急智，有許多有趣的小故事流傳下來，散見印度的一些故事集中，這是從其中所選譯的。

智慧的力量最大

有一次，亞卡巴爾王這麼向比爾巴耳問：「比爾巴耳，在戰爭中，什麼的力量最大，最重要」？

「陛下，智慧的力量」，比爾巴耳回答。

「智慧雖有力量，但是如果我們沒有武器，雖有智慧又有何用」？亞卡巴爾王向他反問。

「陛下，我認爲智慧本身就是一種最有力量的武器，沒有其他的武器能勝過它。陛下如果不信，我可以在明天給你一個證明」。

「好，我要你在明天給我一個證明」，亞卡巴爾王說。

到了第二天，亞卡巴爾王下令將一頭發瘋的野象驅到一條狹巷裏，吩咐比爾巴耳這天回家時一定要穿過這條狹巷，而且要赤手空拳，不許携帶武器。

比爾巴耳領了旨意，就眞的赤手空拳走進這條小巷，沒有携帶任何武器。那頭發瘋的野象見到有人來到，就翹起鼻子，準備要向來人襲擊。比爾巴耳站定不動，急思退敵之策。他一眼瞥見人家的牆根有一隻野狗，正在酣睡未醒。比爾巴耳走過去握起野狗的兩條後腿，用力的對準了野象的鼻子擲去。野狗受驚，咬住了象鼻不放。

野象竭力掙扎，想擺脫狗的糾纏，暫時不再理會比爾巴耳。他就利用這一瞬間，從象腹下穿過，迅速的走出了這條狹巷，安全的回到自己家中。

亞卡巴爾王知道了這樣的經過，不得不承認比爾巴耳的話說得對：智慧乃是最有力量的武器。

消息

洛美

你總喜歡從雲端
俯視大地
看江河如練
山嶺如丘
看那一片片良田
在陽光下
洋溢着綠色的欣喜
看車如蟻
在交錯的道路上爬行
看船如葉
在靜止的海面漂浮
看鄉村如仙境
佈置着玲瓏的屋舍
看都市如夜空
閃爍着明滅的繁星
常常
你像一顆流星
呼嘯着掠過長空
我揮白巾
向你遙遙致意
而你一揮手
便銀光閃閃
灑下來的
盡是人間好消息

·13·

← 1969年《文藝世紀》1月號刊葉靈鳳譯的印度小故事

［日記］1月5日：整理以前譯的一些印度小故事，準備交給源克平作《文藝世紀》一月號用。

中華民國卅七年三月十七日　星島日報

香港史地

第三十二期　雙週刊

徐亞保十五仔就職記

十五仔海盜艦隊與英艦在東京灣大戰圖（一八四九年十月）

香港警署所存的一張海盜劫案報告（一八六八年三月二十四日）

龍城詩選

九龍城即事

↑ 1948 年 3 月 17 日刊出的〈香港史地〉，其中〈九龍城即事〉組詩中有崔鳳朋一首云：「頹垣敗瓦苦斯民，太息英夷辣手伸，顧我空拳思衛土，有人挾刃說親隣，佔巢鳩鳥難相喻，毀室鴟鴞足與倫，弱國外交惟一牒，不須催淚淚沾巾。」其中「英夷」一語致當局不滿，乃要求停刊。

[日記] 1 月 11 日：晚間清理多年前所編的〈香港史地〉。共出了四十多期，由於九龍城問題，被華民署授意報館要停刊的。

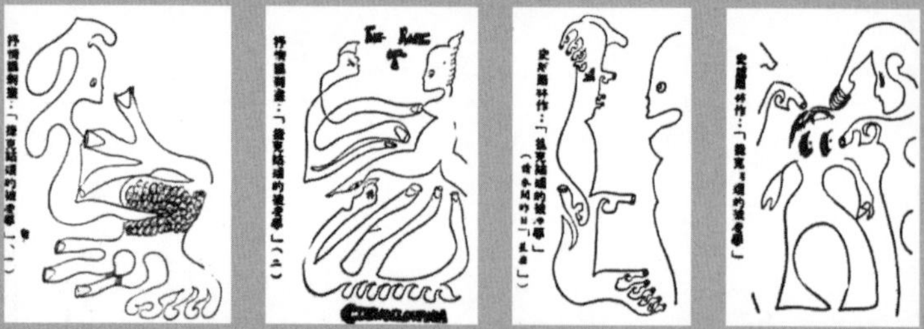

↑ 1969 年 1 月 19 及 20 日《星島日報・星座》刊出安東尼・史威爾林的〈捷克姑娘的被凌辱〉諷刺畫

［日記］1 月 16 日：燈下寫一短文，介紹那幾幅諷刺蘇聯侵佔捷克的漫畫。

星島日報　星期三　中華民國五十八年（一九六九）二月五日

今晨低溫將降至三度

大帽山會結冰

醫生指出酷寒程度足以凍死人

但愁路有凍死骨

澳門冷僵一人

昨「立春」竟成最寒冷的一天

英駐中共代辦候任人今抵港

技術有困難「唔好咁快做」

會議用中英文

市局否決提案

交由市局常務委會「繼續研究」

↑ 1969 年 2 月 5 日《星島日報》有關香港低溫的報道

［日記］2 月 4 日：氣溫比昨日更低，市內六度，新界空曠處及大帽山低至零下二度，已結冰。據說是多年來最冷的天氣。

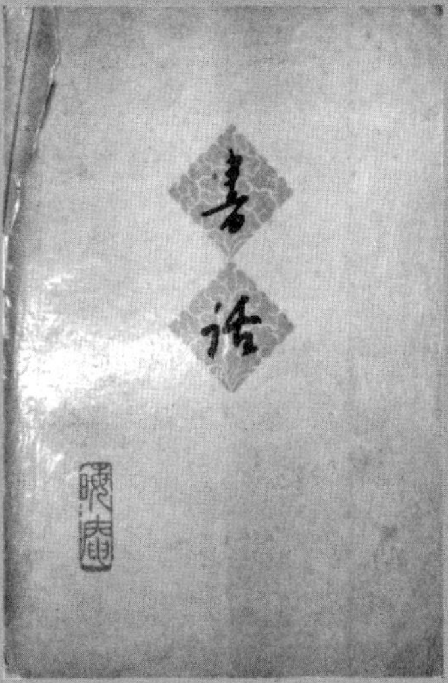

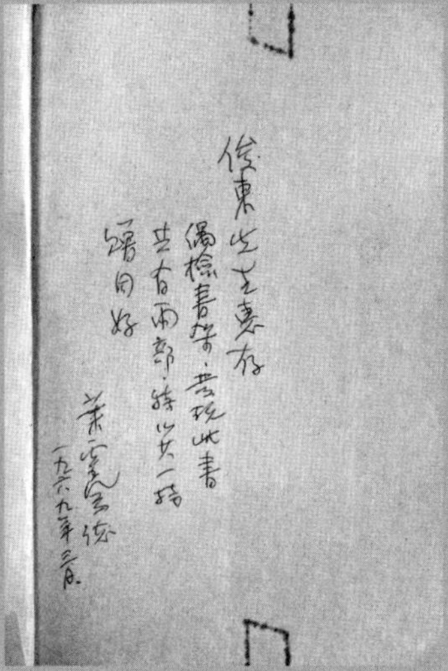

→ **葉靈鳳轉贈唐弢《書話》並題字（黃俊東先生提供）**

［日記］3 月 4 日：下午黃俊東、劉一波來坐，以多餘的一冊唐弢的《書話》贈黃。

大公報
一九六九年三月七日

港九同胞義憤填膺
抗議蘇修侵我領土

堅決擁護外交部所提出的強烈抗議
向勝利保衛祖國領土的邊防軍致敬

數百的士司機抱不平
今晨曾麕集警署交涉
一同業在尖沙咀被無理抄牌

警探大鬧茶樓

←**《大公報》1969 年 3 月 7 日報道黑龍江武裝衝突**

［日記］3 月 6 日：蘇聯與我國在黑龍江邊境珍寶島發生武裝衝突。我國提出嚴重抗議。

→《新沙皇的反華暴行》電影廣告，見 1969 年 5 月 3 日《大公報》。

［日記］4 月 30 日：往南方公司看《新沙皇的暴行》，係紀錄片，記錄近年在東北邊境所發生的中蘇糾紛。

↑ 左起：黃俊東、葉靈鳳、區惠本。

［日記］5 月 3 日：下午二時，黃俊東、劉一波，偕孟子微來。

← 孟子微（區惠本）和葉靈鳳（右）（黃俊東先生提供）

↑ 蔡惠廷（左）和區惠本（樊善標先生提供）

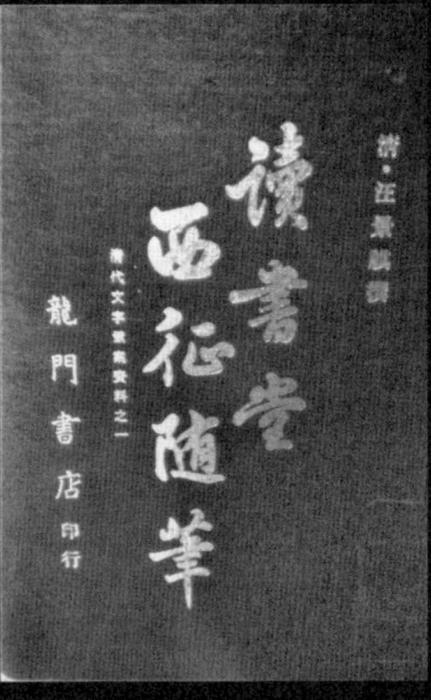

←《讀書堂西征隨筆》書影

[日記] 5 月 7 日：買本港一家書店重印之汪景祺《讀書堂西征隨筆》。

← 丁舟〈知堂老人的晚年〉，刊新加坡《南洋商報》1969 年 6 月 26 日第八版。

[日記] 6 月 26 日：《南洋商報》刊完周作人的《知堂回憶錄》，現續刊「丁舟」的一篇後記，對周氏的在日治期間的行為有所解釋。丁舟即曹聚仁。

中華民國五十八年（一九六九）七月十二日 星期六 星島日報 農曆己酉年五月廿八日 第二十版

油蔴地避風塘昨有患者
霍亂發現第三宗
添咸營擴充備用
古稀老翁染疫嚴重同艇三數人送院隔離

石硤尾區兩名接觸者
正被訪尋下落
當局聲明彼等尚無散播病菌可能
首宗患者家人昨已返家

港改革政制
要靠青年人
貝納祺如是寄望

一學生溺斃
大埔道昨撈獲一浮屍
僅穿泳褲相信係泳者

星洲來客
已免檢疫

↑ 1969 年 7 月 12 日《星島日報》報道霍亂疫情

[日記] 7 月 11 日：已有第三宗霍亂出現。患者皆住九龍，皆是居住環境較差者。

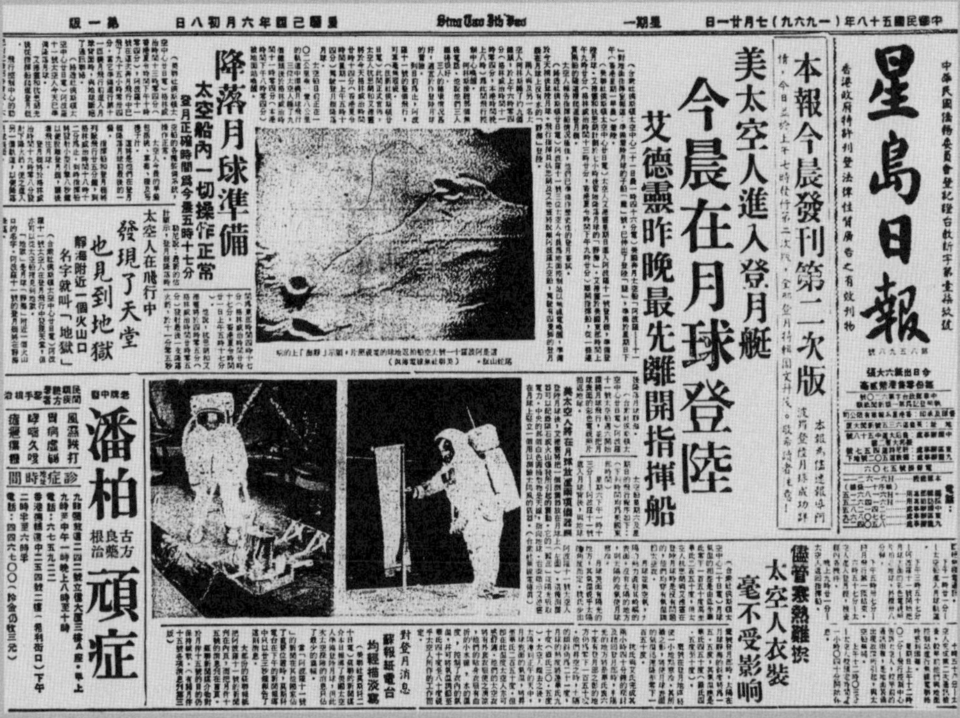
中華民國五十八年（一九六九年）七月廿一日 星期一 己酉年六月初八日 第一版

星島日報

本報今晨發刊第二次版

美太空人進入登月艇
今晨在月球登陸
艾德靈昨晚最先離開指揮船

降落月球準備
太空船內一切操作正常
登月正確時間爲今晨五時十七分

太空人在飛行中
發現了天堂
也見到地獄
靜海附近一個火山口
名字就叫「地獄」

儘管寒熱難挨
太空人衣裝
毫不受影响

對登月消息
蘇報祇電台
均輕描淡寫

美太空人將在月球放置兩項儀器

↑ **1969 年 7 月 21 日《星島日報》報道美太空人登陸月球**

［日記］7 月 20 日：美國太空船載人三名，飛向月球，將於明日上午抵達月球，準備降落。

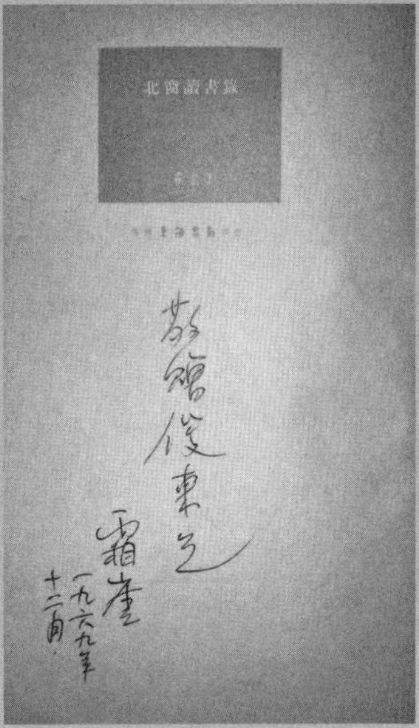

→ **《北窗讀書錄》題贈黃俊東（黃俊東先生提供）**

［日記］12 月 20 日：到紅寶石餐廳晤黃俊東，劉一波，他與太太同來。區惠本已入《明報》工作，因無暇未來。以《北窗讀書錄》分贈各人，至五時許始散。

大公報

韓素英展望七十年代

中國革命經驗影響深遠

毛澤東思想在各地大傳播使她獲得深刻印象

人們將越來越清楚地看到中國所擔當的任務

中國備戰爲了自衛

全國每個男人女人小孩都在準備

文化大革命是總動員

她談到「五七」幹校說

勞動是光榮的事

↑ 1969 年 12 月 25 日《大公報》報道韓素英（音）遊歷中國經驗

[日記] 12 月 23 日：下午五時半往文華酒店參加歡迎韓素音的酒會。韓以英語發表今年暢遊中國的觀感。

星座

藝林新事

美國都城美術館一百週年

新年談屑

曆法與改曆

香港一月的野花

廣東臘丸外銷

↑〈香港一月的野花〉，刊 1970 年 1 月 1 日《星島日報・星座》。

[日記] 12 月 30 日：發〈星座〉的元旦稿。寫〈香港一月的野花〉短文一，聊以應景。

◉ | 一九七〇年

→ 1956 年的日記簿到 1970 年才使用

［日記］1 月：這冊一九五六年出版的《天天日記》，由於我曾代為選輯了其中的木刻等等插畫，出版者除送了很優厚的稿費（五百元）之外，又送了一冊用皮面裝訂的日記。一直空着未用，現在看來有點可惜，就利用作為今年（一九七零年）的日記冊。

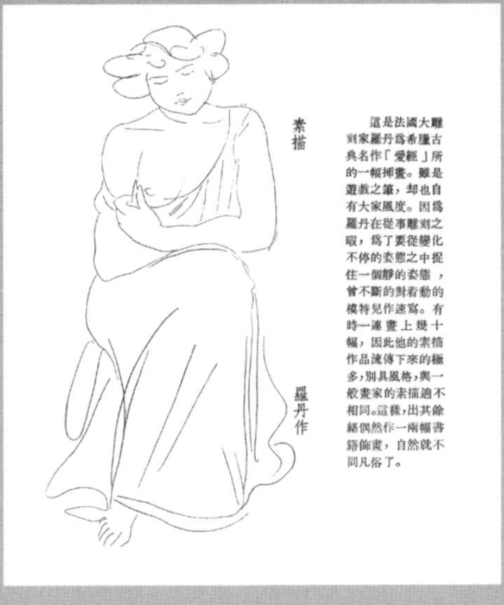

素描
羅丹作
這是法國大雕刻家羅丹爲希臘古典名作「愛經」所的一幅挿畫。雖是遊戲之筆，却也自有大家風度。因爲羅丹在從事雕刻之暇，爲了要從變化不停的姿態之中捉住一個靜的姿態，曾不斷的對着動的模特兒作速寫。有時一連畫上幾十幅，因此他的素描作品流傳下來的極多，別具風格，與一般畫家的素描逈不相同。這樣，出其餘緒偶然作一兩幅書籍飾畫，自然就不同凡俗了。

← 日記內頁插圖和說明

編後話

當我們着手編輯工作之初，就決定了以一個「美」字作爲這本日記的基本原則。算是我們献給現代靑年們的一件禮物。

翻開日記，你們便看到一篇文和一幅圖。這些文、圖的搜集，並無種族、地區、時代之分。關於文，乃以是否值得咀嚼爲取捨。我們明知道多半巳爲你們所熟知，而有的僅摘取了一篇文章中的一部份，但這些究竟還是有價值的參考資料，無非爲你們做了一些資料的搜集工作之意；溫故而知新，好的作品是不厭再讀的。那些圖，並不完全是名作的代表，却都是技巧成熟的作品，用來作爲版頭是再好不過的了。

「每月扉頁」的彩色版，的確煞費斟酌，我們覺得除了影人，就很難得到更爲大衆親切的資材了。這裡十二幀明星相片。在五十六幀彩色攝影中選擇出來，選擇標準着眼於畫面的美，避免重複外，不以人物爲取捨。但釘裝限於技術的困難，不能準確分配在每個月朔日之前，稍有前後其實也無妨於記事。

徐訏先生是毋庸介紹的文藝作家，他的作品，差不多是每個他的讀者所衷心喜愛的。他爲我們撰寫了：「扉語」、十二個月「献辭」和「柵語」；蘊藉的筆調，而有哲理的啓發，使這本日記格外生色。

每一個星期，在我人的生活裡也是一個小的周始，因特地加一頁「星期扉頁」，把每一個周始分開。五十三個星期扉頁的圖，除了私人藏書最富藝壇人物最熟的葉靈鳳先生來選輯，是不可能作第二人想的。這些畫，儘管是簡單的黑白綫條，每一幅的作風和思想，都充分表現作者的生命活力；你們讀了，也多少充實了一些你們的生活活力吧！

我們不採用任何附錄資料，是不想把日記成爲手冊化。但特別重視你們在書寫時的情緒，不放鬆我們的取材、形式外，並定了專用的「日記紙」來印刷，才適合使用任何墨水而不透。我們的目的是，你們在珍愛自已的生活實錄之餘，同時也珍愛這一本日記冊子。

編　者

429

↑ 日記〈編後話〉和內頁的文字說明，都應出自葉靈鳳。

一九七零年二月一日 星期日 新晚報 農曆己酉年十二月廿五日

新左派與新階級
——看美國反叛的知識青年

溫哥華雪下熱潮

風華 周刊·第三期

學運 洪流 濁水

貝克特的作品和諾貝爾獎金

↑ 改為周刊的〈風華〉，第 3 期 1970 年 2 月 1 日《新晚報》刊出。

［日記］1 月 17 日：晚黃茅請客在潮州私廚家晚膳，有羅、嚴、源等人。此次菜頗清腴，談起新晚的〈風華〉雙周刊，下期起即改成周刊。

←《70 年代》第 1 期，1970 年 1 月 1 日出版。（莫昭如先生提供）

［日記］1 月 21 日：本港有一種新出的雙周刊，稱為《70 年代》，自稱為「新左派」，近於「喜癖士」之流，第一期有文字和圖片介紹畢加索的色情版畫。

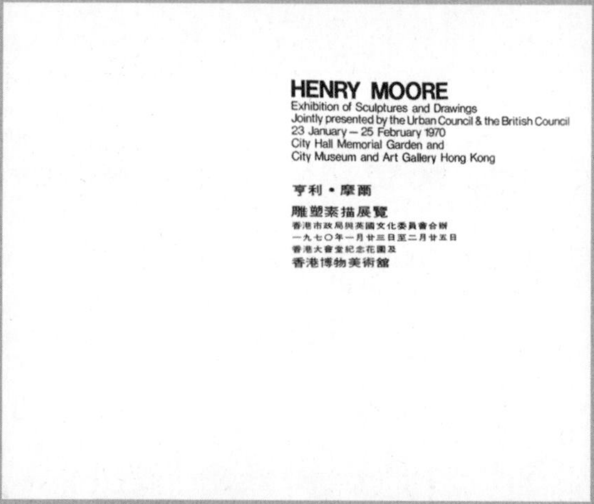
HENRY MOORE
Exhibition of Sculptures and Drawings
Jointly presented by the Urban Council & the British Council
23 January – 25 February 1970
City Hall Memorial Garden and
City Museum and Art Gallery Hong Kong

亨利・摩爾
雕塑素描展覽
香港市政局與英國文化委員會合辦
一九七〇年一月廿三日至二月廿五日
香港大會堂紀念花園及
香港博物美術館

↓→ 亨利・摩爾展的場刊，現存香港中文大學圖書館葉靈鳳贈書室。

［日記］1 月 31 日：大會堂有英國亨利・摩爾的雕刻展覽，俱係原作，係在日本展覽後運回英國途徑此地留下作展覽的。機會甚難得，因邀黃、源、羅三人在下午三時同往參觀。大家看後約定各人寫一點意見，構成一次筆談會。

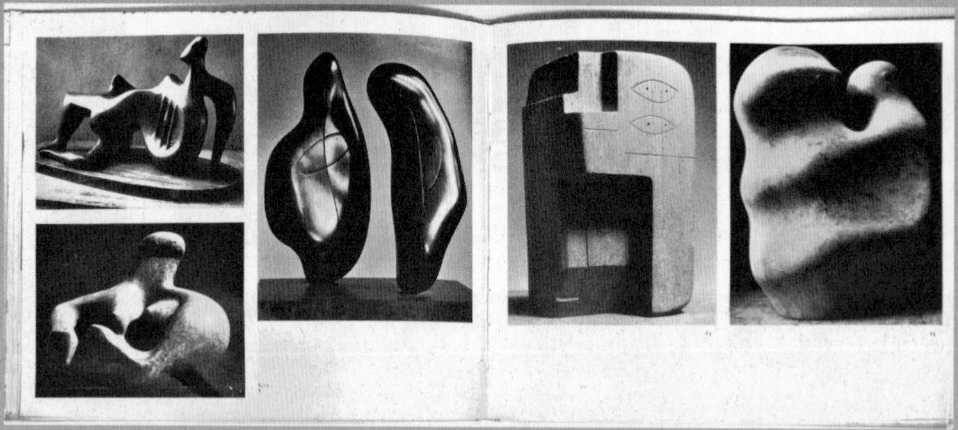

筆談亨利摩爾展覽

英國名雕刻家

晦澀與明朗

·霜崖·

取消主題思想

·夏果·

·林璽·

亨利摩爾雕塑

↑〈筆談亨利摩爾展覽〉，刊 1970 年 2 月 8 日《新晚報·風華》第 4 期，作者包括霜崖、夏果和林璽。

↑ 黃墅（中）與粵劇名伶白雪仙（左）和任劍輝

［日記］2 月 13 日：今晚黃墅招飲。

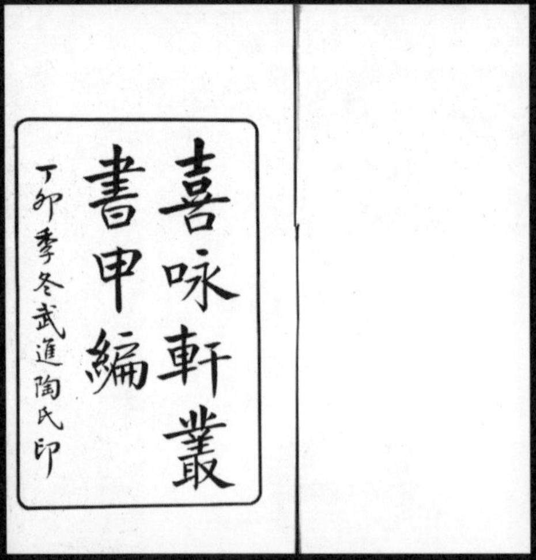

↑《喜詠軒叢書》一函（最左），現存香港中文大學圖書館葉靈鳳贈書室。

［日記］2月17日：燈下翻閱《喜詠軒叢書》。過去曾極欲得此書，以價昂不能買，後苗子贈我甲編一函（全部共五函），自己又購得零本數種。（另參1951年1月5日及12月17日日記）

← 黃永剛

［日記］2 月 28 日：下午往得勝酒家飲茶，晤黃、源及黃永剛。

中華民國五十九年（一九七〇）四月十八日 星期六 Sing Tao Jih Pao 夏曆庚戌年三月十三日 第一版

星島日報

中華民國僑務委員會登記證台救新字第壹拾玖號

香港政府特許刊登法律性質廣告之有效刊物

連渡七重難關
太陽神十三號
安降南太平洋
拋棄控制艙登月艙後準確降落
三太空人撈起送抵母艦

週一曾神秘爆炸
出事的控制艙
有半邊被炸掉
昨日把它彈出拋棄時首次能看見
拋棄之前羅威爾緊張得要吃藥丸

對印支半島問題
蘇外次在聯合國稱
應召開日內瓦會議
他評論法國的建議說值得注意

南越建議撤回柬境越僑
在東境內剿共
南越軍四千人

避難所不能避難

↑ 1970 年 4 月 18 日《星島日報》報道太陽神十三號遇險經過

大公報

Ta-Kung-Pao
342 Hennessy Road
Hong Kong

毛主席語錄

我們也要搞人造衛星。

毛主席的偉大號召「我們也要搞人造衛星」實現了

我國發射人造衛星成功

重一七三公斤播「東方紅」和遙測訊號

我國發展空間技術獲良好開端 是毛澤東思想偉大勝利文革成果

衛星軌道距地球最近點四三九公里 最遠點二三八四公里 繞地球一周一一四分鐘

【新華社北京四月二十五日電】新聞公報

我們的偉大領袖毛主席提出：我們也要搞人造衛星。在全國人民迎接偉大的七十年代的進軍聲中，我們懷着喜悅的心情宣布：毛主席的這一偉大號召實現了！一九七〇年四月二十四日，我國成功地發射了第一顆人造地球衛星。

衛星運行軌道，距地球最近點四百三十九公里，最遠點二千三百八十四公里，軌道平面和地球赤道平面的夾角六十八點五度，繞地球一周一百一十四分鐘。衛星重一百七十三公斤，用二〇·〇〇九兆周的頻率，播送「東方紅」樂曲。

我國第一顆人造地球衛星發射成功，是中國人民在偉大領袖毛主席和以毛主席為首、林副主席為副的黨中央領導下，高舉「九大」團結、勝利的旗幟，堅持獨立自主、自力更生方針，貫徹執行鼓足幹勁，力爭上游，多快好省地建設社會主義總路線，以實際行動抓革命，促生產，促工作，促戰備所取得的結果。

這次衛星發射成功，是我國發展空間技術的一個良好開端，是毛澤東思想的偉大勝利，是毛主席無產階級革命路線的偉大勝利，是無產階級文化大革命的又一豐碩成果。

中國共產黨中央委員會向從事研製、發射衛星的工人、人民解放軍指戰員、革命幹部、科學工作者、工程技術人員、民兵以及有關人員，表示熱烈的祝賀。希望同志們更高地舉起馬克思主義、列寧主義、毛澤東思想偉大紅旗，突出無產階級政治，活學活用毛主席著作，不斷提高階級鬥爭、路線鬥爭覺悟，謙虛謹慎，戒驕戒躁，再接再厲，為進一步發展我國科學技術，加速社會主義建設，為人類做出更大的貢獻而努力奮鬥！

衛星發回樂曲遙測訊號 北京電台連播錄音三天

【新華社北京二十五日電】我國第一顆人造地球衛星從天空中發回的歌頌偉大領袖毛主席的「東方紅」樂曲和遙測訊號，已由中央人民廣播電台收錄，並從四月二十五日十時三十分開始廣播。這個錄音，中央人民廣播電台將對國內外連續廣播三天。

我衛星飛經祖國各地時間 今午十二時四分經過香港

社評 我國人造衛星飛上天了

廣州市一片歡騰 到處舉行集會慶祝上街遊行

五大洲朋友紛表祝賀歡呼「毛澤東主席萬歲！」

我衛星經世界各地時間（二版）

關於人造衛星的一些知識

↑ 1970 年 4 月 26 日《大公報》報道中國衛星新聞

[日記] 4 月 26 日：新中國成功的射了一顆人造地球衛星上天。

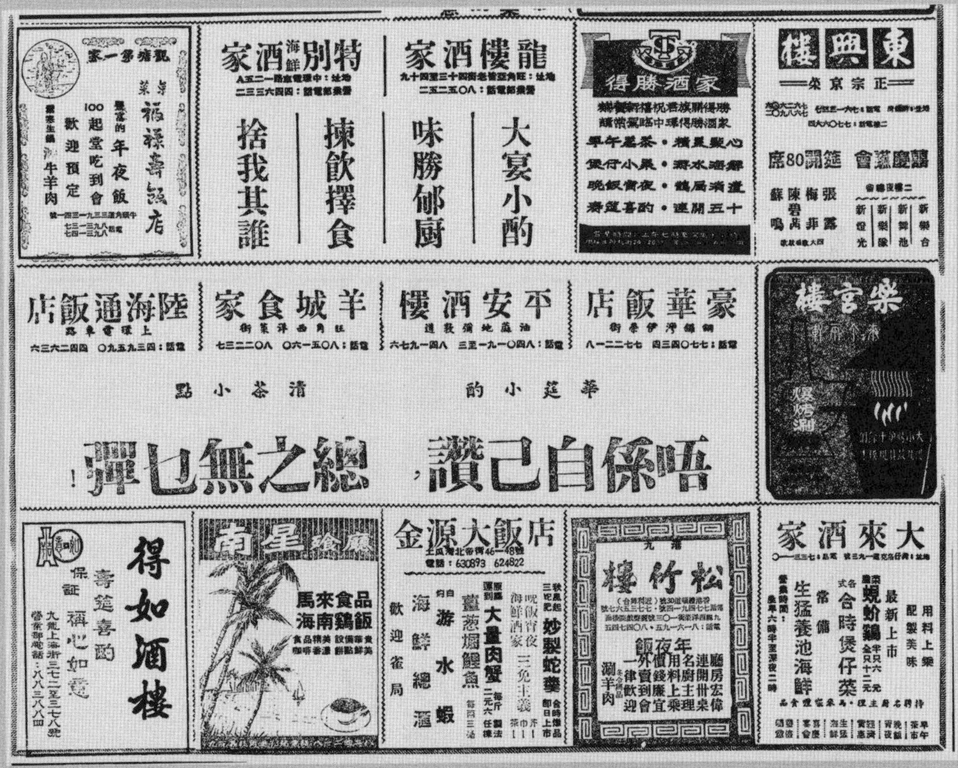

↑ **松竹樓、得勝等酒家廣告，見 1967 年 1 月 28 日《新晚報》。**

［日記］5 月 8 日：今晚曹聚仁本有松竹樓聚餐之約，只好辭謝了。

毛主席的聲明是戰鬥號召

文藝電影新聞界熱烈座談

決作好宣傳毛澤東思想的工作，和全世界革命人民一道，

去迎接更大興起的革命風暴和爭取更大的新的勝利。

→ 1970 年 5 月 23 日《大公報》報道文藝電影新聞界座談抗美聲明

[日記] 5 月 22 日：毛主席曾在二十日發表支持全世界人民反美，支援印支三國抗美戰爭的重要聲明，新聞界今日開大會座談學習。

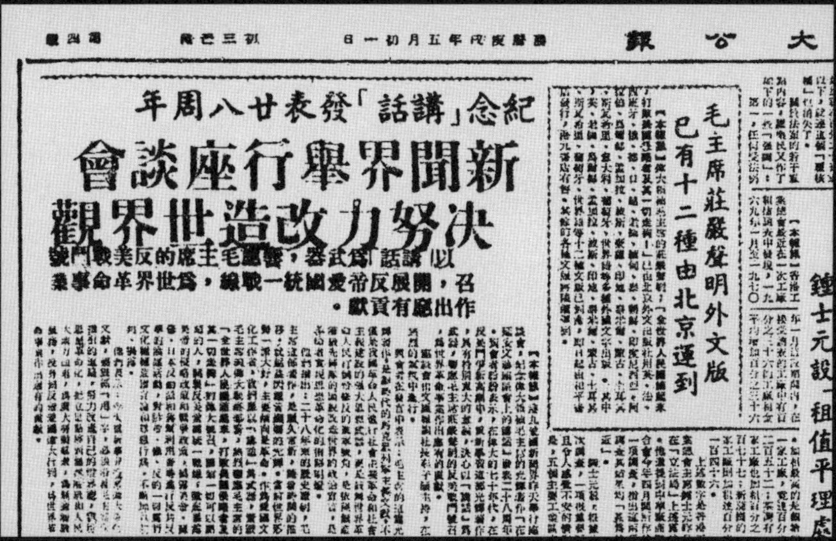

大公報

紀念「講話」發表廿八周年

新聞界舉行座談會

決努力改造世界觀

以「講話」為武器，響應毛主席的反美鬥爭號召，開展反帝愛國統一戰線，為世界革命事業作出應有貢獻

毛主席莊嚴聲明外文版 已有十二種由北京運到

↑ 1970 年 6 月 4 日《大公報》報道新聞界座談毛澤東延安文藝講話廿八周年

［日記］6 月 4 日：往《大公報》參加文藝工作者座談會，這是紀念毛主席在延安文藝座談會講話（1942）發表二十八周年的。

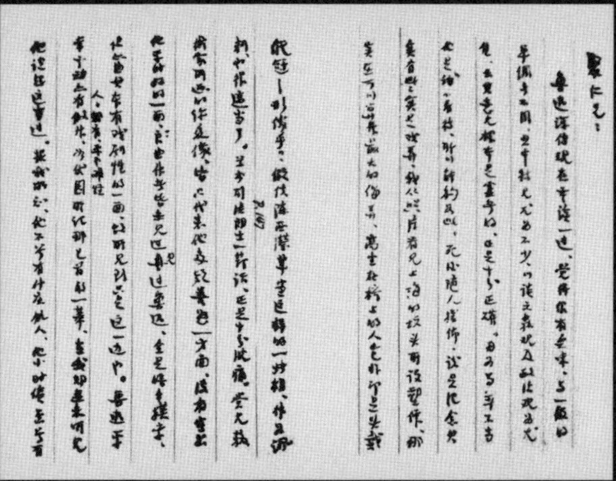

← 香港牛津大學出版社 2019 年出版的《知堂回想錄》把遭刪除的周作人信重刊

［日記］6 月 11 日：閱《知堂回憶錄》。聞此書因所附作插圖之作者信兩封，對魯迅及許廣平皆有微詞，已受到一部分人反對，將暫停發行，以便抽去插頁。

←《太陽神》創刊號封面

[日記]6月19日：買新出版的《太陽神》。

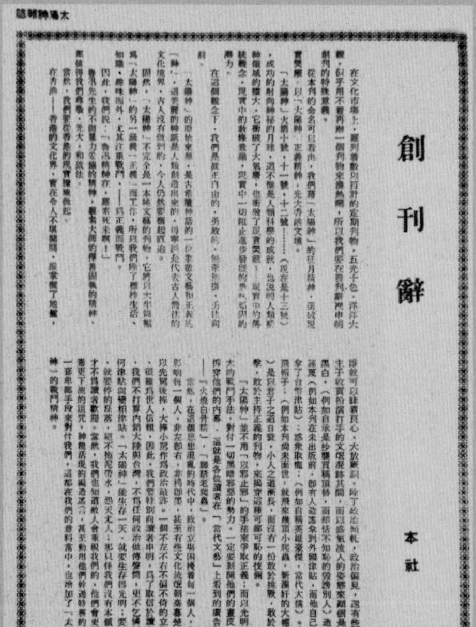

太陽神雜誌

創刊辭

本社

在文化市場上，羅列著數以百計的定期刊物，五光十色，洋洋大觀，似乎用不著再辦一個刊物來湊熱鬧，所以我們要在發刊辭裡申明創刊的特殊意義。

從本刊的命名可以看出，我們要「太陽神」的征月精神，衝破現實樊籬，以「太陽神」正義精神，光大香港文壇。

「太陽神」火箭十號，十一號，十二號……（現在是十三號），成功的射向神秘的月球，這不但是人類科學的成就，也說明人類新知領域的擴大，它衝破了大氣層，也衝破了現實樊籬——現實中的傳統觀念，現實中的教條意識，現實中一切阻止進步發展的[illegible]勢力。

在這個觀念下，我們是自由的，勇敢的，無所畏懼，勇往向前。

「太陽神」的原始來歷，是古希臘神話的一位象徵文藝和正義的「神」，這美麗的神話是人類創造出來的，毋寧說是代表古人嚮往的文化境界，古人沒有做到的，今人仍然要奮起直追。

固然，「太陽神」不完全是一本純文藝的刊物，它將以大半篇幅為「太陽神」的另一涵義「正義」而工作，所以我們除了標榜生活、知識、趣味而外，尤其注重戰鬥，——爲正義而戰鬥。

因此，我們說：「魯迅精神在，罪惡死未飄！」

魯迅先生的不屈服力和抗爭的精神，和他大師的擇善固執的精神，都值得我們尊敬，光大，和效法。

當然，我們要從香港的現實環境做起。

在香港——香港的文化界，實在令人不敢聞問，混賬極了地盤，瞬就可以肆意良心，大放厥詞，除了政治傾軋，政治偏見，還有些為主子收買扮演打手的文氓混跡其間，而以盛氣凌人的姿態來顛倒是非黑白，（例如自承是抄襲實稿頂替，而卻恬不知恥的毀謗別人）造謠誣蔑（例如本刊在未出版前，即有人造謠拿到外國津貼，而他自己卻拿了台灣津貼）；惑衆取寵；（例如自稱英雄豪傑，當代大儒）。亂飛帽子；（例如本刊尚未面世，就飛來幾頂小爬蟲，斷臠奸的大帽子）是以君子之道日衰，小人之道漸長，而沒有一份敢於挑戰，敢於還擊，敢於主持正義的刊物，來揭穿這種可鄙可恥的技倆。

「太陽神」並不用「以邪止邪」的手法來爭取正義；而以光明正大的戰鬥手法，對付一切黑暗邪惡的勢力，一定要剝開他們的畫皮，拆穿他們的內幕，這就是各位讀者在「當代文藝」上看到的廣告詞——「火燒白骨精」，「腳踏老爬蟲」。

當然，在這個思想混亂的時代中，政治立場困擾着每一個人，也影響每一個人，非左即右，非楊即墨，甚至有些文化流氓朝秦暮楚，以先罵後捧，大捧小罵作爲政治敲詐。一個不左不右不偏不倚的立場，很難爲世人信賴，因此，我們要特別向讀者申明，爲了取信於讀者，我們不打算內銷大陸與台灣，不爲任何政治做傳聲筒，更不乞憐任何津貼與變相津貼。「太陽神」能生存一天，就要生存得光明；要停，就要停的磊落，絕不拖泥帶水，怨天尤人；那只怪我們沒有本領，才不爲讀者歡迎。當然，我們也知道敵人會重視我們的，他們會更惡毒更下流的詛咒，神龍活現的編造謊言，甚至動用他們幹過特務的那一套卑鄙手段來對付我們，這都在我們的意料當中，也增加了「太陽神」的戰鬥精神。

·1·

←《太陽神》創刊辭

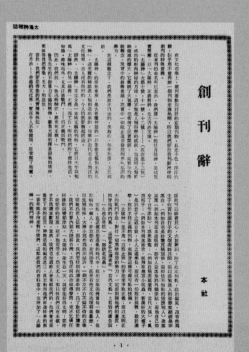

鹽運古蹟・遺物出土

古炮二門昨日在九龍城寨出土，根據炮上所刻年份，該炮已有一百六十八年歷史，比香港開埠還
者。炮身則有文字：「……廣東都轉鹽運使司包××督造五千觔大炮。」

「嘉慶七年鹽運使鑄造」

九龍城寨掘出兩尊古砲

距今百六十八年各重五千觔
古物如何處理地盤業主茫然

（本報專訊）九龍城寨老人街一處建築地盤，昨晨在清理地基，準備打樁之際，在地盤約三尺深地底，發現有硬物阻塞，經開掘清理後，原來是一門長十一尺的古炮，稍後，在相距約十尺之兩邊，又掘出另一門同樣的古炮。發現古炮地點，係在九龍城寨老人街十號，該處前有一古老舊屋，最近業主將二層高之舊屋拆卸，擬改建一多層大廈，因城寨係一特殊地區，拆建，毋須經港府工務局批准。

昨晨九時十五分，當一批打樁工人準備工作時，首先發現地盤靠近龍津路處地底有硬物阻塞，經開掘約三尺深時，赫然發現係一門古炮，炮口一端，埋在龍津路一零六號騎樓底下。故全炮雖已掘出，但仍要設法撥出。根據一般常識，該兩古炮，必然是一對相連，故建築工人，再在地盤搜索，卒在相距約十尺之兩方，發現相同的另一門古炮。

已掘開之一門古炮，炮身上鑄有「嘉慶七年鑄造」字樣，另有若干文字，記述督造大炮之有關部門，若干文字已模糊不清，部份文字則仍清晰可辨，最後兩行文字係：「……廣東都轉鹽運使司包××（文字不清）督造五千觔大炮」。按：嘉慶七年，即公元一八零二年，距今已一百六十八年。有關該等古炮如何處理，該盤業主亦難以解答。

→ 1970 年 6 月 22 日《星島日報》報道九龍城寨發現古炮

［日記］6 月 22 日：昨日九龍城建築工人在建屋地點掘出舊鐵炮兩尊，係滿清嘉慶初年所鑄。

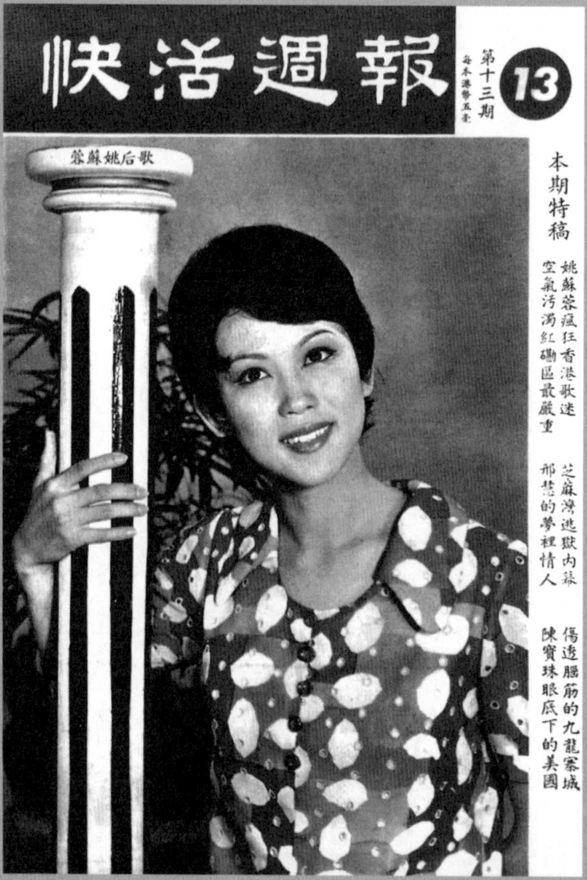

HAPPY LIFE WEEKLY

第十三期

督印人：快活出版社有限公司
總經理：唐碧川　總編輯：李家俊

主編：黃恕章

社址：香港謝斐道三二四號四樓
電話：H-七三八五六九
承印：中國文化事業有限公司
香港謝斐道三二四號
電話：H-七二六〇一九

本期要目

封面：寶島的一代歌后：姚蘇蓉

↑《快活週報》第 13 期封面和目錄（連民安先生提供）

［日記］8 月 22 日：讀今日出版（第十三期）之本港《快活週報》，談九龍城問題，有些材料為我所未知者。

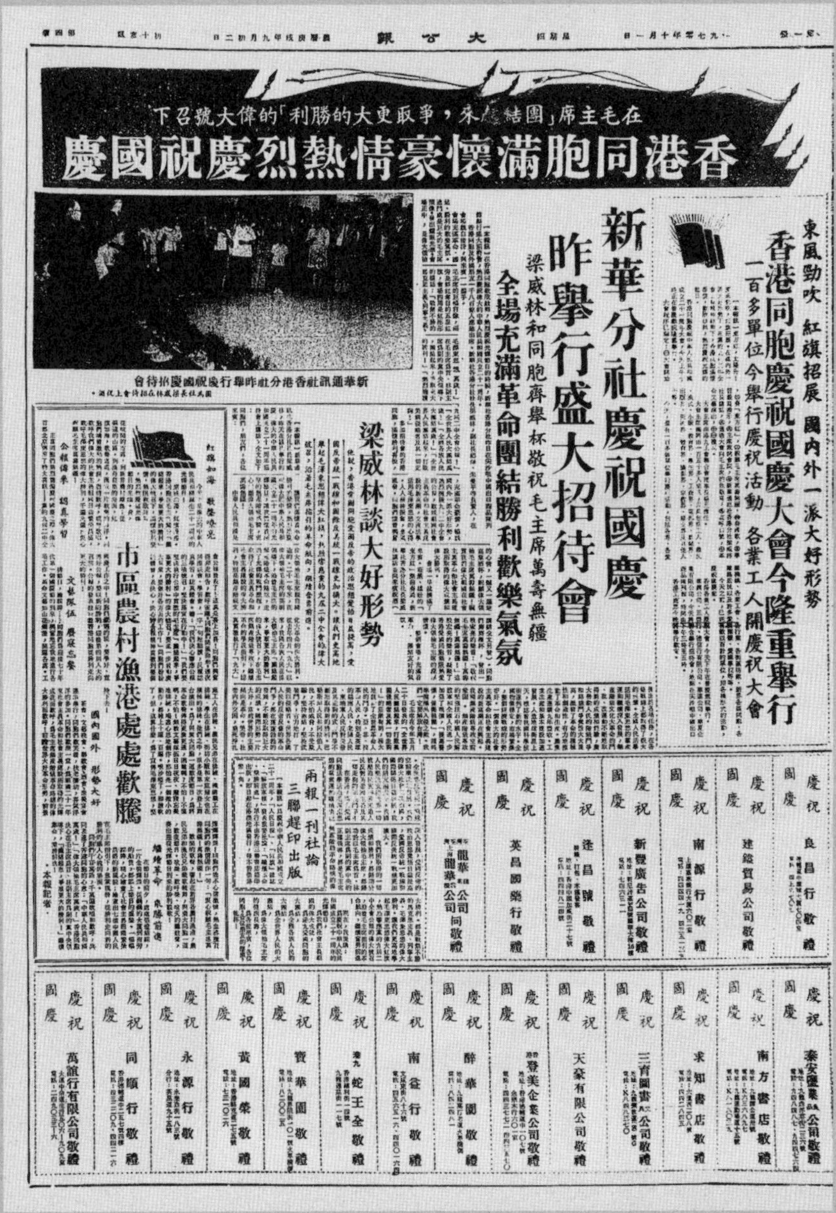

在毛主席「團結起來，爭取更大的勝利」的偉大號召下

香港同胞滿懷豪情熱烈慶祝國慶

東風勁吹 紅旗招展 國內外一派大好形勢

香港同胞慶祝國慶大會今隆重舉行

一百多單位今舉行慶祝活動 各業工人開慶祝大會

新華分社慶祝國慶

昨舉行盛大招待會

梁威林和同胞齊舉杯敬祝毛主席萬壽無疆

全場充滿革命團結勝利歡樂氣氛

新華通訊社香港分社昨舉行慶祝國慶招待會

梁威林談大好形勢

市區農村漁港處處歡騰

兩報一刊社論 三聯趕印出版

慶祝國慶 良昌行敬禮

慶祝國慶 建銘貿易公司敬禮

慶祝國慶 南源行敬禮

慶祝國慶 新豐廣告公司敬禮

慶祝國慶 益昌號敬禮

慶祝國慶 英昌國藥行敬禮

慶祝國慶 龍華公司 同敬禮

慶祝國慶 泰安鹽業公司敬禮

慶祝國慶 南方書店敬禮

慶祝國慶 求知書店敬禮

慶祝國慶 三育圖書文具公司敬禮

慶祝國慶 天豪有限公司敬禮

慶祝國慶 登美企業公司敬禮

慶祝國慶 醉華園敬禮

慶祝國慶 南益行敬禮

慶祝國慶 蛇王全敬禮

慶祝國慶 寶華園敬禮

慶祝國慶 黃國榮敬禮

慶祝國慶 永源行敬禮

慶祝國慶 同順行敬禮

慶祝國慶 萬通行有限公司敬禮

↑ 1970 年 10 月 1 日《大公報》報道慶祝國慶活動

[日記] 10 月 1 日：今早未能往九龍參加各界慶祝國慶大會，因無人陪伴。

星島日報　中華民國五十九年（一九七〇）十月十六日　星期五

核子試爆雖證實

中共迄未公佈

美認為具有政治性意義

日揭抗議指為進一步增加亞洲緊張

↑ 1970 年 10 月 16 日《星島日報》報道中共核子試爆

［日記］10 月 15 日：外電傳我國試爆一枚大型氫氣彈，為三百萬噸型。

← 葉靈鳳案頭小玩意，中有中健所贈的彎形小刀。

［日記］10 月 17 日：晚上中健來，贈我一柄彎形古銅小刀。

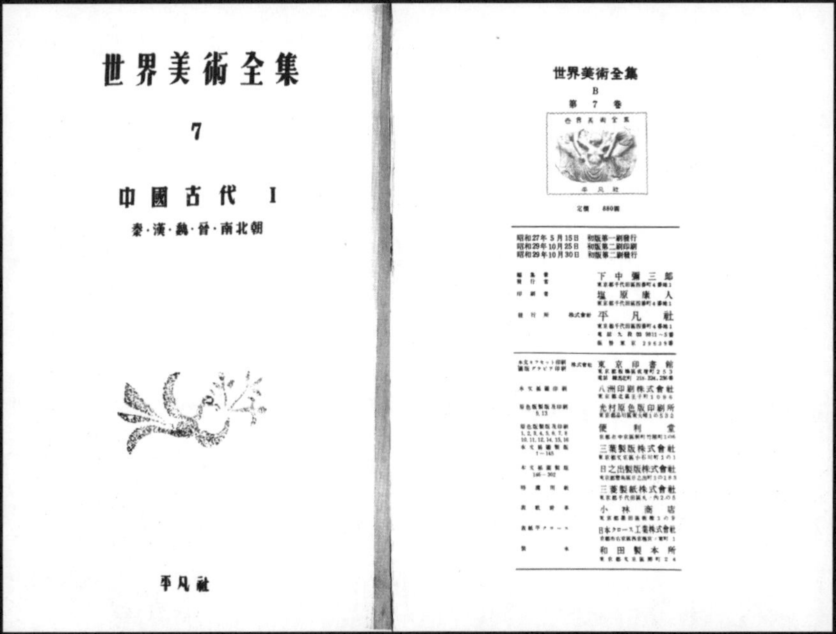

世界美術全集

7

中國古代 I

秦·漢·魏·晉·南北朝

平凡社

世界美術全集

B

第 7 巻

定價 880圓

昭和27年 5月15日 初版第一刷發行
昭和29年10月25日 初版第二刷印刷
昭和29年10月30日 初版第二刷發行

下中彌三郎

塩原康人

株式會社 平凡社

東京印書館

八洲印刷株式會社

光村原色版印刷所

便利堂

三葉製版株式會社

日之出製版株式會社

三菱製紙株式會社

小林商店

日本クロース工業株式會社

和田製本所

四　南北朝の繪畫

172　北魏　墓誌 線刻の怪獸（拓）　石灰岩　522　ボストン美術館

←↑ 平凡社《世界美術全集》中國古代卷，現存香港中文大學圖書館葉靈鳳贈書室。

［日記］10月21日：苗秀有一譯稿，談北魏元氏墓誌盒上所刻的十八怪獸圖像。翻閱各種中國美術史，在日本平凡社的《世界美術全集》的《中國》第二卷略見提及。學問之難，可以想見。

↑ 1970 年 11 月 26 日《星島日報》報道三島由紀夫切腹

［日記］11 月 25 日：電訊報告，日本著名小說家三島由紀夫今日上午在東京闖入防衛軍總部，指責司令不能重振日本國威，有愧於「武士道」，然後當場切腹自殺。

今午憑「窗」北望應覺匆匆

教宗初臨港島

本年彌撒儀式成空前隆重一次

公教學校獲當局特准放假一天

警方動員嚴密部署保安

旋風式訪問三小時 每一分鐘緊湊

護督羅樂民親迎於機場

二萬赤子心 歡騰快活谷

大球場·謁教宗 包括教廷駐華大使

四萬餘信徒 肅候大球場

港上空小遊 臨別作廣播

澳門教友團 今趕來香港

聯國貿易會特惠方案 港地位成難題

蘇弼指出如英加入共同市場 港被列發展地區便不會從

↑ **1970 年 12 月 4 日《星島日報》報道教宗訪港**

[日記] 12 月 4 日：今日羅馬教皇保祿六世來港訪問，作三小時勾留。

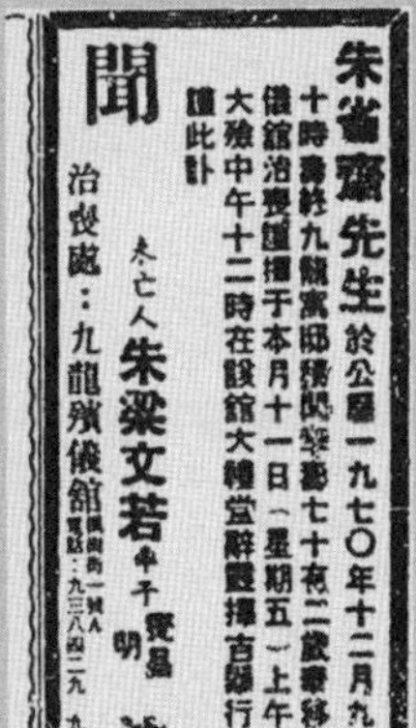
朱省齋先生於公曆一九七〇年十二月九日上午十時壽終九龍寓邸享壽七十有二歲移九龍殯儀館治喪謹擇于本月十一日（星期五）上午十一時大殮中午十二時在殯館大禮堂辭靈擇吉舉行火葬謹此訃

聞

未亡人朱梁文若率子 泣告

治喪處：九龍殯儀館

↑ **朱省齋訃告，刊 1970 年 12 月 10 日《星島日報》。**

[日記] 12 月 10 日：早起讀報，忽見朱省齋兄訃告。

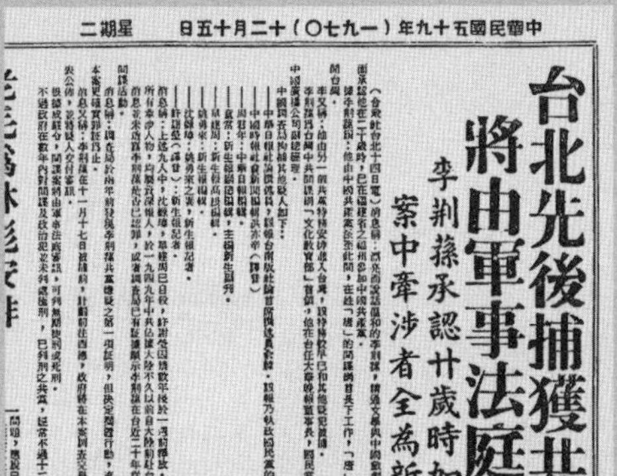
中華民國五十九年（一九七〇）十二月十五日 星期二

台北先後捕獲共諜 將由軍事法庭審訊

李荊蓀承認廿歲時加入共黨

案中牽涉者全為新聞界人士

↑ **1970 年 12 月 15 日《星島日報》報道台北共諜案**

[日記] 12 月 16 日：台灣近有「大共諜案」，所牽涉者亦多新聞界。

↑《智取威虎山》電影廣告，見 1970 年 12 月 29 日《大公報》。

[日記] 12 月 26 日：晚間與克臻同往南洋戲院看《智取威虎山》彩色電影。

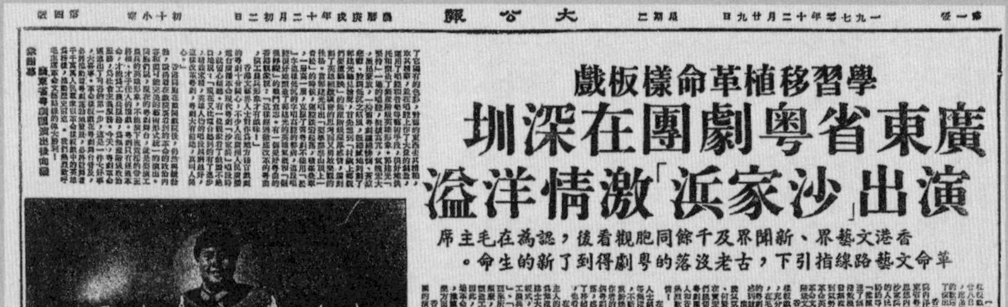
大公報 一九七〇年十二月廿九日 星期二

學習移植革命樣板戲
廣東省粵劇團在深圳
演出「沙家浜」激情洋溢

香港文藝界、新聞界及千餘同胞觀看後，認為在毛主席革命文藝路線指引下，古老沒落的粵劇得到了新的生命。

↑ 1970 年 12 月 29 日《大公報》報道廣東省粵劇團在深圳演出《沙家浜》

[日記] 12 月 31 日：因克臻等明早要去深圳看《沙家浜》，今晚未作聚餐，因明早七時就要起程。

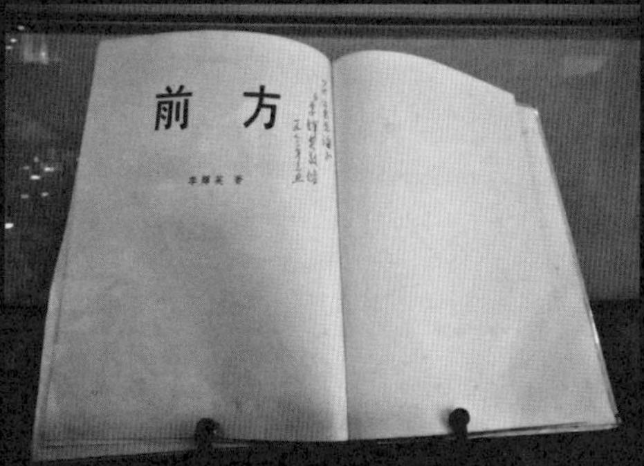

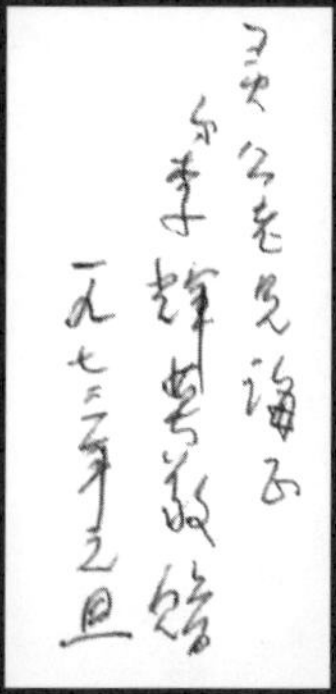

← 李輝英題贈葉靈鳳，現存香港中文大學圖書館香港文學特藏室。

［日記］1月2日：李輝英以新著長篇《前方》一冊見贈。天氣甚寒。

文林 月刊
GROVE Magazine
第二期 1973年1月1日
January, 1973 NUMBER 2
出版兼發行：星島報業有限公司
總編輯：林以亮
執行編輯： 陸離 吳平
美術編輯：譚乃超
特約攝影：William Wong
總代理：張輝記 H240955
印刷者：星島報業有限公司承印部
編輯部地址：香港英皇道六三五號
新聞大厦九樓
編輯部電話：H621212
版權所有・請勿翻印
Publisher ＊SING TAO NEWSPAPERS LTD.
NEWS BUILDING. 635KING' S ROAD
HONG KONG
Chief Editor ＊Yee-Liang Lin
Assistant Editors＊Ada H. C. Loke
Ng Ping
Art Director ＊Nigel N. C. Tam

↑→ 1973年1月1日出版的《文林》第2期封面和版權頁

［日記］1月17日：燈下看新出的第二期《文林》，徒具花花綠綠的版面而已。

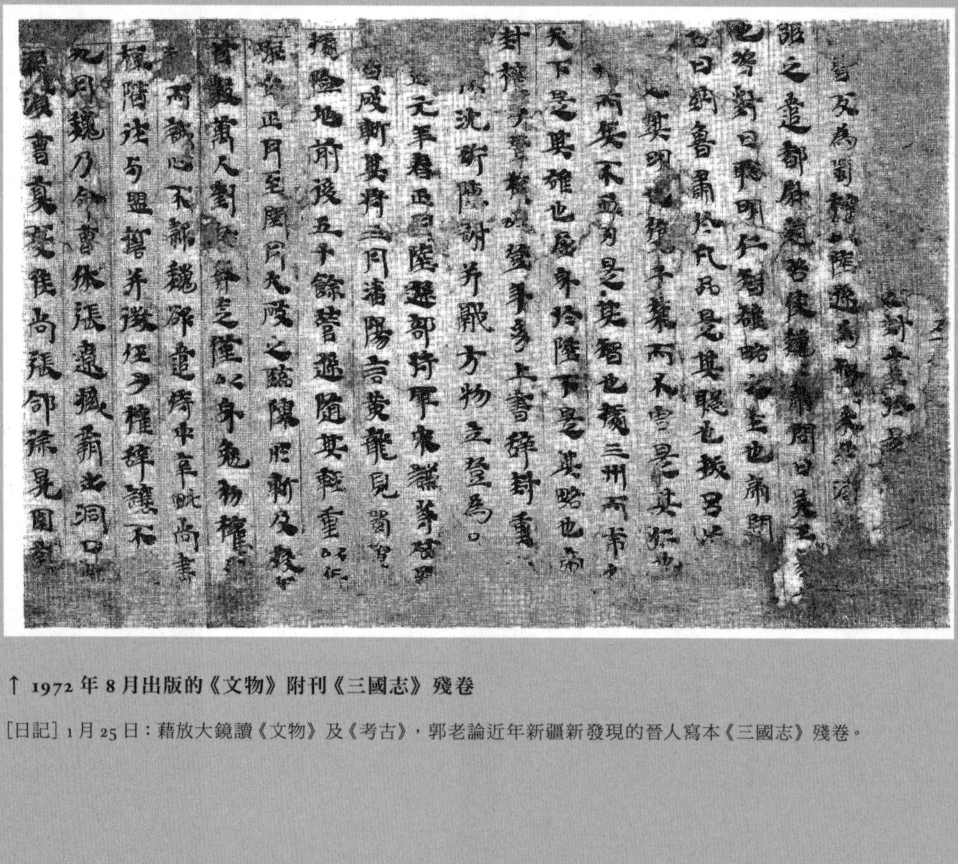

↑ 1972 年 8 月出版的《文物》附刊《三國志》殘卷

[日記] 1 月 25 日：藉放大鏡讀《文物》及《考古》，郭老論近年新疆新發現的晉人寫本《三國志》殘卷。

←《四季》第 1 期，1972 年 11 月出版。是期有葉靈鳳、劉以鬯、黃俊東談穆時英。

↑ 葉靈鳳（左二）接受黃俊東（右一）訪問談穆時英後，日人竹內實（右二）來訪面談，葉中嫻（左一）同行。

［日記］2 月 10 日：讀《四季》文學季刊。係去年底出版，有該社同人訪問我談穆時英問題，重讀一遍，往事不堪回首，思潮動盪，久不能止。

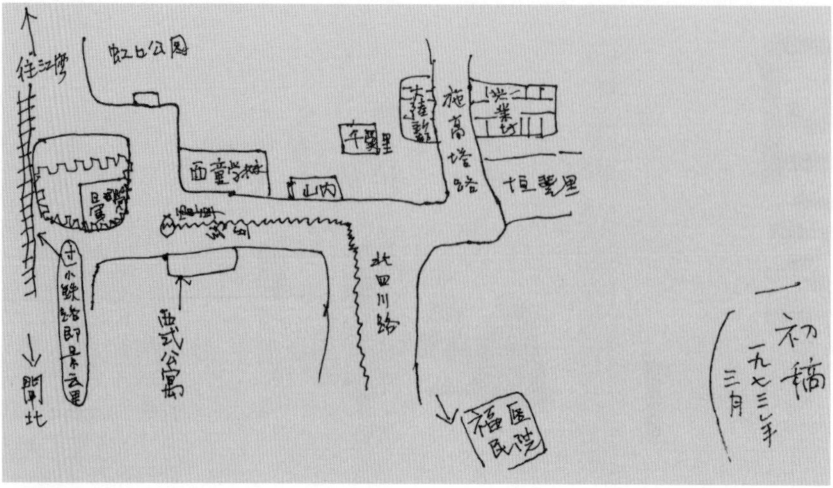

↑ **葉靈鳳繪魯迅在虹口寓所示意圖**

[日記] 3 月 18 日：試作魯迅晚年在虹口寓所示意圖，共四處，大致不錯。

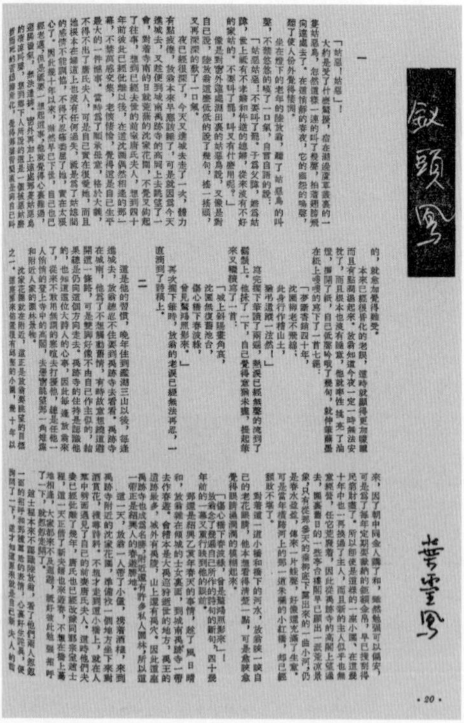

↑ **〈釵頭鳳〉原刊 1959 年 10 月《文藝世紀》第 29 期**

[日記] 8 月 27 日：源克平寄來舊《文藝世紀》一冊，內有舊作放翁故事〈釵頭鳳〉，係託其代尋覓者。

◉ | 一九七四年

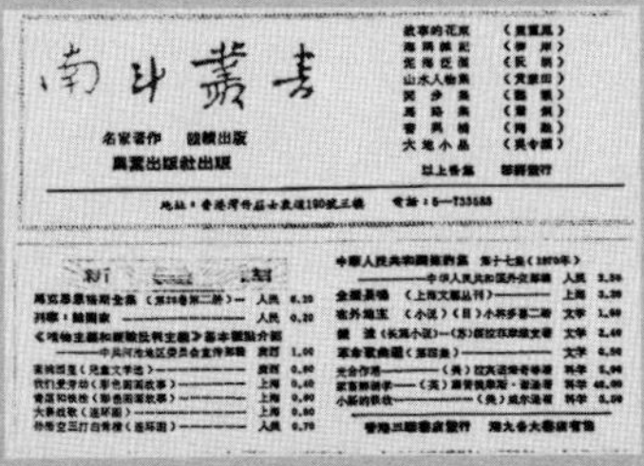
南斗叢書

名家著作　陸續出版

萬葉出版社出版

大地小品

以上各集　陸續發行

←《南斗叢書》的出版預告，見 1974 年 1 月 18 日《文匯報》。

［日記］1 月 18 日：今日萬葉出版社已在《文匯報》刊出《南斗叢書》出版預告。

海洋文藝　雙月刊　第一卷　第一期目錄

小說

案底	阮朗	四
阿巧和她的欖子	張雨	一六
加租	夏炎冰	三〇
雪	舒巷城	四一
關	葉問	八八
帆影	范劍	一二八
韓利・錢別傳	懷焰	一五五
新婚夫婦	雷彙	一六三

散文・隨筆

記憶的花束	葉靈鳳	三
山亭	李彤	六二
遇合	蕭銅	一〇八
看舊影片想起的	井觀	一三九
生活小感	谷亮	一六〇
百花園內外	古杏	一三五
生命之花・樹	彥火	三九、九八

評論

心・眼睛・筆・重量	陶融	二四
狄更斯・「雙城記」及其他	高翔	一〇〇

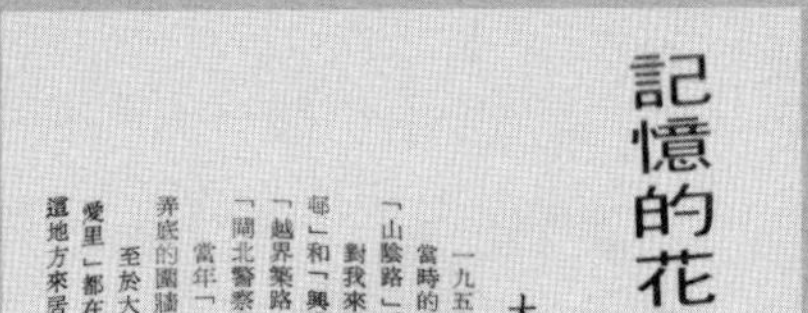
記憶的花束

大陸新邨和魯迅故居

葉靈鳳

一九五七年秋天，我第一次回到解放後的新上海，曾在那裏逗留了幾天。當時的上海變化還不算太大。我到大陸新邨去參觀魯迅先生故居，那一條「施高塔路」，已經改名爲「山陰路」。這一改可說改得非常好，因爲不僅改掉了洋名，而且改得與魯迅先生的故鄉有關係了。

對我來說，這一帶地方，我是相當熟悉的，因爲我曾在大陸新邨對面的興業坊住過。所謂「大陸新邨」和「興業坊」，乃是當時大陸銀行和浙江興業銀行的產業。至於那條「施高塔路」乃是一條所謂「越界築路」。這就是說，路面和水電設備是屬於「公共租界」的，但是兩旁的土地卻屬「華界」，歸「閘北警察局」管轄。——當時的上海，就是這麼滑稽的情形。

當年「一二八」之夜，我就親眼見過日本陸戰隊先佔領了興業坊後面的警察派出所，然後將興業坊弄底的園牆鑿開一個大洞，從那裏魚貫而入、分佈在施高塔路一帶。

至於大陸新邨，則在興業坊的對面，鄰近「虹口公園」，「內山書店」和魯迅先生貯放書籍的「千愛里」都在附近。這些地方都在日本人的勢力範圍內，巡捕房和警察局有時都有所顧忌。魯迅先生選擇這地方來居住，一定是經過特別考慮的。

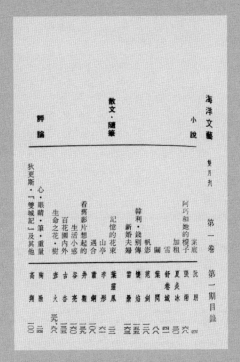

↑ 1974 年 4 月《海洋文藝》第 1 期刊出葉靈鳳的〈記憶的花束〉，寫魯迅故居。

［日記］3 月 4 日：寫一短文記一九五七年回上海參觀魯迅故居事，兼談及大陸新邨，題即作〈大陸新邨和魯迅故居〉。

↑ 林泉居多年前已拆卸，只餘「林泉」二字名牌，右圖為林泉居旁的小溝。

← 林泉居舊貌，攝於 1980 年代末。

［日記］3 月 9 日：寫成〈憶望舒故居〉短文一篇約一千字，記他初來香港時在薄扶林道所住的「木屋」二樓。

書話

洪水週年增刊（上）

在朋友處，看到了一本新近重印的小型舊雜誌，翻來翻去，大有不忍釋手之勢，是本什麼雜誌呢？

原來是二十年代上海創造社出版部所出版的「洪水週年增刊」。過去，創造社的創造月刊倒是看過一些，可是他們出的其他刊物，如創造日報、創造週刊、以及洪水週刊等，想看而一直看不到，因為這些都是幾十年前的刊物了。還有一種「幻洲」，筆者的書架上尚存有一冊。

這部週年紀念增刊，出版于一九二六年，書前登了三個年青編輯者（全平、為法、靈鳳）的肖像，書後附錄了洪水一二卷人名索引以及創造社章程、創造社出版部章程等，內容則收了詩、散文、小說、論文、隨筆等二十篇文字，因為是紀念性的增刊，故有編者所執筆的三篇自我介紹的文章：「自己紀念自己」、「關于這一週年的洪水」、「尾聲」，這三篇文字，在今天讀來，仍然引起莫大興味，它們可說變成「洪水」的掌故和史話了。此外有一篇「創造社訪問記與後記」也很有資料價值，它描述了創造社後期出版部的一些實況和人物。

從本刊中有關的文字，知道「洪水」是在創造週刊停止出版之後所創辦的，最初由尼特、敬隱漁、嚴良才、周全平四個青年人所辦理。「洪水」的名字是全平所定的，當時他正在校對一部聖經，校到Flood一章，因為渴慕着那能毀壞一切的洪水，所以就以「洪水」為名。

最初的主意，內容偏以批評，那時候創造社的週報已經停刊，一班青年作者已沒有地盤可以發表文章，而「文學」雜誌上又有人對創造社大施攻擊，為了便於還擊吧，他們遂有這麼一個決定。

「洪水」週刊第一期便在一九二四年九月一日出版了，三十二開本，報紙印，橫排。第一期的目錄僅有五篇文章，全平的「撒且的工程」，沫若的「盲腸炎與資本主義」，貽德的「迷離的幻影」，全平的「對於梁俊青的意見」，仿吾的「通信」。

創刊號是由「泰東」發行的，出版後便因齊盧戰爭而不肯再發行，「洪水」幾乎受到了死刑的宣告，幸好在不久齊盧戰爭暫告結束。發行人也找到了光華書局的沈松泉而決定繼續出版第二期，那是用編者所著的一冊「夢裏的微笑」和沫若的一冊文藝論集作為互惠的條件。結果光華書局與「洪水」彼此都有了生氣。

克亮

書話

洪水週年增刊（下）

「洪水」能夠繼續出版，實在經過了許多波折，人事上也轉變了不少，敬隱漁已去了法國，故加入了新認識的陳尚友和LF。最重要的還是LF，他就是當時仍在美專讀書的葉靈鳳。全平在文章中記憶說：「有一次我到環龍路，閒談中，沫若忽從他的黑文書夾中檢出幾張小紙片，說是一個青年畫的畫。我拿來看時，立刻覺得這小小的畫都很新鮮，很多趣，沒有一片紙是方方正正的，同樣大小的，而且紙質也不一律，甚至有許多是畫在很粗的夾紙上的。而且也不像是認認真真畫的東西，顛倒橫豎錯亂着在一片大的紙上，有的紙片還亂抹着顏色。然而就在這亂七八糟中，你便找得了你一看就愛不釋手的東西。分析起來很簡單，很隨便，但全體確很勻稱，很精細；而且很耐人尋味。」（見增刊頁十五）這位被他說起在貝勒路居住時常來吃麵的穿藍衫的少年，立刻成為「洪水」的新同人，LF的畫更是洪水中的新作品。

重新出版的「洪水」，因為封面的新畫和封面裏的一些新的人名使上海的讀者吃了一驚，於是「洪水」便逐漸地從上海而泛濫到各地去。訂戶、讀者不斷激增，印數也直綫上升。

「洪水」之受到歡迎，看來與它的活潑有生氣有關，正如編者所說：「洪水確有洪水的特點，那就是年青人的率直，洪水始終是一個青年，他從不會畏縮過，扭捏過，作偽過，雖然他有時像還幼稚。」（增刊頁十六）

「洪水」的暢銷，看來不是偶然，青年人的新風格作風，正是它的優點，它雖然沒有一個標準主義，以致內容看來相當龐雜，但它卻有一個原則，儘量容納青年人投來的外稿，一貫表現出注重傾向社會主義和尊重青年人的熱情。

編輯者說青年人的熱情是值得尊重的，「有熱情的人纔是有生命的人，有熱情的人纔能不息地猛進，纔能掀起世界的波瀾。」至是傾向社會主義，編者又說是當時肯猛進的刊物所共有的現象，那是無可避免的，也不須避免的。

檢視第一卷的「洪水」目錄，在一百三十五篇文字中，已有五十七個執筆者，可以看出它實在汲收新人的稿件，正因為新人的文章多，促成它受青年讀者的歡迎，後來創造社的出版部辦得有聲有色，也正是這幾位青年人敢於「動手幹」的結果。

如今看這些資料性的瑣碎史料，只有站在新文學的歷史方面才有意義，如果有人要寫三十年代的文學史，像創造社出版部的刊物和編輯者，就值得寫進去。

克亮

← 克亮〈洪水週年增刊〉上、下，刊1974年4月7及14日《明報周刊》。

[日記] 4月12日：閱《明報周刊》所載〈書話〉，記《洪水》周年增刊號，提及了我。

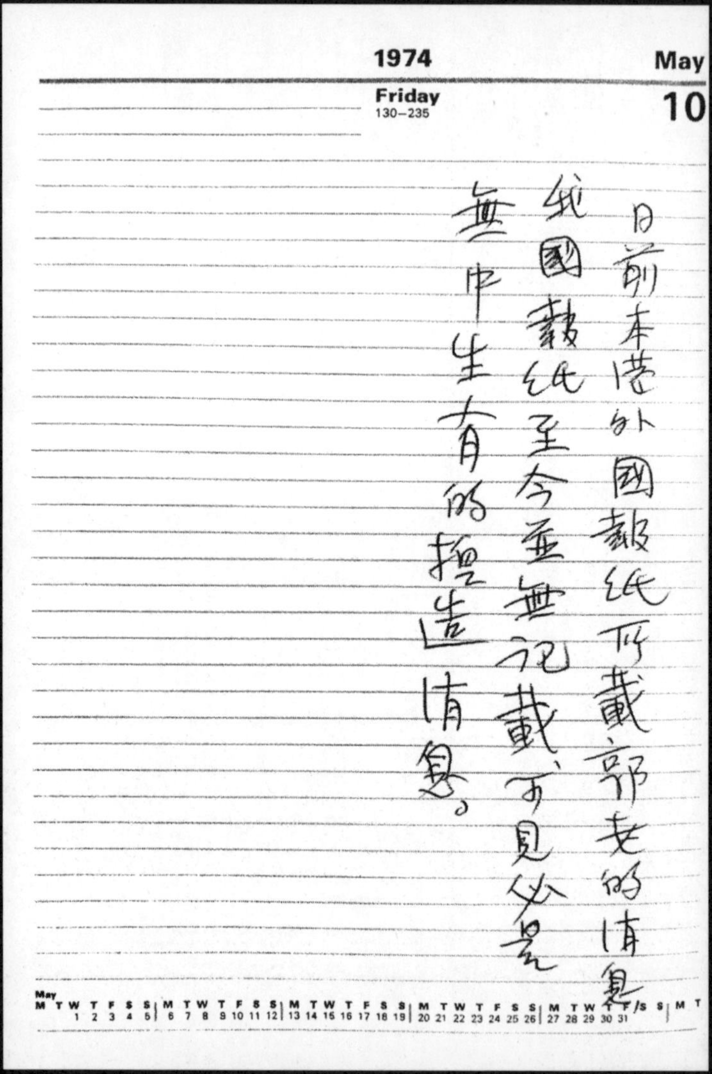

1974 May

Friday 130–235 10

日前本港外國報紙所載郭老的消息，我國報紙至今並無記載，可見必是無中生有的揑造消息。

May M T W T F S S | M T W T F S S | M T W T F S S | M T W T F S S | M T W T F/S S | M T
1 2 3 4 5 | 6 7 8 9 10 11 12 | 13 14 15 16 17 18 19 | 20 21 22 23 24 25 26 | 27 28 29 30 31

↑ **本日是現存葉靈鳳日記的最後紀事。葉靈鳳卒於 1975 年 11 月 23 日。**

［日記］5 月 10 日：日前本港外國報紙所載郭老的消息，我國報紙至今並無記載，可見必是無中生有的揑造消息。

重要文獻

I

葉靈鳳日治期間陷獄前後

——趙克臻 1988 年 6 月 24 日致羅孚函

羅公：

你好，久違了。我現在先要向你道謝，你編輯了靈鳳的舊作，使它能夠重見天日，我們全家都萬分感激你。

讀了你寫在「博益月刊」的那篇文章，真使我感慨萬千，很久以來，一直想把當年的真相寫出來。靈鳳的一生，雖然沒有做過什麼大事，但他也不會去做漢奸文人，這一切的前塵往事，我想黃茅先生是知道得很清楚的。靈鳳生前，不想我提起這些事，他說一切已成過去，說出來也於事無補，但求問心無愧也就算了。從此一直沉默了幾十年，終於由胡漢輝先生站出來，說了事情的真相，水落石出，公道自在人心。現在讓我舊事重提，請原諒我是不會寫文章的，我祇能把當時的情況，簡單的寫下來。

在香港淪陷初期，那時國民政府的特務（地下工作人員）頭子是「葉秀峯」，他指揮留港的特務人員，組織了一個通訊機構，負責人名叫「邱雲」，他暗中聯絡各界人士，計有金融界的胡漢輝，教育界的羅四維，文化界的葉靈鳳等人。並在另一特務人員「孫伯年」（是陳立夫的內姪）的家中，設有小型電台。可惜此組合進行不到一年，已被日軍偵破，在孫君家中抄到一份名單，就此將葉靈鳳羅四維等，及其他被拘捕的約有五十多人，胡漢輝得到消息，立即離港。

靈鳳於端午節前一日失踪，一連數日，消息全無。後來由我義兄尤君（先父義子）設法，結識日軍憲兵總部台灣籍通譯劉某，得以查到靈鳳等因間諜嫌疑，被囚禁於憲兵總部地下室（前高等法院）案情嚴重。我當時十分驚惶，但我不能讓他死在日本人手中，我一定要把他救出來。幸得鄰居黃夫人：她是日本華僑，她臨時教我日本話，指示我應對之法，先通過憲兵總部門口訊問處第一關，然後求見負責調查此案的軍曹「掛江」，聽說此人十分兇惡殘暴，但我見到他後，覺得此人精明正直，他說會再作進一步偵查。並且特許我每隔一日，可以送食物給靈鳳，但不能相見。從此我每隔一日就去憲兵部一次，與裡面的人也相識了不少，因此能夠救回靈鳳的性命。此案經過了一個多月的審詢，已經定案，要將大部份人犯送去赤柱監獄，靈鳳也在其中。當時我正在憲兵部，與另一負責此案的曹長「榎本」講話，我認為憑名單祇是片面的，不能證明有罪。此時憲兵隊長「野間賢之助」剛走進來，他問明原因，當即允承我再作處理，立即分付將葉靈鳳從囚車上帶回來。再回押總部地下室，因為去到赤柱，等於已宣判死刑。靈鳳得於逃過此劫難，因為「野間」是日軍中最有權力之人。大約又過了一個月左右，我得到日本友人及軍政人員協助，（我不想把他們的名字寫出來）靈鳳獲得無罪釋放，但不能離香港。此時已是中秋前一日，他已被囚禁了三個月多。不久邱氏兄弟及羅四維亦相繼出獄，聽說在某種條件下，要為對方服務。可惜其他四十多人，大都被判死罪，或病死獄中，內中也有是無辜的，此案就此了結。

以上的事，當時南方出版社的職員，他們都可以證明的，其中蔡君是唯一能助我奔走的人，因為那時有些朋友見了我也不敢招呼，因怕被牽連。

靈鳳在釋放後，仍主持「南方出版社」，及「時事週報」，不久又惹上了另一次風波。在農曆新年的週報上，他寫了一篇小品文，題目是誰說「商女不知亡國恨」，內容是元旦日他路過石塘咀，見到那裡的導遊社等風月場所，居然掛上了國旗，很是感動。誰知此文刊出的第二天，中區憲兵分部「田村曹長」，帶隊來到我家，要將靈鳳帶回去問話，聲稱文中有扇動性及不友好的意念。我當即以糖果茶點招待，並以日本話對答，我雖仍在學日語，但祇能講得不多，唯有情商他帶來的通譯幫我解說，這是一句古人的詩句，可能引用不當，並無敵意，而且愛國無罪，希望他不要追究。想不到田村聽了我的解說，微笑點頭，不久帶隊離去。從此以後靈鳳唯有閉門讀書，更少寫作。他在入獄前，名義上是報導部顧問，（日本文是嘱托）祇是一個虛名，並沒有任何工作，也從來不曾去過東京，參加「大東亞文學家會議」的事。

和平以後，我們又受到重大的損失，光復後的「邱雲」，轉達「葉秀峯」的主意，要靈鳳等接收淪陷時的「南華日報」，後改名「時事日報」，靈鳳任社長，負責一切開支，既沒有廣告收入，銷數又不好，艱辛的維持了九個月，已用去了我們全部財產，大約十五萬港元。所謂中央政府，一直不聞不問，我們實在已無力再支持下去了，唯有宣佈停刊，從編輯部到字房，總共也有三四十人，員工要求一個月遣散費，可無計可施下，唯有把我的一個鑽石扣針，一對翡翠手鐲，請尤君賣去，得款二萬多元應用。「邱雲」還要叫我們再等幾時，一定會得到補償的。可是一等多年，不久「邱雲」因病去世，從此更沒有了下文。這筆損失，叫我向誰去追討，當年的二十萬元，現在是無可計算了。

那時我們已一無所有了，為了生活，靈鳳唯再回去「星島日報」工作，一直到他去世前一年才退休，這故事就此結束。已經寫得太多了，請你不要見怪。最後還要一提的，就是靈鳳的私生活方面，我們結婚後三十九年中，雖然有時也會發生爭吵，但他是很顧家的，也可以算得上是一個好丈夫與好父親。不抽烟，不喝酒，不賭博，唯一的嗜好是買書，所以在我眼中，他是一個不錯的人，我想你也會同意我這樣說的。不多寫了。再會

祝你

健康　愉快

趙克臻寫於一九八八年

六月廿四日

(1)

NO.

羅公：

你好、久違了。我現在先要向你道謝，你編輯了靈鳳的遺作，使它能夠重見天日，我們全家都萬分感激你。

讀了你寫在博益月刊的那篇文章，真使我感慨萬千，很久以來，一直想把當年的真相寫出來。靈鳳的一生，雖然沒有做過什麼大事，但他也不會去做漢奸文人，這一切的前塵往事，我想黃苗先生是知道得很清楚的。靈鳳生前，不想我提起這些事，他說一切已成過去，說出來也於事無補，但我問心無愧，也就算了。從此一直沉默了幾十年，終於由胡漢輝先生站出來說了事情的真相，水落石出，公道自在人心。現在讓我舊事重提，請原諒我是不會寫文章的，我祇能把當時的情況，簡單的寫下來。

在香港淪陷初期，那時國民政府的特務頭子是葉秀峯，他指揮留港的特務人員，組織了一個通訊機構，負責人名叫邱雲，他暗中聯絡各界人士、計有金融界的胡漢輝、教育界的羅四維，文化界的葉靈鳳等人。並在另一

20×20=400

負人作工下也

(2)

NO.

特務人員孫伯年（是陳立夫的內姪）的家中，設有小型電台。可惜此組合維持不到一年，已被日軍偵破，在孫君家中抄到一份名單，就此將葉靈鳳、羅四維等，及其他被拘捕的約有五十多人，胡漢輝得到消息，立即離港。

靈鳳於端午節前一日失蹤，一連數日，消息全無。後來由我義兄尤君（尤宗義子）設法，結識日軍憲兵總部台灣籍通譯劉某，得以查到靈鳳等因通謀嫌疑，被囚禁於憲兵總部地下室，高等法院案情嚴重。我當時十分驚惶，但我不能讓他死在日本人手中，我一定要把他救出來。幸得鄰居黃夫人之助，她是日本華僑，她臨時教我日本話，指示我應對之法，先通過憲兵總部門口訊問處第一關，然後求見負責調查此案的軍曹掛江，聽說此人十分兇殘暴，但我見到他後，覺得此人精明正直，他說會再作進一步偵查。並且特許我每隔一日，可以送食物給靈鳳，但不能相見。從此我每隔一日就去憲兵部一次，與裡面的人也相熟了不少，因此能夠救回靈鳳的性命。因此案經過了一個多月的審訊，

20×20=400

(3)

已經定案，要將大部份人犯送去赤柱監獄，靈鳳也在其中。當時我正在憲兵部，與另一負責此案的曹長橋本講話，我認為憑名單祇是片面的，不能證明有罪。此時憲兵隊長野間賢之助剛走進來，他說明原因，當即允我再作處理，立即份付將葉靈鳳從囚車上帶回來。再回押總部地下室，因為去到赤柱，等於已宣判死刑。靈鳳得於逃過此劫難。因為野間是日軍中最有權力之人。大約又過了一個月左右，我得到日本友人及軍政人員協助，（我不想把他們的名字寫出來）靈鳳獲得無罪釋放，但不能離香港。此時已是中秋前一日，他已被囚禁了三個月多。不久邱氏兄弟及羅四維亦相繼出獄，聽說在某種條件下，要為对方服務。可惜其他四十多人，大都被判死罪，或病死獄中，内中也有是無辜的，此案就此了結。

以上的事，當時南方出版社的職員，他們都可以證明的，其中蔡君是唯一能助我奔走的人，因為那時有些朋友見了我也不敢招呼，因怕被牽連。

(4)

靈鳳在釋放後，仍主持南方出版社，及時事週報，不久又惹上了另一次風波。在農曆新年的週報上，他寫了一篇小品文，題目是「誰說商女不知亡國恨」，内容是說他路過石塘咀，見到那裡的導遊社等風月場所，居然掛上了國旗，很是感動。誰知此文刊出的第二天，中區憲兵分部田村曹長，帶隊來到我家，要將靈鳳帶回去問話，聲稱文中有煽動性及不友好的意念。我當即以糖果茶点招待，並以日本話對答，我雖仍在学日語，但祇能講得不多，唯有請當他帶來的通譯幫我解說，這是一句古人的詩句，可能引用不當，並無敵意，而且愛國無罪，希望他不要追究。想不到田村聽了我的解說，微笑点頭，不久帶隊離去。從此以後靈鳳唯有閉门讀書，更少寫作。他在入獄前、名義上是報導部顧問（日本文是嘱托）祇是一個虛名，並沒有任何工作，也從來不曾去過東京，參加大東亜文學家會議的事。

和平以後，我們又受到重大的損失，光復後的郵電，轉達葉秀峯的主意，要靈鳳等接收

(5)

NO.

論陷時的南華日報，後改名時事日報，靈鳳任社長，負責一切開支，既沒有廣告收入，銷數又不好，艱辛的維持了九個月，已用去了我們全部財產，大約十五萬港元。所謂中央政府、一直不聞不問，我們實在已無力再支持下去了，唯有宣佈停刊，從編輯部到字房，總共也有三四十人，員工要求一個月遣散費，可無計可施下，唯有把我的一個鑽石扣針，一對翡翠手鐲，請尤君賣去，得款二萬多元應用。靈鳳還要叫我們再等幾時，一定會得到補償的。可是一等多年，不久靈鳳因病去世，從此更沒有了下文。這筆損失，叫我向誰去追討。當年的二十萬元，現在是無可計算了。

那時我們已一無所有了，為了生活，靈鳳唯有回去星島日報工作，一直到他去世前一年才退休，這回故事就此結束。已經寫得太多了，請你不要見怪。最後還要一提的，就是靈鳳的私生活方面，我們結婚後三十九年中，雖然有時也會發生爭吵 [redacted] 但他是很顧家的、也可以算得上是

原稿紙　第　頁

20×20=400

(6)

NO.

一個好丈夫與好父親。不抽烟、不喝酒、不賭博，唯一的嗜好是買書，所以在我眼中他是一個不錯的人，我想你也會同意我這樣說的。不多寫了。再會　祝你

健康　愉快

趙克臻寫於一九八八年
六月廿四日

原稿紙　第　頁

II

葉靈鳳從日本憲兵隊監獄生還的感念

「日中不再戰」

霜崖

今天從報上讀到了一則令我感慨萬千的新聞：日本岐阜縣的市民，派代表團到我國杭州來交換建立一座反對侵略戰爭的紀念碑。他們送來擬定的碑文是：「日中不再戰」，我們同他們交換的碑文是：「中日兩國人民世世代代友好」。

為什麼選定了我國杭州和日本的岐阜縣來交換建立這兩座紀念碑呢？據電訊上解釋說，這事是由於日本岐阜縣各界人士和該市市長的倡議。原因是在中日戰爭期間，曾經在上海和杭州一帶造成戰爭災難的舊日本軍隊中，有很多是岐阜縣人。他們為了這事深感痛心，因此倡議來建立這樣反對侵略戰爭的紀念碑，作為對子孫後世的警惕。

這實在是一件值得鼓掌的好事。不管將來的收穫怎樣，僅就這個開始來說，這就已經是值得稱讚和鼓勵的。

我們這一代的人，可說都是在日本侵略陰影籠罩下長大的。在小學讀書時，就恰巧碰上了「二十一條」事件，然後就是兩年三年一次的抵制日貨高潮，接着就是驚天動地的「九一八」。而生活在上海的人，更先後經歷了「一二八」和「八一三」。避到香港來，喘息初定，又遇上了「十二月八日」，飽嘗了三年零八個月的淪陷生活滋味。

前幾天就剛巧有人向我問起，為什麼談起日本人，就仍有餘恨猶在似的。我回答說這事一言難盡。總之是，我們這一代的人，尤其是身經「一二八」和「八一三」戰禍的人、再加上

「日中不再戰」

霜紅室隨筆

霜崖

在香港的三年零八個月的生活，無論怎樣想用理智來壓服感情，談起日本人，總無法能忘記過去所身受、以及耳聞目覩的一切。不要說是二三十年的歲月，就是更久一點的時間，也無法平復我們這一代的人心上和身上所受的創痕。

就個別的來說，我也有幾個日本朋友，我自己的這一條命，就是在日本人的「寬宏大量」之下拾回來的。從日本憲兵隊監獄裏能生還的人並不多，我卻是其中之一。又如現任日本駐港總領事小川[001]先生的令兄，我覺得就是一位極難得的儒雅謙沖的好日本人。可是一個兩個，個別的幾個，又那裏能夠抵消得過，自「九一八」以至「八一三」，再加上香港的血腥記憶？

但這一切已是過去的事，我們所不能忘記的，就讓我們自己不忘記罷。但是我們的下一代、中日兩國的下一代，卻千萬不能再有這樣的經驗。「日中不再戰」、「中日兩國人民世世代代友好」，但願這不只是紀念碑文，同時也是彼此真誠的盟誓。

（原刊 1962 年 10 月 11 日《新晚報》第 6 頁〈下午茶座・霜紅室隨筆〉。霜崖為葉靈鳳慣用筆名。）

001 小川平四郎（1916-1997），日本外交官，時任日本駐港總領事，1973 至 1977 年為首任日本駐華大使。其兄即小川平二（1910-1993），葉靈鳳與小川平二的交往，可參《日記》1952 年 8 月 30 日及 12 月 9 日。

III

小川平二對葉靈鳳〈「日中不再戰」〉一文的回應

不再戰爭

小川平二

一位筆名霜崖的人，以〈中日不再戰爭〉為標題在香港《新晚報》投稿，內容是記述岐阜県與杭州交換紀念碑一事，稱此舉為值得拍手的美事。標題直接引用了岐阜縣的碑文，同時亦是該筆者深切的期盼，他憶起日本佔據香港時代的回顧時有以下的評述：

「我們這世代的人……經歷了香港三年零八個月的生活體驗，一說到日本人，那些親身感受，所聞所見，是不可能把一切都忘沒的。」

直到終戰前的二年多那段期間，我在香港每日過著安逸、貧乏但快適的生活，現在還會間中沉醉在當時那些甘美傷感的我來說，這一段文章真是一針正中要害。

作為一個懶惰的調查員，我每天與那些學者、作家、文學少女們混在一起，談笑風生說有說無，吃著粗茶淡飯扮專家，但總是愉快地過著每一天的日子。

那位剪了平頭裝留著鬍子，看上去像照片中的魯迅一樣的 K 教授，我多年前探望的時候去了北京講學，說不定就此不再回來了。

我想起跟那位滿面痘痕，沉實木訥的詩人 T 氏，與我肩並肩在夜裏醉步蹣跚地高唱著電影主題曲〈給我們自由〉，這些回憶好像剛在昨天發生一樣，但他亦早已玉樓遠去成為不歸人。

曾經在本鄉寄宿就讀於繪畫學校的 S 女士，還懷念著當時吃過那火鍋烏冬的味道。她的兩位紮著孖辮打了絲帶結的女兒蛟蛟和龍龍，現在那裏做著些甚麼呢？

還有那位給我示範了林語堂認為是中國女子最美麗的側坐姿勢的 F 小

姐，她跟隨從內地遙方專程來迎接她的溫柔青年，揮一揮手便走了。（「現在芳踪何處也不知的女士們，有誰會為我問一問！」）

現在想起的這群友人，當時的生活雖艱苦，但也因為顧忌而沒對我們說，將那些軍政下的苛刻滋味，那些「不能壓制的感情」，一定是已經混作笑談地隱瞞過去了。

雖然說我們不是不對憲兵們的暴虐感到憤慨，不是不知道配給物資的貧乏，但總是將這些事當作其他人的事情看待。

漸漸出現了戰況不利的端倪，香港不時受到美軍的轟炸。《華僑日報》對此提出了反論，「如果將美軍的轟炸作一個比喻，就等如用劇毒去殺死體內的淋菌一樣愚蠢」。結果在那時引來了一番爭議。將佔領軍稱為淋菌的大膽作為，叫我們苦笑，但想下去這已經是當時的知識份子盡了心力的抵抗吧！

現在看到霜崖那篇刺中我心的文章，我為當時雖然無力清去淋菌的毒害，但也算屬於雜菌一類的自己感到羞恥，亦覺得對不起當日的舊朋友。

執筆寫本文，因為正在香港的弟弟平四郎送來前面提到的《新晚報》中，一位筆名叫霜崖的人物寫的文章中有以下一段：「就如現在任駐港日本總領使小川先生的令兄，我覺得就是一位極難得的儒雅謙沖的好日本人」。

因為「好日本人」是指本人，記得當時立刻令我覺得事態嚴重臉紅起來。

我想不到作者是那一位，讀了文章後想起往事只有無限感慨，故草成本文。

（昭和三十七年五月）

（中譯：渡百名）

按：本文為小川平二回應《新晚報》霜崖〈日中不再戰〉一文的感想，收錄於作者自費出版文集《天地漠漠》，昭和五十一（1976）年五月十五日日本京都印行。文末標示寫作日期是昭和三十七年五月，該年即1962年，然而葉文在10月11日刊出，小川應沒可能在5月預作回應，昭和三十七年或為三十八年之誤，或月份有誤。又：據盧瑋鑾推測，文中提到的詩人T氏，或指戴望舒，K教授或為馬鑑，其餘未詳。

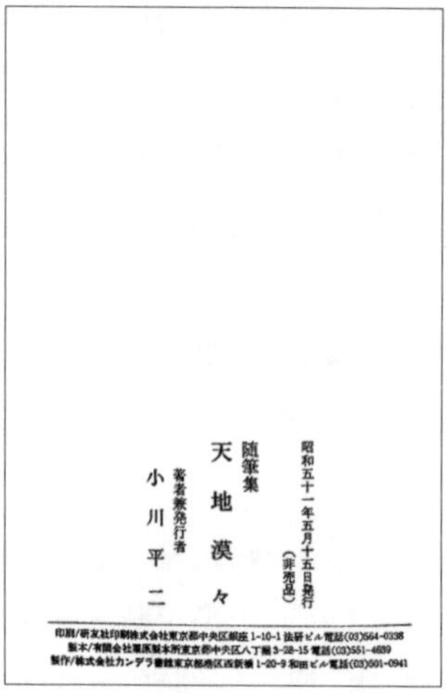
昭和五十一年五月十五日発行
（非売品）
随筆集
天地漠々
著者兼発行者
小川平二
印刷/研友社印刷株式会社東京都中央区銀座 1-10-1 法研ビル電話(03)564-0338
製本/有限会社篠原製本所東京都中央区八丁堀 3-28-15 電話(03)551-4639
製作/株式会社カンデラ書館東京都港区西新橋 1-20-9 和田ビル電話(03)501-0941

↑→ 小川平二隨筆集《天地漠漠》封面和版權頁

〈不再戰爭〉原文：

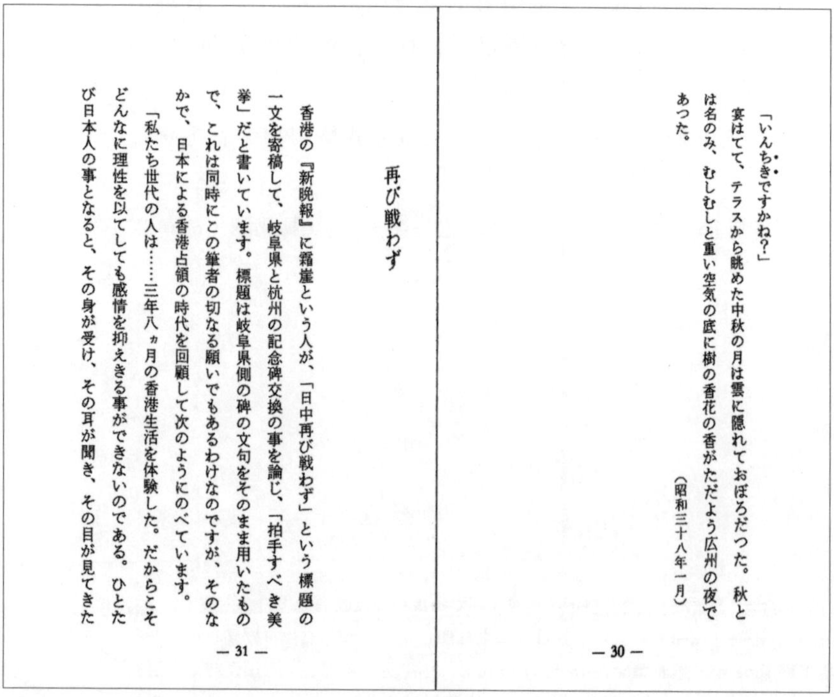

「いんちきですかね?」

宴はてて、テラスから眺めた中秋の月は雲に隠れておぼろだつた。秋とは名のみ、むしむしと重い空気の底に樹の香花の香がただよう広州の夜であつた。

（昭和三十八年一月）

— 30 —

再び戦わず

香港の『新晩報』に霜崖という人が、「日中再び戦わず」という標題の一文を寄稿して、岐阜県と杭州の記念碑交換の事を論じ、「拍手すべき美挙」だと書いています。標題は岐阜県側の碑の文句をそのまま用いたもので、これは同時にこの筆者の切なる願いでもあるわけなのですが、そのなかで、日本による香港占領の時代を回顧して次のようにのべています。

「私たち世代の人は……三年八ヵ月の香港生活を体験した。だからこそどんなに理性を以てしても感情を抑えきる事ができないのである。ひとたび日本人の事となると、その身が受け、その耳が聞き、その目が見てきた

— 31 —

いっさいを忘れ去ることができないのである。」

終戦に至る二年あまりを香港で、安逸な、貧乏ながら快適な毎日をすごし、未だに、時あつてか当時を思い起こして甘美な感傷にひたつたりする私にとつて、このくだりは、頂門の一針という感じがしました。

懶惰な一調査マンは、学者、作家、文学少女といつた人たちと狎れ親しみ、よしなしごとを語り合い冗談を言い、げてものに類する食事をして通ぶつたりして、そこはかとなき毎日をたのしくすごしていたのです。

角刈りにひげをはやした、写真で見る魯迅にそつくりのK教授。何年か前にたずねた時は北京に講義に行つているということでした。そのまま帰らないのかもしれません。

満面あばたの、重厚朴訥な詩人のT氏。二人で肩を組んで酔歩蹣跚、映

— 32 —

画の主題歌「自由を吾等に」を高唱して歩いた夜の思い出は昨日のことのようであるのに、この人はすでに玉楼の内に去つて帰りません。

絵かきのS女士は、本郷に下宿して画学校に通つていたころ食べた鍋焼きうどんの味を懐しがつていました。おさげにリボンを結いつけた二人の娘さん、蛟々（チユンチユン）と竜々（ロンロン）はいまどこでどうしているでしよう。

林語堂によれば中国の女性はこういう姿の時一番美しく見えるのだそうだと、横ずわりのポーズをして見せたF小姐。彼女は、奥地からはるばる迎えに来た柔和な青年に伴われて、手を振つて去つて行きました。(「行くえも知らぬ女たちよ、君らの往所を誰に聞こう！」)

今にして思えば、この友人たちも生活はさぞ大変だつたでしよう。私たちには遠慮して言わなかつたのだろうけれど、軍政の苛烈さを身を以つて

— 33 —

味わい、「押え切れぬ感情」を、冗談の笑いにまぎらしていたに違いありません。

私たちと雖も、憲兵の暴虐を憤らぬではありませんでした。配給の乏しさを知らぬではありませんでした。だが所詮はそれらを、ひとごととしてしか受けとつていなかつたのではないか。

すでに敗色濃厚の時期で、香港はしばしば米軍の爆撃を受けました。『華僑日報』が論説をかかげてこれを非難し、「米軍の爆撃は、これをたとえれば、体内の淋菌を殺そうとして激毒を用いるに等しい愚挙」だと論じて物議をかもしたのもこの頃です。占領軍を淋菌にたとえるのは大胆不敵だと私たちは苦笑したのですが、思えばこれはインテリの精いつぱいのレジスタンスだつたのでしよう。

— 34 —

いま霜崖氏の胸を刺す一文を読んで、非力のゆえにあるいは淋菌の害毒こそ流さなかつたかも知れぬが、それにしてもやくざな雑菌のたぐいであつたろう当時のわが身を恥しく思うとともに、懐しい友人たちに何やらすまぬ思いがしてなりません。

本文執筆当時香港に在つた私の弟平四郎が前記『新晩報』を送付して来たのは、筆名霜崖なる人物の文中に以下のくだりがあつたからである。

「又如現任日本駐港総領事小川先生的令兄，我覚得就是一位極難得的儒雅謙冲的好日本人」

さしあたり「好日本人」が私の事に違いないので、えらい事になつたとばかりたちまち顔の赤らむのを覚えた。

筆者に就いてはどうしても心当りがないが、読了して往時を懐い感慨やみがたいままに一文を草したのである。

（昭和三十七年五月）

— 35 —

IV

日佔時期憲兵部對葉靈鳳的檢舉資料

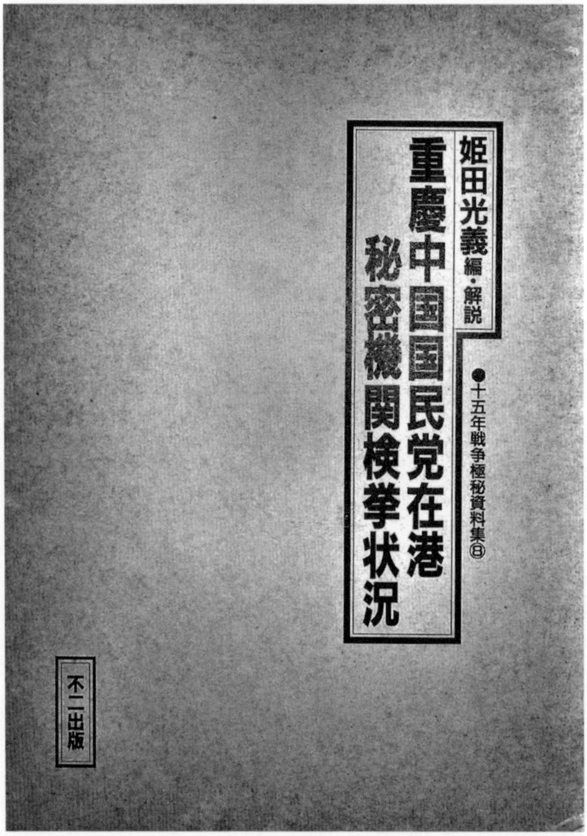

←《重慶中國國民黨在港秘密機關檢舉狀況》，東京：不二出版，1988 年。書中詳列葉靈鳳情報工作的檢舉，詳參鄭煒明有關葉靈鳳先生的幾條資料，見本冊附錄 2。

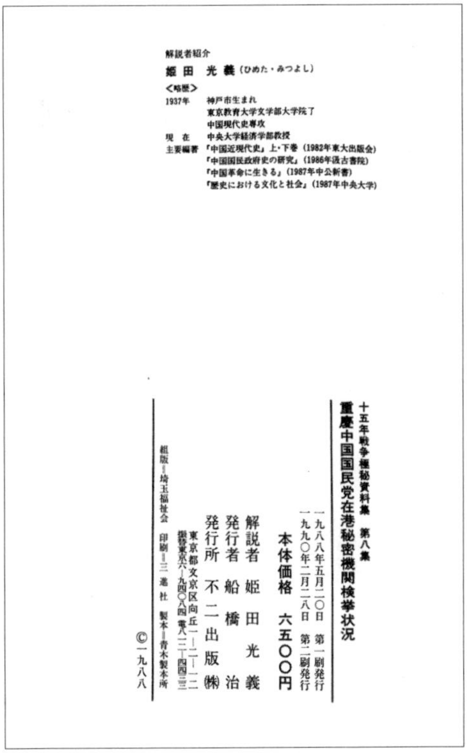
解説者紹介
姬田　光義（ひめた・みつよし）
<略歴>
1937年　神戸市生まれ
東京教育大学文学部大学院了
中国現代史専攻
現　在　中央大学経済学部教授
主要編著　『中国近現代史』上・下巻（1982年東大出版会）
『中国国民政府史の研究』（1986年汲古書院）
『中国革命に生きる』（1987年中公新書）
『歴史における文化と社会』（1987年中央大学）

十五年戦争極秘資料集　第八集
重慶中国国民党在港秘密機関検挙状況
一九八八年五月二〇日　第一刷発行
一九九〇年二月二八日　第二刷発行
本体価格　六五〇〇円
解説者　姫田光義
発行者　船橋　治
発行所　不二出版㈱
東京都文京区向丘一―二―一二
振替東京六―九四〇八四　電八一二―四四三三
組版＝埼玉福祉会　印刷＝三進社　製本＝青木製本所
©一九八八

←《重慶中國國民黨在港秘密機關檢舉狀況》版權頁

V

陳在韶 1942 年 12 月《香港近況報告書》有關葉靈鳳的報告

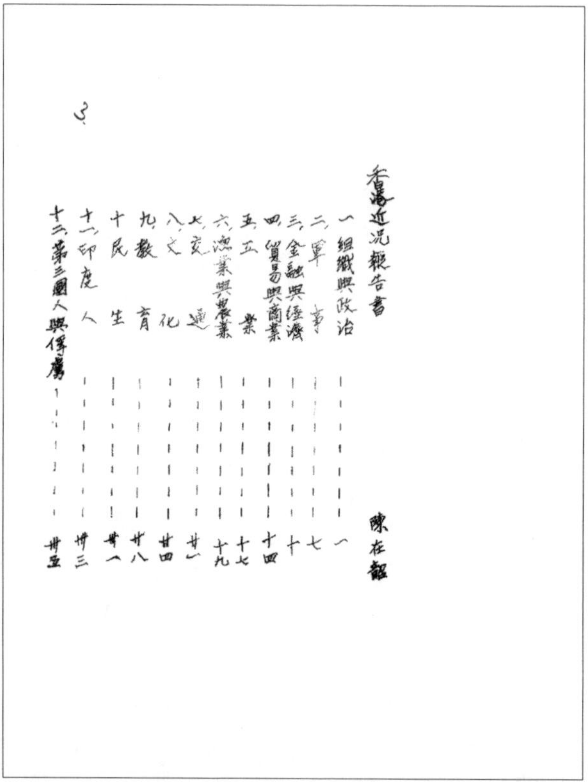

3

香港近況報告書

陳在韶

一 組織與政治 …… 一
二、軍事 …… 七
三、金融與經濟 …… 十
四、貿易與商業 …… 十四
五、工業 …… 十七
六、漁業與農業 …… 十九
七、交通 …… 廿二
八、文化 …… 廿四
九、教育 …… 廿八
十 民生 …… 卅一
十一、印度人 …… 卅三
十二、第三國人與俘虜 …… 卅五

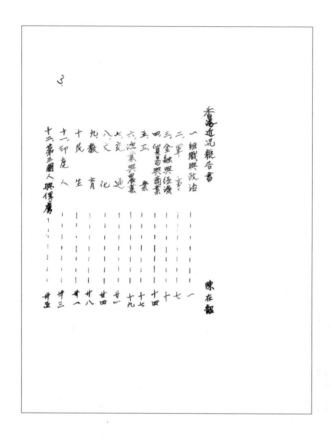

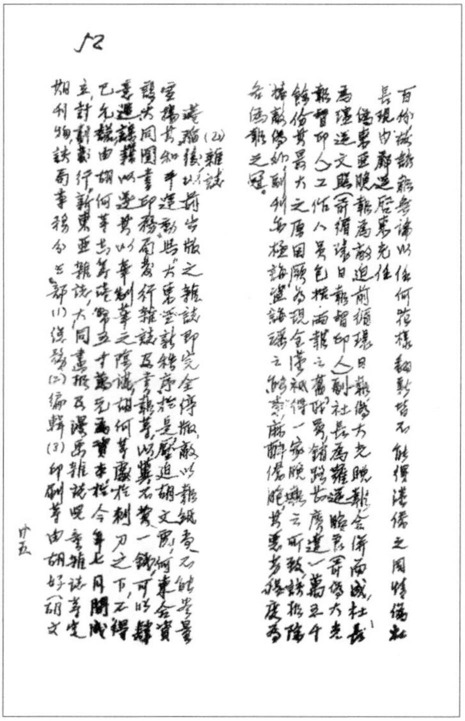

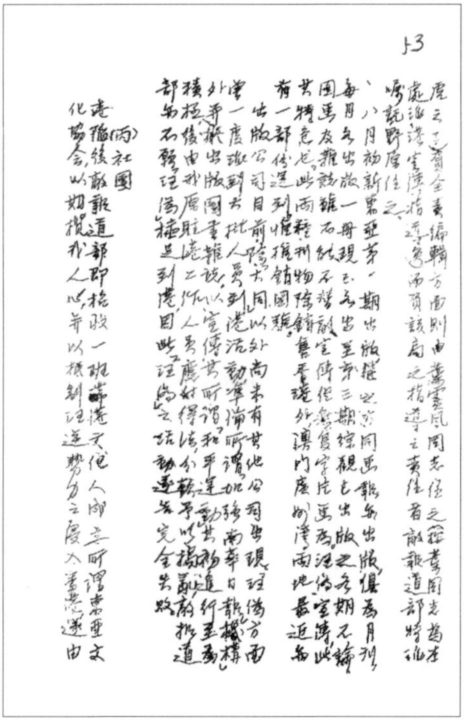

按：宗蘭〈葉靈鳳的後半生〉(見葉靈鳳：《讀書隨筆(一集)》，香港：三聯書店(香港)有限公司，2019年5月，頁11)稱：「(陳在韶)當時由香港『走難』去重慶，被國民黨中宣部派回廣州灣(今天的湛江)，負責搜集日軍的情報。」《報告書》中有關葉靈鳳的片段如下：

「港陷後，以前出版之雜誌即完全停版，敵以報紙當不能盡量宣揚其『和平運動』與『大東亞新秩序』，於是壓迫胡文虎，何東合資設大同圖書印務局發行雜誌及書報等，以冀不費一錢，可以肆意造謠，藉以遂其以華制華之陰謀，胡何等處於剌刀之下，不得已允諾，由胡何等共籌港幣五十萬元為資本，於今年七月間成立，計劃發行新東亞雜誌，大同畫報及漫畫雜誌，兒童雜誌等定期刊物。該局事務分三部(1)總務(2)編輯(3)印刷等，由胡好(胡文虎之子)負全責，編輯方面則由葉靈鳳同志任之(按葉同志為本處派港宣傳指導員)，而負責該局之指導之責任者敵報道部特派囑託野原任之。

八月初新東亞第一期出版，繼之大同畫報亦出版，俱為月刊，每月各出版一冊，現已各出至第三期。綜觀已出版之各期不論圖畫及雜誌雖不能不替敵宣傳，但無隻字片畫為汪偽宣傳，此其特色也。此兩種刊物除銷售香港外，澳門廣州灣兩地最近亦有一部份運到，惟推銷困難。」

附錄

I

葉靈鳳生平簡述

葉靈鳳（1905-1975），原名葉蘊璞，江蘇南京人。1924 年曾進上海美術專科學校學習。1925 年加入創造社，開始文學創作，與周全平合編《洪水》半月刊。1926 年組織文學團體幻社，與潘漢年合編《幻洲》半月刊。1928 年創辦《戈壁》，並主編《現代小說》和《現代文藝》。1930 年加入左翼作家聯盟，1934 年與穆時英合編《文藝畫報》。1937 年抗日戰爭爆發，在上海參加《救亡日報》工作，後隨《救亡日報》到廣州，常來往於穗港兩地，1938 年廣州失守時適在香港，未能北返，遂在香港定居，直到 1975 年病逝。

1939 年，葉靈鳳繼茅盾主編《立報》文藝副刊〈言林〉。香港淪陷期間，曾參與具日本背景的《大眾周刊》、《時事周報》、《新東亞》雜誌和《大同畫報》等報刊編務。1944 年與戴望舒合編《華僑日報》〈文藝周刊〉。戰後，1947 年接任《星島日報》〈星座〉編務（至去世前兩年才離任），主編的《星島日報》副刊還有〈香港史地〉和〈藝苑〉，並曾主編《萬人週刊》。

葉靈鳳的著作主要有小說、散文和隨筆，也從事文學作品的翻譯。早期小說具浪漫主義傾向，散文委婉而富感情，知識性小品則雅淡雋永。定居香港期間，以筆名發表大量通俗小說和小品文字，作品刊登於《星島日報》、《星島晚報》、《大公報》、《新晚報》、《成報》、《快報》等，在《海洋文藝》發表過幾期的〈記憶的花束〉為其「最後的專欄」。先後曾用筆名包括葉林豐、佐木華、秋生、霜崖、秦靜聞、秋郎、亞靈、臨風、雨品巫、曇華、L.F.、柿堂、南村、任訶、鳳軒、燕樓等。

葉靈鳳又是藏書家，對香港史地的中外文收藏尤其豐贍，對香港的歷史和風物深有研究，有關著述輯錄為《香港方物志》、《香島滄桑錄》、《香海浮沉錄》、《香港的失落》和《張保仔的傳說和真相》等，為香港史地的重要著述。

葉靈鳳的生平，難以擺脫香港淪陷期間曾為日治政府文化部屬下的大同公司工作的問題。近年隨史料的發現，有比較持平的看法。

II

有關葉靈鳳先生的幾條資料

鄭煒明

1957年版的《魯迅全集・三閒集》中〈文壇的掌故〉一文，曾有這樣的注文：

葉靈鳳，當時雖投機加入創造社，不久即轉向國民黨方面去，抗日時期成為漢奸文人。

至1981年新版《魯迅全集》第四卷，將注文移前至〈革命的咖啡店〉一文之後，改為：

葉靈鳳，江蘇南京人，作家、畫家。……曾參加創造社。

基本上摘掉了「轉向國民黨」和「漢奸」這兩條罪名。對葉靈鳳先生涉及這兩條罪名的淵源以至後來平反的理據，許多作家、學者如夏衍、姜德明、梁永、羅孚、盧瑋鑾等等都曾有文章加以論述。筆者亦曾與上海復旦大學中文系的葛乃福先生合編《葉靈鳳散文選集》，[001] 在合著的〈序言〉[002] 中原也曾就上述問題，作過評議；當時筆者曾根據一份抗戰時期佔港日軍的香港憲兵隊本部編的《重慶中國國民黨在港秘密機關檢舉狀況》[003] 檔案，提供了若干有關葉靈鳳先生的資料，惜不知何故，在出版或發表的時候，都未見刊出。今將檔案（以下簡稱《狀

---

001 葦明（版權頁作葦鳴，皆為筆者的筆名）、乃福編，《葉靈鳳散文選集》；天津百花文藝出版社；1992年1月第1版。

002 見注1書頁1至16。〈序言〉又以〈剖開頑石方知玉，淘盡泥沙始見金——論葉靈鳳及其散文〉為題（葛乃福、葦鳴合著），發表於《香港文學》月刊1992年4月第88期，頁4至11。

003 《重慶中國國民黨在港秘密機關檢舉狀況》，姬田光義編、解說；列為《十五年戰爭極秘資料集》第八集；日本東京：不二出版，1988年5月20日第1版、1990年2月28日重印。

況》）內有關葉靈鳳先生的資料，條列如後：

1.《狀況》第三部分《檢舉セル機關並被檢舉者ノ活動狀況》之（三）《調查統計室香港站》第3節《調查統計室香港站關係被檢舉者ノ活動狀況》中，記載了葉靈鳳先生乃特別情報員，1942年8月由蘇武介紹，成為香港站長蘇子樵（丘清猗）指揮的特務，月薪五十円，表面上於大同圖書印務局（按：屬日本人的機構）工作，任編輯部長，實則負責搜集大同圖書印務局的出版物及有關香港文化界的資料。（參附錄一）

2.《狀況》第三部分之（四）《港澳總支部香港黨務辦事處》第1節《港澳總支部香港黨務辦事處ノ沿革》中，記載了在1943年1月，葉靈鳳先生以葉林一名，成為香港黨務辦事處幹事。（參附錄二）

3.《狀況》第三部分之（四）第3節《港澳總支部香港黨務辦事處關係被檢舉者ノ活動狀況》中，記載了葉靈鳳先生於1942年8月成為特別情報員，至1943年1月，香港站長蘇子樵，即尤思靜，本名丘清猗，以港澳總支部香港黨務特派員的名義推薦葉靈鳳先生任香港黨務辦事處幹事，他的工作包括對黨員的各項調查、舊黨員的動向調查和招收新黨員等，工作費用每月五十円。（參附錄三）

4.《狀況》的附錄《別紙第一・被檢舉者名簿》中，記載了葉靈鳳先生在1943年5月12日下午二時於日本佔領香港的總督部報道部被檢舉。從有關葉靈鳳先生的經歷概要中，我們可以看到原來他自1941年日本侵佔香港後，已在日本人的總督部工作，至1942年8月才開始成為中國國民黨在港的特別情報員，至1943年1月成為中國國民黨港澳總支部香港黨務辦事處幹事。（參附錄四）

5.《狀況》的附錄《別紙第二（ロ）・香港無電台通信報告通牒內容（自昭・一七・五・至昭一八・四）》中，記載了在1942年12月，葉靈鳳先生曾將香港、九龍和新界二十多間學校的校長並主要職員的名錄及經營狀況做成報告。而在

1943年3月又就香港九龍地區各學校的學生人數情況，加以報告。同月，又曾就香港的文化狀況，包括新聞社及刊物出版等情況，提交報告。（參附錄五）

6.《狀況》的附錄《別紙第四（口）・港澳總支部調查統計室香港站發信內容》中，記載了有一封1942年8月4日由香港寄往韶關的信中提到葉靈鳳先生乃香港站的十二位工作人員之一，排行第五，俱受站長蘇子樵（本名丘清猗）領導。（參附錄六）

7.《狀況》的附錄《別表第一・重慶中國國民黨在港秘密機關組織系統圖》中，顯示葉靈鳳先生乃特別情報員，屬重慶中國國民黨中央執行委員會轄下海外部的港澳總支部（設在韶關，由陳策任主任委員）其下的調查統計室（在韶關，由沈哲臣任主任）的香港站（由本名丘清猗的蘇子樵任站長）的特別情報員。而從架構上說，調查統計室又屬於中央執行委員會秘書處轄下的調查統計局領導。從《系統圖》中可以看到葉靈鳳先生負責搜集新聞、雜誌、日軍的文化施政情況和宣傳文件等的資料，並須作出調查報告，直接受蘇子樵領導。[004]

8.《狀況》的附錄《別表第二・重慶中國國民黨在港秘密機關連絡系統圖》中，顯示葉靈鳳先生為特別情報員兼中國國民黨在香港的黨務幹事，與香港站的站長、黨務特派員丘清猗單線聯繫。[005]

據上述各條檔案資料（如果全部屬實的話），我們可以看到下列兩點：

1. 葉靈鳳先生在香港淪陷時期，身為中國國民黨的特別情報員，因此他並非漢奸，或可定論。

2. 葉靈鳳先生曾為中國國民黨香港黨務辦事處的幹事，由此推論，他應該曾經是中國國民黨的黨員。

---

004 請參考前注書第352頁左拉頁。

005 請參考注3書第353頁前拉頁。

不過，即使根據上述所引及的資料，事實上我們仍未全面解開有關葉靈鳳先生的謎。至少有下列兩點是可以討論的：

1. 葉靈鳳先生在 1941 年日軍佔港後即任職於駐港日軍總督部，而他被蘇子樵吸收成為重慶中國國民黨在香港的特別情報員是在 1942 年 8 月。由此看來，他是幫日本人辦事在先，成為特別情報員在後的。在 1943 年 5 月 12 日他被人揭發，日軍曾將他逮捕並關押了三個多月。身為當時的中國政府派駐日方的特別情報員，站在日方的立場來看，罪名不輕，何以他可以只坐三個月牢便安然脫險呢？被釋放後又似乎並沒有受到日方的繼續監視和迫害，最少，據既知的資料來看是沒有；此外，他在獲釋後至日本投降前的政治身份取向到底如何，難以確定，其之前的真實身份，亦無從稽考，面對這些問題我們又該如何解釋呢？

2. 葉靈鳳先生於 1925 年參加創造社；1926 年與共產黨人潘漢年合編《幻洲》半月刊；1930 年 3 月加入中國左翼作家聯盟；至 1931 年 4 月 28 日被左聯開除，罪名是為國民黨做事；1937 年全面抗日戰爭開始，他就南下廣州，參加《救亡日報》的編輯工作；至 1939 年廣州淪陷前來港（之前在 1929 年曾與妻子郭林鳳一起來港住過一個月 [006]）定居。同年 3 月，參加了代表左翼文藝陣營的文協香港分會。葉靈鳳先生於 1943 年 1 月成為國民黨香港黨務辦事處幹事。抗戰勝利後，他和共產黨人有所合作，至 1975 年去世。[007] 筆者還看過一些資料，葉靈鳳先生與

---

006 見侶倫著的《向水屋筆語》之〈故人之思〉及〈故人之思續筆〉；香港三聯書店香港分店；1985 年 7 月第 1 版；第 128 至 136 頁。

007 請參考：

i. 梁上苑著；《中共在香港》；香港廣角鏡出版社有限公司；1989 年 5 月初版；第 65 至 70、75 至 76 頁。

ii. 謝常青著；《香港新文學簡史》；廣州暨南大學出版社；1990 年 6 月第 1 版；第 44、68 至 72、90 至 96 頁。

iii. 潘亞暾、汪義生著；《香港文學概觀》；廈門鷺江出版社；1993 年 12 月第 1 版；第 7 至 10 頁。

iv. 絲韋編；《葉靈鳳卷》之《附錄》部分；香港三聯書店（香港）有限公司；1995 年 6 月第 1 版；第 307 至 352 頁。

潘漢年在抗戰前後一直有很多來往。從這些資料，我們可以知道葉靈鳳先生畢生的遭遇和在不同階段的政治取向都是難以細考的。事實上，我們現在所能知道的，僅僅是一些已經獲某些組織授權認可可以披露的表面證據而已，真相仍然有待進一步的發掘。我們必須注意到在三四十年代，中國的政治現實是十分複雜的。而葉靈鳳先生又是一位在政治表現上莫測的作家，畢生經歷傳奇，他的真正身份，現在恐怕已沒有人敢判定了（除非有更進一步的檔案資料公開）；總之，其可能性之多，耐人尋味。但無論如何，現在放在我們眼前的這份檔案，是一種具關鍵性的重要資料，則是無可懷疑的了。

1991 年初稿

後記

1996 年 4 月於南京參加第八屆國際華文文學研討會，得以結識上海華東師範大學的陳子善先生。與他偶然談起我寫過的這篇關於葉靈鳳的文章，蒙他告知香港的《南北極》上曾刊登過一篇類同的文章，確實是哪一期則有待翻查。筆者回澳後即盡力尋覓，不久竟無意中在一位老師的辦公室書架上發現了該文的確實出處，不由我不信學術研究也講緣份這回事。

原來朱魯大先生在《南北極》1990 年 4 月 18 日的第 239 期上，發表了一篇名為〈日軍憲兵部檔案中的葉靈鳳和楊秀瓊〉的文章，對本文引述的資料已有局部的披露。筆者細讀其文，發覺他的觀點與結論，與本文尚有一定程度的出入，讀者可取兩文加以比較。

朱魯大先生原名朱炎輝，長期任職於大學圖書館，曾為新加坡國立大學圖書館日本資料部主任，治學素以資料翔實見稱；筆者曾拜讀其《近代名人逸聞》（香港南粵出版社；1987 年 10 月第一版），佩服非常。

按：鄭煒明，詩人。1958 年 12 月 13 日生於上海，原籍寧波（鄞縣）。母親乃滿族正白旗人，姓金。研究領域遍涉中國古典文學、現當代文學、歷史學、人類學和考古學等，尤以研究晚清民國詞學，澳門歷史文化等見稱。（據 http://www.weiming.hk/index7.html）

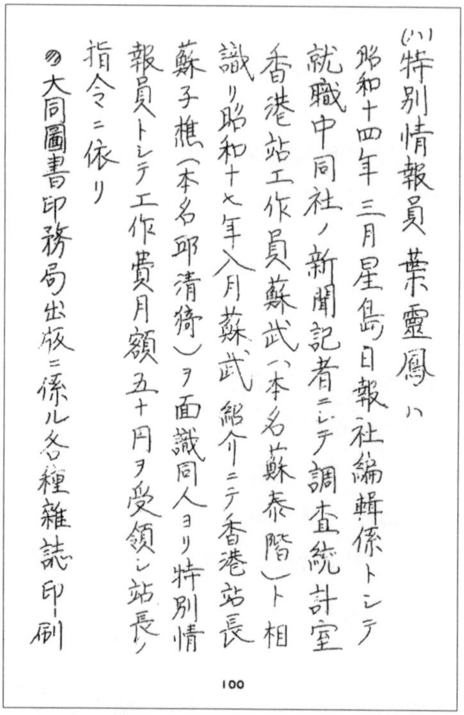
(ハ)特別情報員葉靈鳳ハ
昭和十四年三月星島日報社編輯係トシテ
就職中同社ノ新聞記者ニシテ調査統計室
香港站工作員蘇武（本名蘇泰階）ト相
識リ昭和十七年八月蘇武紹介ニテ香港站長
蘇子樵（本名邱清猗）ヲ面識同人ヨリ特別情
報員トシテ工作費月額五十円ヲ受領シ站長ノ
指令ニ依リ
(イ)大同圖書印務局出版ニ係ル各種雜誌印刷

100

↑ 附錄一《重慶中國國民黨在港秘密機關檢舉狀況》姬田光義編、解說；列為《十五年戰爭極秘資料集》第八集，日本東京：不二出版，1988年5月20日第1版、1990年2月28日重印，頁100。

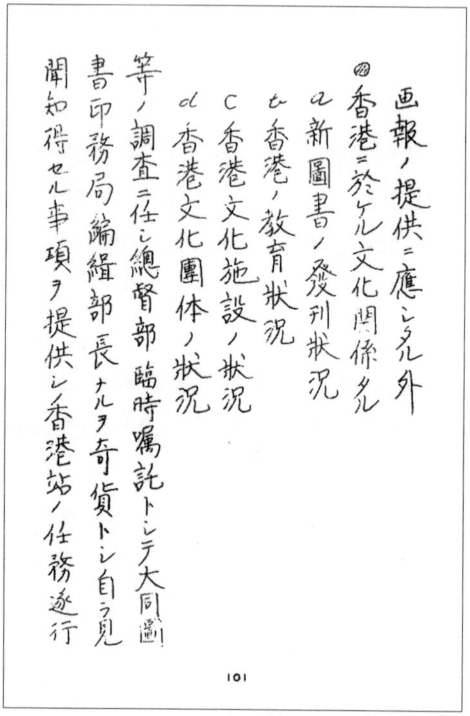
画報ノ提供ニ應シタル外
(ロ)香港ニ於ケル文化関係ノ
a 新圖書ノ發刊狀況
b 香港ノ教育狀況
c 香港文化施設ノ狀況
d 香港文化團体ノ狀況
等ノ調査ニ任シ總督部臨時囑託トシテ大同圖
書印務局編緝部長ナルヲ奇貨トシ自ラ見
聞知得セル事項ヲ提供シ香港站ノ任務遂行

101

↑ 附錄一（續）《重慶中國國民黨在港秘密機關檢舉狀況》姬田光義編、解說；列為《十五年戰爭極秘資料集》第八集，日本東京：不二出版，1988年5月20日第1版、1990年2月28日重印，頁101。

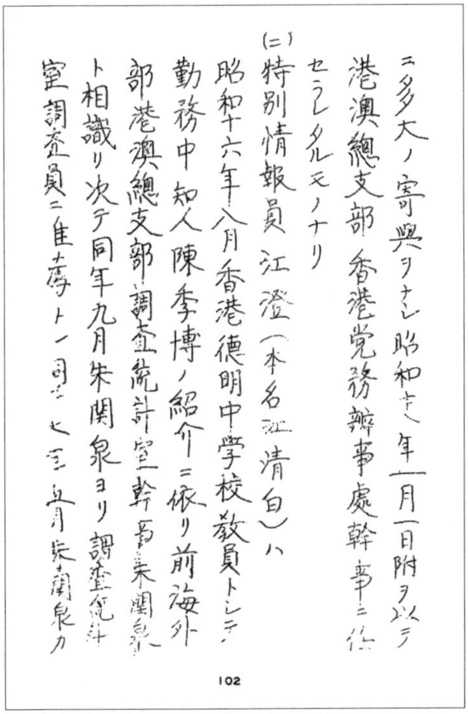

ニ多大ノ寄與ヲナシ昭和十七年一月(一日附ヲ以テ
港澳總支部 香港党務辦事處幹事ニ任
セラレタルモノナリ
(二)
特別情報員 江澄(本名江清白)ハ
昭和十六年八月香港徳明中學校教員トシテ
勤務中知人陳季博ノ紹介ニ依リ前海外
部港澳總支部調査統計室幹事朱關泉
ト相識リ次テ同年九月朱關泉ヨリ調査統計
室調査員ニ推薦トノ同十七年五月朱關泉カ

102

↑ 附錄一(續完)《重慶中國國民黨在港秘密機關檢舉狀況》姬田光義編、解說;列為《十五年戰爭極秘資料集》第八集,日本東京:不二出版,1988 年 5 月 20 日第 1 版、1990 年 2 月 28 日重印,頁 102。

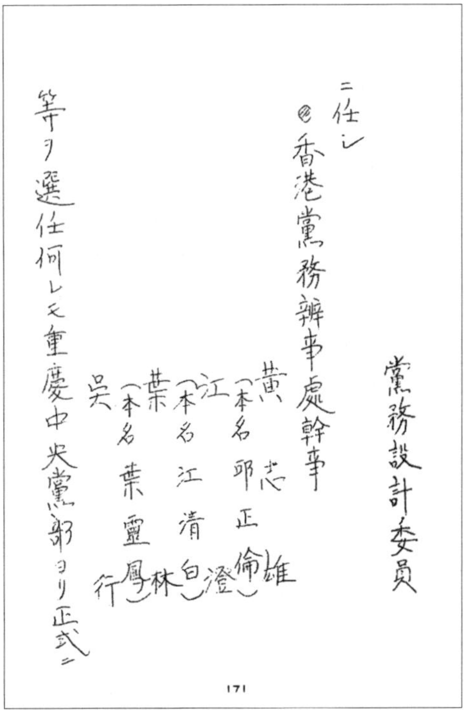

黨務設計委員
ニ任シ
◎香港黨務辦事處幹事
黄雄(本名邱正倫)
江澄(本名江清白)
葉林(本名葉靈鳳)
吳行
等ヲ選任何レモ重慶中央黨部ヨリ正式ニ

171

↑ 附錄二《重慶中國國民黨在港秘密機關檢舉狀況》姬田光義編、解說;列為《十五年戰爭極秘資料集》第八集,日本東京:不二出版,1988 年 5 月 20 日第 1 版、1990 年 2 月 28 日重印,頁 171。

◎各種工會團体トノ連絡協調
◎港九地區華僑ニ対スル宣傳普及工作
等ノ諸任務ヲ指令セラルヤ在港華僑ニ対
スル基礎的調査ヲ開始スル等黨部組織
擴充ノ為準備工作ニ専念シアリタリ
尚本名ハ工作費トシテ月額合計三十五円
ヲ受領シアリタリ
(ホ)幹事 葉林(本名葉靈鳳)ハ
日軍ノ香港攻畧後總督部報道部臨時囑

184

↑ 附錄三《重慶中國國民黨在港秘密機關檢舉狀況》姬田光義編、解説；列為《十五年戰爭極秘資料集》第八集，日本東京：不二出版，1988年5月20日第1版、1990年2月28日重印，頁184。

託トシテ服務中調査統計室香港站工
作員蘇武(本名蘇泰楷)ノ連絡者トシテ
蘇武ノ工作ヲ援助シアリタルカ昭和十七年八月
蘇武カ澳門站ニ轉勤スルニ及ヒ蘇武ヨリ香港
站長蘇子樵(本名邢清筠)ニ紹介サレ爾
來同站ノ特別情報員トシテ活躍中昭和十
八年一月站長蘇子樵カ尤思靜ノ名義ニテ港
澳總支部香港黨務特派員ニ任セラルヽニ及ヒ
尤思靜(本名邢清筠)ノ推薦ニ依リ香港

185

↑ 附錄三（續完）《重慶中國國民黨在港秘密機關檢舉狀況》姬田光義編、解説；列為《十五年戰爭極秘資料集》第八集，日本東京：不二出版，1988年5月20日第1版、1990年2月28日重印，頁185。

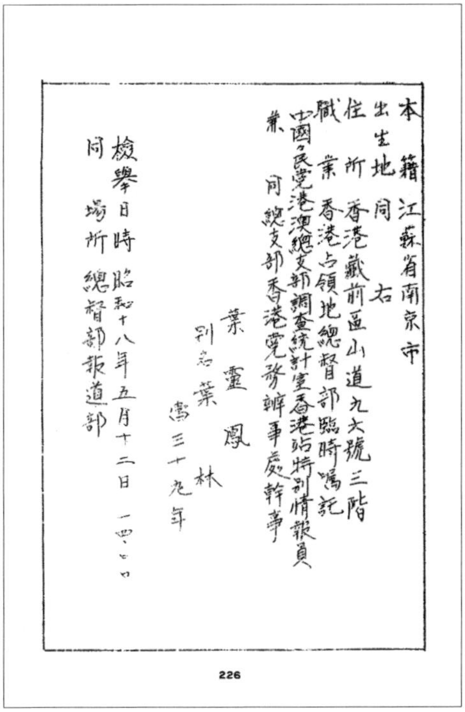

本籍 江蘇省南京市
出生地 同 右
住所 香港藏前區山道九大號三階
職業 香港占領地總督部臨時囑託
兼 中國國民黨港澳總支部調查統計室香港站特別情報員
兼 同總支部香港黨務辦事處幹事
葉靈鳳
別名 葉林
當三十九年
檢擧日時 昭和十八年五月十二日 一四〇〇
同 場所 總督部報道部

226

↑ 附錄四《重慶中國國民黨在港秘密機關檢擧狀況》姬田光義編、解說；列為《十五年戰爭極秘資料集》第八集，日本東京：不二出版，1988 年 5 月 20 日第 1 版、1990 年 2 月 28 日重印，頁 226。

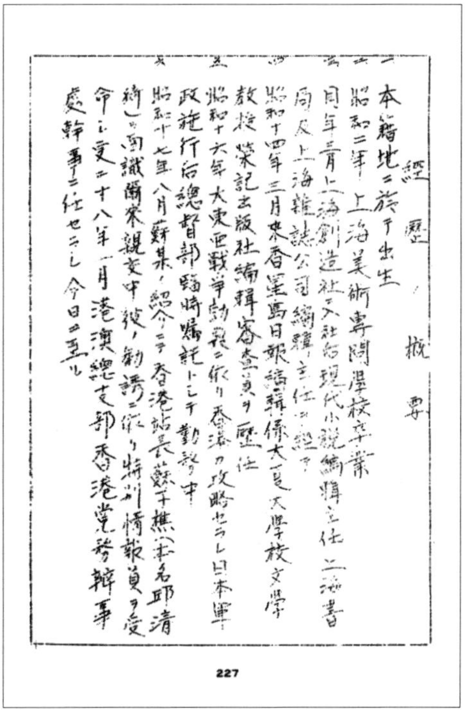

經歷ノ概要

一 本籍地ニ於テ出生
二 昭和二年上海美術專門學校卒業
三 同年三月上海創造社ニ入社シ現代小說編輯主任 上海書局及上海雜誌公司編輯主任ヲ經テ
四 昭和十四年三月來香星島日報編輯兼大同大學校文學教授榮記出版社編輯審查員ヲ歷任
五 昭和十六年大東亞戰爭勃發ニ依リ香港ヲ攻略セラレ日本軍政施行後總督部臨時囑託トシテ勤務中
六 昭和十七年八月蘇某ノ紹介ニテ香港站長蘇子樵（本名耶清）ト相識リ爾來親交中彼ノ勸誘ニ依リ特別情報員ヲ受命シ更ニ十八年一月港澳總支部香港黨務辦事處幹事ニ任セラレ今日ニ至ル

227

↑ 附錄四（續完）《重慶中國國民黨在港秘密機關檢擧狀況》姬田光義編、解說；列為《十五年戰爭極秘資料集》第八集，日本東京：不二出版，1988 年 5 月 20 日第 1 版、1990 年 2 月 28 日重印，頁 227。

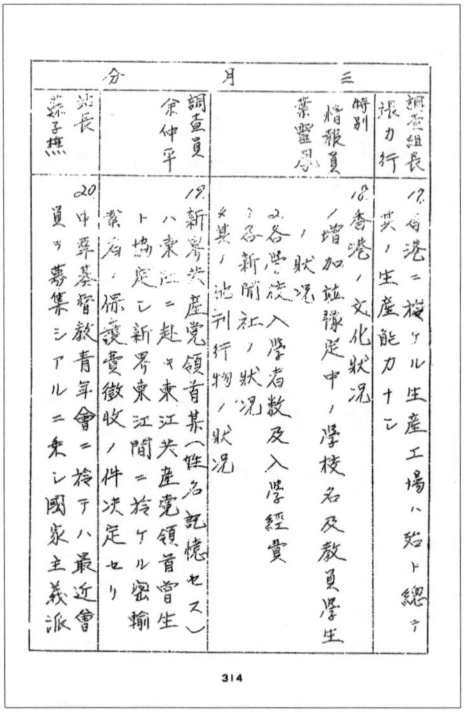

三月分

調査組長 張力行
17.香港ニ於ケル生産工場ハ殆ド總テ其ノ生産能力ナシ

特別情報員 葉靈鳳
18.香港ノ文化狀況
ノ増加並豫定中ノ學校名及教員學生
ノ狀況
2.各學校入學者數及入學經費
3.各新聞社ノ狀況
4.其ノ他刊行物ノ狀況

調査員 余仲平
19.新界共産黨領首某(姓名記憶セズ)ハ東江ニ赴キ東江共産黨領首曾生ト協定シ新界東江間ニ於ケル密輸業者ノ保護費徴收ノ件決定セリ

小組長 孫子樵
20.中華基督教青年會ニ於テハ最近會員ヲ募集シアルニ乗シ國家主義派

314

↑ 附錄五《重慶中國國民黨在港秘密機關檢舉狀況》姬田光義編、解說；列為《十五年戰爭極秘資料集》第八集，日本東京：不二出版，1988年5月20日第1版、1990年2月28日重印，頁314。

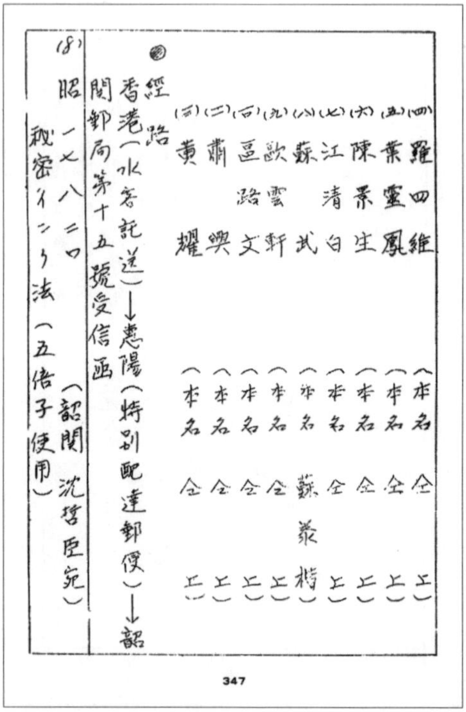

(四)羅四維(本名仝上)
(五)葉靈鳳(本名仝上)
(六)陳秉生(本名仝上)
(七)江清白(本名仝上)
(八)蘇武(本名蘇養楷)
(九)歐雲軒(本名仝上)
(一〇)區路文(本名仝上)
(一一)蕭興(本名仝上)
(一二)黃耀(本名仝上)

(18) 經路
香港(水客託送)→惠陽(特別配達郵便)→韶關郵局第十五號受信函
昭一七、八、二〇(韶關 沈哲臣宛)
秘密インク法(五倍子使用)

347

↑ 附錄六《重慶中國國民黨在港秘密機關檢舉狀況》姬田光義編、解說；列為《十五年戰爭極秘資料集》第八集，日本東京：不二出版，1988年5月20日第1版、1990年2月28日重印，頁347。

III

《港澳抗戰殉國烈士紀念冊》

葉靈鳳1946年5月3日《日記》載：「開始計劃寫《流在香港地下的血》，記所參加的秘密工作及當時殉難諸同志獄中生活及死事經過。在卅餘人之中，只有我是寫文章的，而我又倖而活着，所以我覺得我有這責任。」盧瑋鑾箋語說：「根據1946年3月出版，由中國國民黨駐港澳總支部編印的《港澳抗戰殉國烈士紀念冊》所載，原來在1943年4月19日開始，日本憲兵部對潛伏份子陸續大規模搜捕，囚於赤柱獄中，加以酷刑，『港九區罹難者先後三十三人』。其中三十六人在紀念冊中，均有姓名記載，部分有事略記述獄中慘狀。至於同一事件被捕的葉氏，則由太太設法得日本軍政界有力人士協助，得以釋放。……三個多月獄中生活，當親見難友煎熬之苦，作為『倖而活著』而又能寫文章者，未知是否讀到《港澳抗戰殉國烈士紀念冊》而有激動之情，遂興寫「流在香港地下的血」計劃？可惜一直未見此文，家人亦云未見，如果真已寫成，而又人間湮滅，則一筆血史永不昭彰了。」

《港澳抗戰殉國烈士紀念冊》字跡漫漶，茲謹錄數頁以資紀念。

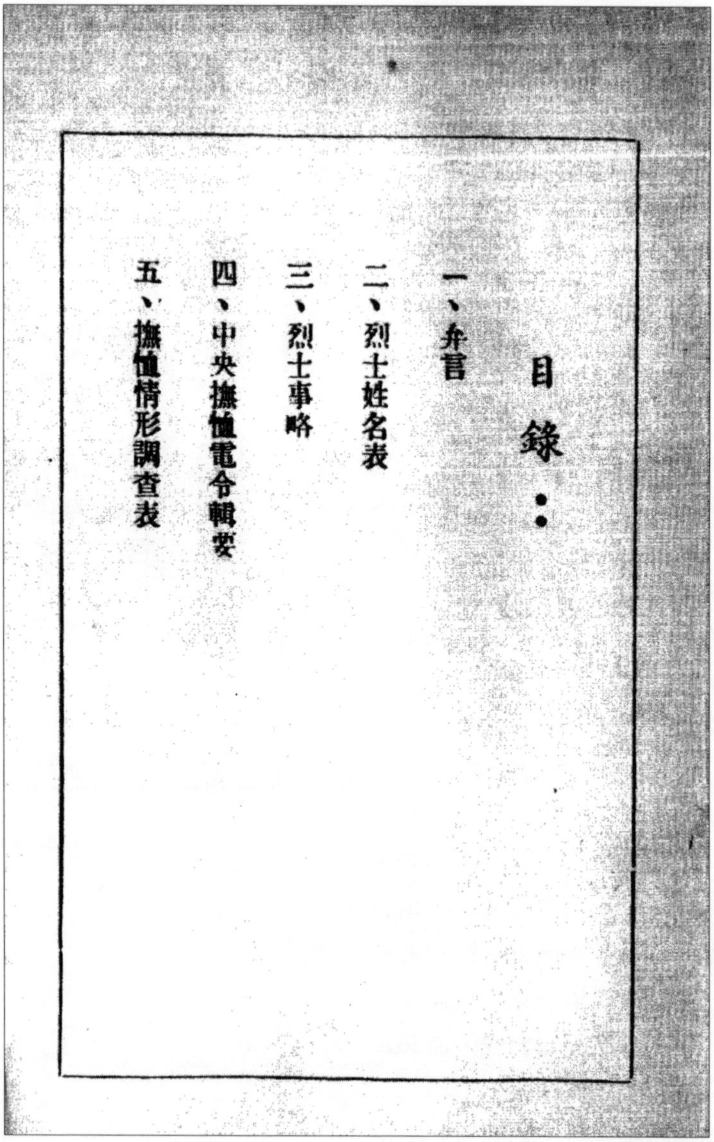

目錄：

一、弁言
二、烈士姓名表
三、烈士事略
四、中央撫卹電令輯要
五、撫卹情形調查表

↑《港澳抗戰殉國烈士紀念冊》內頁留影 1

弁言

百粵民風好義，近紀以還，尤多悲歌慷慨之士，爲主義前驅，從事於革命大業：黃岡，惠州，鎮南關諸役，精忠耿耿，感人實深，[illegible]革命冊志士捐軀絕臏，效命疆埸者尤衆。黃花大節，震爍今古，吾粵之能爲此革命策源地者自來也。[illegible]也。夫一身生死之事小，而民族存亡之事

抗戰軍興，寇既陷我泥淖之中，猶復野心未戢，肆意南侵，太平洋戰事爆發，吾黨同志既策動僑胞協助英美盟軍，並肩作戰，迨香港淪敵，澳門亦爲控制。我方以港澳爲敵僞交通要衝，乃选派人員潛伏工作，不遺餘力。我黨同志，效忠國家，助我盟友，與敵搏鬥，義無反顧，雖處惡劣環境，猶能秘密展開工作，發動救國組織，秉閫挺隊，輒予敵僞以重大創傷，於是敵僞震警，邏緝益嚴，吾黨同志在港九區罹難者先後卅二人，在澳門區遭害者先後三人。酷刑所加，令人悚慄，猶皆前仆後繼，與敵

—3—

↑《港澳抗戰殉國烈士紀念冊》內頁留影 2

周旋，披肝瀝血，視死如歸，諸殉難同志中粵士殆居十之八九，其壯烈慘烈，誠足動天地泣鬼神，而與黃花一役，後先輝映也。

今者河嶽重光，腥膻盡滌。本部以諸同志捨身爲國，義薄雲天，既呈請中央優予撫卹，以慰忠烈，並定三月廿九日舉行公祭。惟諸先烈豐功偉蹟，未及遍傳，爰搜集其生平事畧，輯爲是册，用彰大節，使後死同志，當艱危之頃，知所奮發。嗟夫！風雨如晦，鷄鳴不已，醜虜憑凌，喪我多士，碧血千秋，精靈弗泯，諸烈士之死，豈唯一時血氣之所激，蓋亦平日磨礱浸灌於主義之深有以使之然也。夫一身生死之事小，而民族存亡之事大，人之所惡有甚於死者，然於可死當死之際，決然舍生，義不稍惜，此則扶綱常於不墜，存正氣於兩間，主義所鍾，國魂所寄，未或逾是，茲册之成，深冀覽者有鑑於斯，亦區區微意焉耳。

中華民國三十五年三月廿九日　陳素

~2~

↑《港澳抗戰殉國烈士紀念冊》內頁留影 3

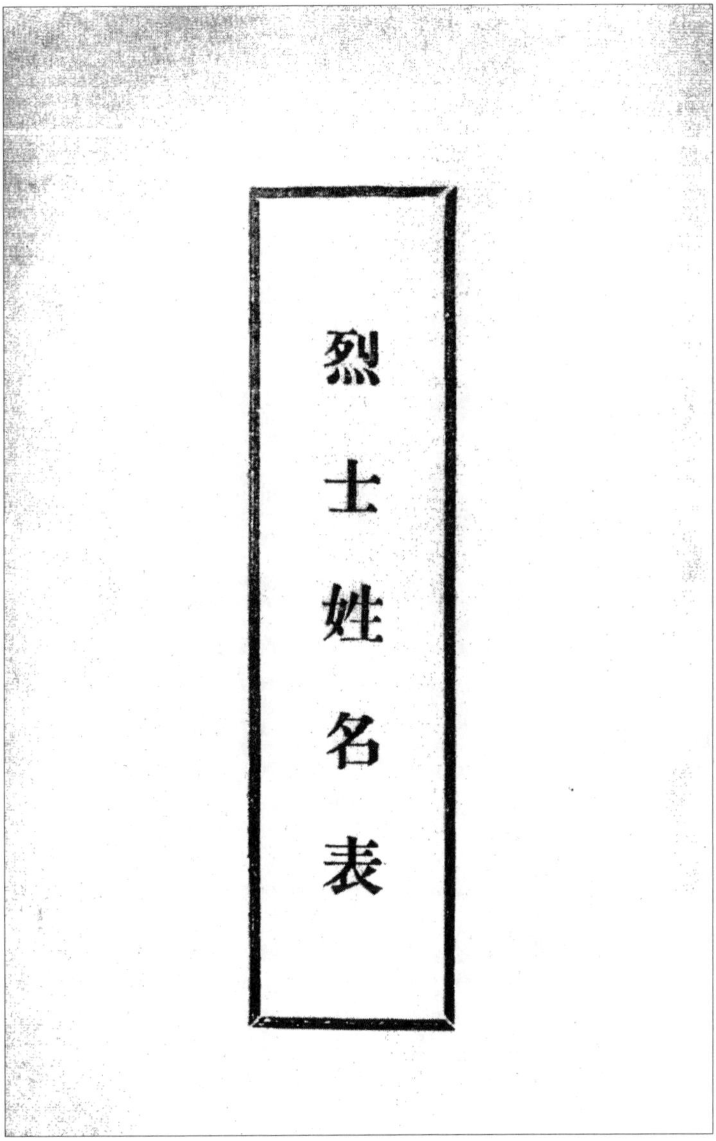
烈士姓名表

↑《港澳抗戰殉國烈士紀念冊》內頁留影 4

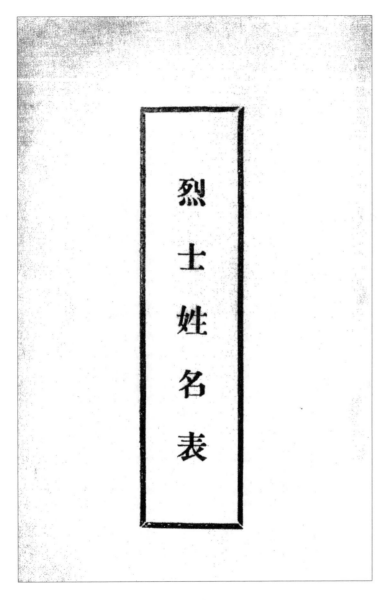

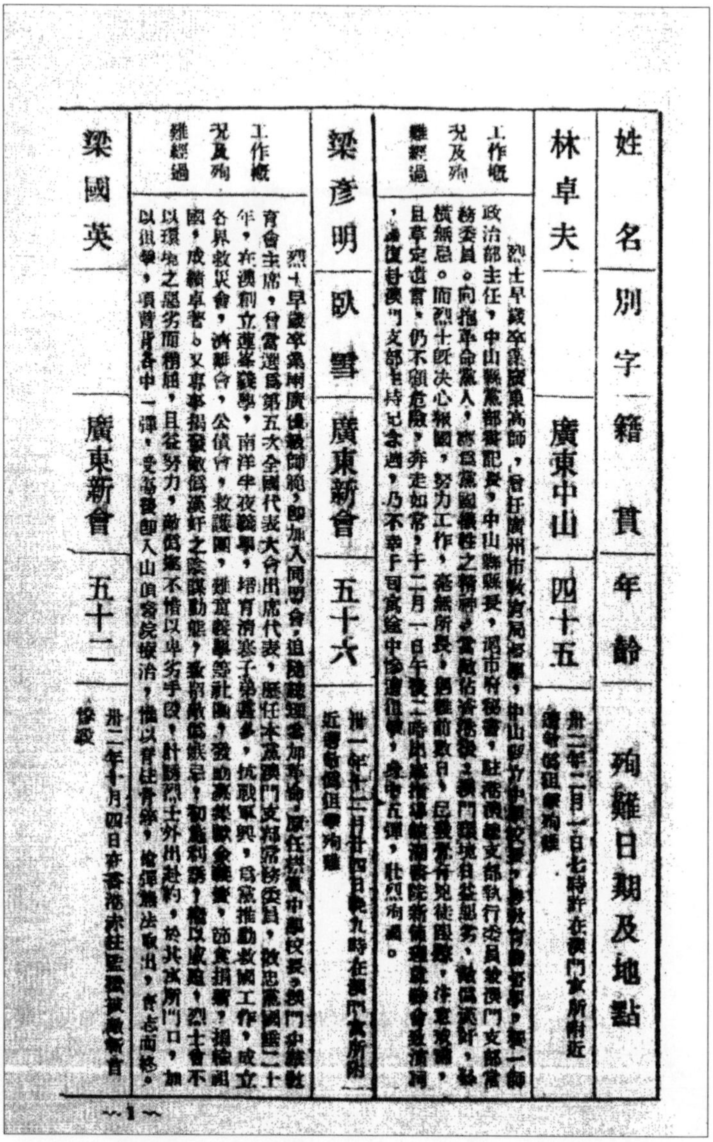

姓名	別字	籍貫	年齡	殉難日期及地點
林卓夫		廣東中山	四十五	卅二年[illegible]月一日七時許在澳門寓所附近遭敵偽狙擊殉難
工作概況及殉難經過	烈士早歲卒業廣東高師，曾任廣州市教育局督學，中山[illegible]中學校長，[illegible]督學，第一師政治部主任，中山縣黨部書記長，中山縣縣長，澳市府秘書，駐港澳總支部執行委員兼澳門支部常務委員。向抱革命黨人，應為黨國犧牲之精神，當敵佔[illegible]港後，澳門環境日益惡劣，敵偽漢奸，縱橫無忌。而烈士既決心報國，努力工作，毫無所畏，然難前數日，已發覺有兇徒跟蹤，[illegible]，且草定遺書，仍不顧危險，奔走如常，十二月一日午後二時[illegible]，身中五彈，壯烈殉國。			
梁彥明	臥雪	廣東新會	五十六	卅一年十二月廿四日晚九時在澳門寓所附近遭敵偽狙擊殉難
工作概況及殉難經過	烈士早歲卒業兩廣優級師範，即加入同盟會，追隨總理參加革命，原任澳門中華教育會主席，曾當選為第五次全國代表大會出席代表，歷任本黨澳門支部常務委員，執忠黨國者二十年，在澳創立蓮峯義學，南洋中夜義學，培育清寒子弟甚多，抗戰軍興，為黨推動救國工作，成立各界救災會，濟難會，公債會，救護團，難童義學等社團，發動募集[illegible]，節食捐費，[illegible]國，成績卓著。又專事揭發敵偽漢奸之陰謀動態，[illegible]敵偽罪惡，初為利誘，繼以威脅，烈士不以環境之惡劣而稍屈，且益努力，敵偽竟不惜以卑劣手段，計誘烈士外出赴約，於其返所門口，加以狙擊，頭胸背各中一彈，受傷後即入山頂醫院療治，惟以[illegible]，槍彈無法取出，賫志而歿。			
梁國英		廣東新會	五十二	卅二年十月四日在香港赤柱監獄被敵斬首慘殺

~1~

↑《港澳抗戰殉國烈士紀念冊》內頁留影 5

烈士事畧

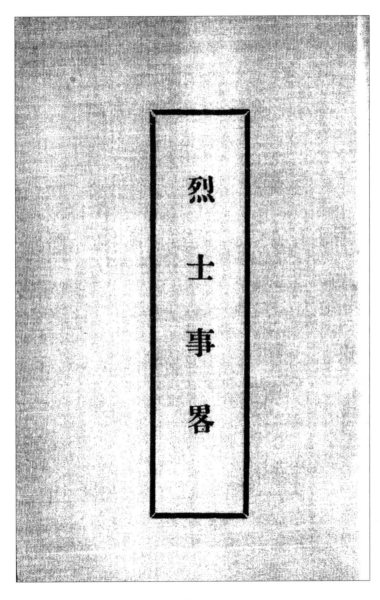

↑《港澳抗戰殉國烈士紀念冊》內頁留影 6

孫烈士伯年遺像

事略

孫烈士伯年，字仲堯，浙江吳興人。生性沉默寡言笑，而多機智，原任職中央廣播電台。民二十八年秋，調港服務。迫香港淪陷，奉命仍留港繼續工作，任無線電台長，對情報之傳遞，貢獻至多。初烈士鑑於淪陷之環境無人理，漢奸之甘心媚虜爲虎作倀，四出窺事搜索，早已加着防備，乃於九龍經營上海鴻昌食品公司，藉作掩護，不料三十二年四月十九夕，敵僞乃遣人先至公司，突將店伴拘捕，迫其帶至烈士寓所，將之逮禁。事後，敵憲兵並將公司及寓所之財物，劫掠一空，並迫令烈士家屬離港。至七月廿二日烈士被解至赤柱監獄。當轉解之前，烈士夫人陳似篤女士聞訊，冒死前往訣別。烈士慷慨言曰：「余已拚將此身報國，生死固無足惜，所苦者汝及兒女孫衣食無靠耳。深望汝能含辛茹苦，撫養兒女長成，以竟吾志。」其悲壯之氣，悽酸之情，令人聞之泣下。九月二十九日被判死刑，至十月四日就義，棄屍赤柱海邊。其夫人請求領屍埋葬，卒遭拒絕。烈士死時，年僅三十有九，遺子二，女一，均幼，吳興故里，尚有高堂老母，家境向極窮乏，嗚呼，以烈士之成仁取義，慷慨殉國，血濺荒陬，哀感行路，其正氣烈蹟，不惟應長留抗戰史乘，實足與革命先烈，後先媲美，而無愧色者矣。

江烈士滑白遺相

事略

江烈士滑白，粵番禺人。早歲卒業廣東法政學校，曾任廣州特別市黨部幹事，中華海員工會廣州分會書記。民廿七年在香港任德明中學教師，仍從事工運，旋任海員公會秘書，對勞工福利，維護尤力。故與工界人員，友誼聯係基深。當港陷敵時暴徒橫行滋甚，頗向港九勞工威脅利誘，多方聯絡。烈士輒密曉喻同胞，毋忘國仇，勿爲所利用，從中鼓勵，激發其愛國熱情，苦口瘏音每至痛哭流涕，故衆皆感動拒爲敵用。而海員公會亦始終擁護抗戰，不爲敵僞所惑。此等成就，烈士與有力焉。自敵攻陷港九以後，我方留港工作同志，對與國內通訊及取獲接濟，因敵僞管制之嚴甚，往往中斷，多由烈士居中設法傳遞，即在港不能立足同志之間關潛回國境者，多亦多賴烈士之助力，始得脫險。卅二年三月廿四日烈

5

↑《港澳抗戰殉國烈士紀念冊》內頁留影 7

楊烈士詞賢遺像

事畧

曾聞諸父老傳述，五嶺北來，精靈結於嶺表，故每毓生英烈之士，當民族存亡絕續之際，尤多投袂而起，不惜拋頭顱，灑熱血，以發揚民族正氣，爭取國家生存，匪惟壯者有然，卽少稚之青年，亦未多讓，若楊烈士詞賢者，豈非其表表者乎！謹按烈士，粤之晉寧人，生於民國十四年，幼而穎慧，聰敏過人，在故鄉小學畢業後，家貧不能再求深造，乃隨其叔炳維旅居香江，習商業於九龍之港油書店，每閱讀三民主義，以爲救國救民之策，莫逾於是，遂加盟本黨，努力工作，嘗太平洋戰事爆發，香港陷敵，烈士忿虜寇之蠻橫，痛國族之恥辱，以爲効忠黨國，此正爲其時，乃毅而參加淪陷區行動工作，任本黨香港支部交通員，其時港九與國境交通，備受敵僞控制，來往必被嚴密檢查，其或因言語觸犯，偶觸虜怒而慘死於槍刺帶刑之下者，蓋不知凡幾！而烈士出入國境，曾無少間，總其機智與膽量，終能履險如夷，未爲發覺，港九與我國內後方訊息之溝通，未始非烈士之勇敢負責有以致之也。卅二年四月間，我方在港秘密機關爲敵僞發覺，遭其破壞，烈士與其叔炳維烈士同被敵所捕，顧敵初以烈士年幼，可以脅迫，當被捕之初，卽施誘惑，烈士洞悉其奸，緘口不吐露實情，敵之技倆既窮，乃施以毒刑，血肉橫飛，備加凌虐，欲奪其志，而烈士終不爲屈，同年七月中旬，因刑傷斃死獄中，年僅十八而已，惜哉！英年遇難，終能舍生取義，視死如歸，其壯烈爲國犧牲之精神，方之古之童汪錡，何多讓焉，以視一旦爲敵所俘，卽不惜奴顏婢膝，搖尾乞憐，但求倖免一死之徒，其忠奸賢不肖爲何如也。

~8~

↑《港澳抗戰殉國烈士紀念冊》內頁留影 8

人名索引

◉ 只錄《葉靈鳳日記》中所述作者家眷、親屬、同事、朋友，或與他有交往或他曾提及而與其生活、寫作及當時社會文化有一定關係的人士；

◉ 只錄同代人，不包括古代及西方作家；

◉《日記》記人多簡稱姓氏、別名或親屬關係，若可確認全名，概納入該人名下並於括號中列舉，否則盡可能說明其身份；

◉ 日期按年·月·日排列。

二畫

三畫

四畫

五畫

六畫

七畫

八畫

十畫

十一畫

十二畫

十三畫

十四畫

十五畫

十六畫

十七畫

十八畫以上